TEMPO DE REACENDER ESTRELAS

VIRGINIE GRIMALDI

TEMPO DE REACENDER ESTRELAS

tradução: Julia da Rosa Simões

3ª reimpressão

Copyright © 2018 Librairie Arthème Fayard
Copyright desta edição © 2024 Editora Gutenberg

Título original: *Il est grand temps de rallumer les étoiles*

Todos os direitos reservados pela Editora Gutenberg. Nenhuma parte desta publicação poderá ser reproduzida, seja por meios mecânicos, eletrônicos, seja via cópia xerográfica, sem a autorização prévia da Editora.

EDITORA RESPONSÁVEL
Flavia Lago

ILUSTRAÇÃO DE CAPA
Paula de Aguiar

EDITORAS ASSISTENTES
Natália Chagas Máximo
Samira Vilela

DIAGRAMAÇÃO
Guilherme Fagundes

REVISÃO
Fernanda Simões Lopes
Julia Sousa

Dados Internacionais de Catalogação na Publicação (CIP)
Câmara Brasileira do Livro, SP, Brasil

Grimaldi, Virginie
  Tempo de reacender estrelas / Virginie Grimaldi ; tradução Julia da Rosa Simões. -- 1. ed.; 3. reimp. -- São Paulo : Gutenberg, 2025.

  Título original: Il est grand temps de rallumer les étoiles

  ISBN 978-65-86553-29-1

  1. Ficção francesa I. Título.

20-43380   CDD-843

Índices para catálogo sistemático:
1. Ficção : Literatura francesa 843

Maria Alice Ferreira - Bibliotecária - CRB-8/7964

A **GUTENBERG** É UMA EDITORA DO **GRUPO AUTÊNTICA**

São Paulo
Av. Paulista, 2.073, Conjunto Nacional
Horsa I . Salas 404-406 . Bela Vista
01311-940 São Paulo . SP
Tel.: (55 11) 3034 4468

Belo Horizonte
Rua Carlos Turner, 420
Silveira . 31140-520
Belo Horizonte . MG
Tel.: (55 31) 3465 4500

www.editoragutenberg.com.br
SAC: atendimentoleitor@grupoautentica.com.br

Para minha mãe.

*Ela tinha olhos em que era tão bom viver que
eu nunca mais soube para onde ir depois.*

Romain Gary, *La Promesse de l'aube*

*Filhos de mães ainda vivas, não esqueçam que suas mães
são mortais. Não terei escrito em vão se um de vocês, depois de
ler meu canto de morte, for mais doce com sua mãe. Amem suas
mães mais do que eu soube amar a minha. Que a cada dia vocês
lhes proporcionem uma alegria, é o que aconselho a partir do
meu arrependimento, gravemente do alto do meu luto.*

Albert Cohen, *Le Livre de ma mère*

ANNA

— Anna, passe aqui quando acabar! Preciso falar com você.

Amarro o avental na cintura e dou uma última verificada nas mesas antes da chegada dos primeiros clientes. Sei o que Tony quer comigo, entreouvi uma conversa sua ontem. Estava na hora.

Faz três meses que o Auberge Blanche chegou ao primeiro lugar da lista dos melhores restaurantes de Toulouse. Já trabalhávamos bastante, agora estamos sempre lotados. Mal tenho tempo de limpar uma mesa que ela já é ocupada. Sou a única garçonete da casa, Tony só consegue me ajudar quando não tem mais nada para fazer.

Segunda-feira passada, levando um *crème brûlée* para a mesa 6, meus ouvidos zumbiram, meus olhos se turvaram e minhas pernas fraquejaram. A sobremesa foi parar na cabeça do cliente e eu, no escritório do patrão.

Ele gritou comigo, como sempre, o que queria dizer que estava preocupado. Um dia ele me confidenciou que era *situs inversus*: tinha o coração no lado direito e o fígado no esquerdo. Claramente, também se comunicava de maneira invertida.

— Que merda foi essa, Anna?

— A merda de um mal-estar.

— Mas por que foi fazer isso?

— Para animar um pouco as coisas... que pergunta! A noite estava tão parada, não?

Com um longo suspiro, ele deixou a raiva para trás e passou para a fase da empatia.

— Há... e tudo bem?

— Estou melhor, vou voltar ao trabalho.

– Pode deixar, eu assumo o resto da noite. Mas esteja aqui amanhã, ok?

– Já faltei alguma vez?

Ele sorriu. Aproveitei.

– Cansei, Tony. Estou chegando aos 40, não aguento mais esse ritmo. Seria ótimo se você contratasse mais alguém.

– Eu sei, eu sei, você já me disse isso. Vou ver o que posso fazer.

Ele pegou o telefone e ligou para a amante, Estelle, para dizer que gostaria de estar com ela. Entendi que nossa conversa havia chegado ao fim.

Meu vizinho Paul me aconselhou a sair do restaurante. Ele herdou a tabacaria do pai e claramente acredita que os empregos vêm das cegonhas, que mudaram de ramo quando o mercado de bebês foi invadido pelos repolhos e pelos botões de rosas.

A verdade é que não sei fazer outra coisa. Estudei, sou técnica em contabilidade e gestão, mas descobri que estava grávida no último dia das provas finais. Mathias ganhava bem, então decidimos que eu cuidaria de Chloé. Três anos depois, quando ela foi para a creche, candidatei-me a dezenas de vagas nas áreas contábil e administrativa. Consegui uma única entrevista, durante a qual entendi que acumulava defeitos: não tinha experiência alguma, havia feito uma pausa de três anos para brincar de casinha e tinha a cara de pau de responder "não" à pergunta "tem alguém para cuidar de sua filha em caso de emergência?". Não podia competir com os inúmeros candidatos aguerridos e ultraqualificados que não colocavam suas prioridades no fruto de seus úteros.

Então aceitei a oferta de Tony, um amigo de Mathias que era dono de um restaurante. Durante os sete primeiros anos, trabalhei somente no turno do almoço, o que me permitia ficar com minhas filhas. Até que não tive escolha e precisei acrescentar o turno da noite.

Desço a porta do restaurante e ouço Tony chamando do escritório. Vou até lá e sento de frente para ele.

– Você sabe que gosto de você, Anna.

Situs inversus. Começamos mal.

– Está trabalhando comigo há quanto tempo, dez anos?

– Catorze.

– Catorze, o tempo voa! Ainda me lembro de sua entrevista, você estava toda...

– Vamos direto ao ponto, Tony.

Ele massageia as têmporas com a ponta dos dedos e suspira.

– Estelle perdeu o emprego, quero contratá-la.

– Ah! Que alívio, pensei que ouviria alguma notícia ruim! Confesso que não sei se é uma boa ideia em relação à sua mulher, mas isso é um problema seu. Ela começa quando?

Ele balança a cabeça.

– Quero contratá-la *no seu lugar*, Anna.

A informação leva vários segundos para encontrar o caminho até meu cérebro.

– Como assim, no meu lugar? Você não pode fazer isso!

– Eu sei, não tenho motivo algum para dispensá-la, embora, procurando bem, a gente sempre encontre. Mas não vou fazer isso, você não merece. Tenho uma proposta: podemos nos separar amigavelmente, assinamos um acordo e você recebe um pequeno envelope de agradecimento.

Não sei quanto tempo fiquei sem reação. O suficiente para pensar em todas as contas que já não consigo pagar. O suficiente para imaginar a geladeira ainda mais vazia. O suficiente para entender que as ligações de cobrança dos oficiais de justiça vão aumentar. O suficiente para visualizar a cara das minhas filhas quando eu anunciar que a mãe delas está desempregada.

– Então, o que me diz?

Empurro a cadeira para trás e me levanto.

– Vá se ferrar, Tony.

AS CRÔNICAS DE

CHLOÉ

Em primeiro lugar, gostaria de agradecer a todos pelos comentários. Há um ano, quando comecei esse blog, não imaginei que vocês seriam tantos a ler os pensamentos de uma adolescente insegura de 17 anos. Obrigada. <3

Chloé

Ajustei o gorro e dei uma última olhada no espelho. Perfeito. Protegida pela base e pelo batom, estava pronta para encarar o dia.

Coloquei os fones de ouvido e desci correndo os três andares do prédio. No térreo, a porta continuava quebrada e o vento frio encanava pela escadaria. Se ao menos soprasse para longe o cheiro de mijo...

Lily já estava no ponto de ônibus e acenou para mim. Ignorei-a e segui em frente. Mais uma manhã em que não pegaria o ônibus com ela.

Colégio para quê? Meu futuro já está decidido. Em três meses, passo com louvor no exame final do ensino médio e me inscrevo na faculdade de letras. E nunca vou colocar os pés lá dentro.

No pior dos casos, estudar custa caro; ou melhor, não compensa.

Ontem de manhã, minha mãe recebeu outra carta registrada. Ela a escondeu no guarda-roupa, embaixo das calças, junto com todas as outras, mas não sou boba. Além do emprego no restaurante, ela passa roupa para os vizinhos. Não posso continuar vivendo às custas dela. Ano que vem, começo a trabalhar.

Atravessei o conjunto habitacional, que ganhava vida. Nas manhãs, ele cheirava à esperança. Talvez aquele fosse o dia em que tudo mudasse. Um encontro. Uma ideia. Uma solução. Um novo começo.

Todas as manhãs, escrevo mentalmente meus sonhos a lápis. Todas as noites, eu os apago.

Eu cumprimentava as pessoas que cruzavam meu caminho. Faz cinco anos que moramos aqui, conheço todo mundo. Leila levava Assia e Elias para a escola. A senhora Lopez bebia o café na janela. Ahmed entrava no carro. Nicolas passeava com os dois chihuahuas. Nina corria para não perder o ônibus. Jordan não conseguia fazer sua scooter pegar. Ludmila fumava na entrada do bloco D.

— Estava esperando você — ela disse, abrindo a porta.

Ludmila mora numa quitinete, no sétimo andar. Era minha primeira vez ali. Ela fez um sinal para que me sentasse no sofá-cama.

— Malik jurou que você era de confiança — ela disse, pegando um pacote embaixo da mesa de centro. — É verdade?

— Com certeza.

— De quem você costuma comprar?

— Nunca comprei, é a primeira vez. Fumo dos amigos.

— Ok. Mostre o anel.

Entreguei o anel de ouro, e ela o inspecionou como se entendesse do assunto.

— Vale um dez, tudo bem pra você?

Balancei a cabeça com convicção para esconder que não sabia o que era "um dez". Ela pegou um pequeno cubo marrom, embalou-o em papel-alumínio e colocou-o na minha mão.

— Se alguém perguntar, diga que Jo vendeu pra você.

Guardei o pacote na mochila, entre os cadernos e livros do colégio, e depois me dirigi para a porta. Estava prestes a fechá-la quando Ludmila lançou:

— Ei, você não é a garota que ganhou o concurso de redação no ano passado?

Fingi que não ouvi e fechei a porta.

LILY

3 de março
Querido Marcel,

Sábado, para os meus 12 anos, minha dinda me deu um diário: você. Ela é sempre muito querida, acho que para compensar os dentes de ratazana, mas agora tinha ido longe demais. Para começo de conversa, nunca entendi para que serve um diário, e de todo modo ando cheia de deveres. Além do mais, ela escolheu uma capa rosa cheia de coraçõezinhos. Só faltaram as lantejoulas.

Não tinha planejado usar você, deixei-o na cozinha torcendo para que Anna ou Chloé jogassem você no lixo junto com os folhetos de propaganda, mas acabou de me acontecer uma coisa que preciso muito compartilhar com alguém, e não posso contar para ninguém. Então pintei sua capa com um marcador vermelho, coloquei um cadeado (uma garota prevenida vale mais que duas voando) e encontrei um esconderijo perfeito, mas não vou dizer onde. (Chloé, se estiver lendo isso, pare imediatamente ou vou contar para Anna que você usa os sutiãs dela.)

Aliás, seu nome é Marcel, espero que goste. Porque você é vermelho como o careca do primeiro andar, que se chama Marcel Musson.

Não sei se vou escrever muito em você. Se for como a pomada para acne, vou me lembrar dia sim dia não, mas vou tentar.

Então, lá vai.

Hoje de manhã, fiquei com dor de barriga no ônibus. Não consegui nem acabar o cereal no café da manhã, o que foi estranho, mas pensei que era por causa da prova de inglês, pois não me lembrava de todos os verbos irregulares e estava estressada. Só que depois da prova a dor continuou. Então pensei que deveria ser por causa do jantar de ontem. Eu e Chloé requentamos o ensopado que Anna tinha trazido do restaurante. Estava mais para encharcado, acredite.

Na educação física, jogamos basquete. Fiquei dez minutos gritando para o Théo me passar a bola e ele foi fazer isso bem na hora em que eu estava prendendo os cabelos. Defendi a bola com o nariz, que começou a sangrar, e o professor me tirou da quadra.

Eu estava na lateral, com a cabeça para trás, com papel higiênico nas narinas (ninguém tinha algodão), quando ouvi risadas nas minhas costas. Eram dois garotos e uma garota do nono ano, que estavam sentados nas arquibancadas e me encaravam. O baixinho de cabelos castanhos e cara de cavalo perguntou se eu tinha levado uma bolada no traseiro. Respondi que não, só no nariz. Eles riram e olharam para a minha bunda, e então entendi tudo. Aquilo explicava a dor de barriga: minha mãe tinha me contado várias vezes como funcionava a menstruação – que teve que chegar bem no dia em que estava usando calça de moletom branca.

Fui de costas até a porta do ginásio e segui até o vestiário com a bunda para a parede. Eu estava toda suja de sangue, não sabia que perderia tanto assim, minha calcinha parecia a cena de um crime. Limpei tudo do jeito que pude e usei algumas folhas de papel higiênico como proteção, mas logo vi que não seria suficiente, então achatei bem o rolo com as mãos e o coloquei dentro da calcinha.

Caminhei como um caranguejo o dia todo, o casaco amarrado na cintura, acho que ninguém percebeu nada. Preciso pedir para Anna comprar absorventes.

Beijinhos, Marcel.

Lily

P.S.: pode ser que não seja a menstruação, mas uma hemorragia cerebral saindo por baixo, por causa da bolada na cabeça, e pode ser que amanhã esteja morta.

ANNA

Todos os nossos cafés da manhã são parecidos: proíbo a televisão, tento começar uma conversa que sempre se choca contra uma parede de silêncio e acabo me convencendo de que ter nossos olhos fixos na mesma tela é uma maneira de olhar na mesma direção.

Lily, hipnotizada por algum seriado, se serve de leite.

— Mãe, da próxima vez você pode comprar um cereal de verdade?

— Abaixe o volume, por favor. Esse não é de verdade, por acaso?

Ela abaixa a tela por um segundo e me encara com suas duas faíscas verdes.

— Você sabe que não, esse aqui não tem nem marca, parece um isopor! Os melhores são os da prateleira do meio, os da prateleira de baixo são horríveis.

Não tenho tempo de responder. Chloé passa a cabeça pelo batente da porta, lança um "bye-bye!" e desaparece. Alcanço-a quando ela está chegando na escada.

— Chloé, pode sentar com a gente por alguns minutos?

Ela se vira, suspirando. Está usando base.

— Não estou com fome.

— Eu sei, como sempre. Mas pode ficar um pouco com a gente, não? É o único momento do dia em que podemos nos ver.

— Culpa de quem, mesmo? — ela diz, me fulminando com o olhar antes de descer correndo as escadas.

Ainda estou plantada no meio do corredor quando o interfone toca. Não atendo, nunca atendo ninguém. Nove a cada dez vezes é alguém tentando vender persianas ou falar de Jeová.

Dois minutos depois, alguém bate à porta. Caminho até o olho mágico na ponta dos pés. Do outro lado, um homem com uma cara tão animadora quanto uma colonoscopia. Sei o que vai acontecer, mas não tenho escolha. Abro a porta.

– Senhora Moulineau? Bom dia, sou o senhor Raposo, oficial de justiça. Posso entrar?

A pergunta é retórica, e o sujeito entra no apartamento antes do ponto de interrogação. Ele consulta uns papéis e escolhe uma folha. Fecho a porta da sala para que Lily não nos ouça.

– Que bom que a encontrei, imagino que não tenha recebido minhas correspondências?

– Sim, recebi. Desculpe, eu...

– Então a senhora sabe por que estou aqui – ele me corta. – Está recebendo em mãos a intimação de pagamento da quantia de 5.225 euros para a Cefitis Empréstimos.

Pego documento e a caneta que ele me oferece, leio na diagonal, apoio a folha na parede e assino.

– Posso fazer uma pergunta, senhor Raposo? – indago, devolvendo o papel.

– Claro.

– Se já não consegui pagar várias mensalidades, como o senhor acha que vou conseguir saldar os 5.225 euros de uma só vez?

Ele dá de ombros e sorri com indulgência.

– Sinto muito. O credor tem sido paciente e a senhora não honrou seus compromissos.

– Juro que faço o melhor que posso! Faz anos que pago 110 euros por mês para quitar essa dívida. Só não paguei a mensalidade três vezes porque não consegui. *Realmente* não consegui. Eles não podem exigir o pagamento integral só por causa disso!

– Podem sim. A Cefitis propôs uma renegociação, que a senhora cumpriu por um breve período. Eu poderia ter feito novas propostas, mas a senhora nunca me respondeu. Infelizmente, agora é tarde demais.

Sinto vontade de protestar, de suplicar. De jurar que não sou uma pessoa de má-fé, que tento respeitar a maldita renegociação dos prazos, aquela e a de outros credores, que tudo o que ganho vai para o pagamento das minhas dívidas, que às vezes consigo manter a cabeça para fora d'água por alguns meses, mas que sempre vem uma onda e me derruba. O carro estraga, ou a máquina de lavar, surge uma viagem escolar de Lily ou um novo tamanho de sutiã para Chloé. Algumas pessoas adoram surpresas, mas eu sonho nunca mais ter nenhuma. Sinto vontade de dizer que não gastei esse dinheiro com uma semana de férias, nem com joias. Que, se não estivesse realmente desesperada, nunca teria feito um empréstimo com uma taxa tão absurda. Gostaria de dizer tudo isso, mas a única coisa que consigo é emitir um soluço baixinho e começar a chorar.

O oficial de justiça fica constrangido, eu fico constrangida por deixá-lo constrangido. Enquanto tento me acalmar, ele tosse e coloca a mão em meu ombro, mas lembra que não sou sua amiga e começa a folhear os documentos.

– Sinto muito – ele acaba dizendo.

– E se eu não conseguir pagar, o que acontece?

Ele suspira.

– Teremos que acionar a justiça, para recuperar os valores por todos os meios à nossa disposição. Acredite em mim, haverá um processo.

– Um confisco de bens?

– Por exemplo.

– Perfeito, temos uma solução! Meu carro tem quase 20 anos, os vidros e a terceira marcha já não funcionam. Devemos conseguir 30 euros por ele, faltarão apenas 5.195. Também posso sublocar meu apartamento de três quartos nesse conjunto habitacional para famílias de baixa renda, com um elevador temperamental. Deve ser fácil, o que o senhor...

Não pude terminar a frase, a porta da sala é aberta por Lily, que tem a boca suja de leite. Ela franze a testa ao ver lágrimas em meu rosto.

– O que aconteceu?

– Nada – respondo, secando o rosto com o dorso da mão.

Ela aponta para o oficial de justiça com o queixo. Ao que tudo indica, já entendeu tudo.

– Por que está chorando? Por causa do senhor Corvo?

– Senhor Raposo – ele corrige. – Eu estava de saída, tenham um bom dia.

Ele abre a porta, dirige-me um último olhar e começa a descer as escadas. Antes que eu feche totalmente a porta, Lily coloca a cabeça para fora e grita:

– Sua plumagem é bonita, mas seu canto tem cheiro de queijo podre!

Ela veste o casaco, coloca a mochila nas costas e desaparece.

AS CRÔNICAS DE

CHLOÉ

Quinta-feira é o melhor dia para matar aula. Lily sai da escola às cinco da tarde e minha mãe não volta para casa depois do almoço – ela vai direto visitar a bisa. Tenho o apartamento todinho para mim, não sou nem irmã nem filha de ninguém. Posso fazer o que quiser, receber quem eu quiser.

Faz seis dias que comecei a sair com Kevin. Acho que estou apaixonada. Ele é legal. Trabalha na padaria que fica na saída do conjunto habitacional, sempre parece feliz quando me vê comprando pão na volta do colégio. Ele não é muito bonito, mas ultimamente tenho desconfiado dos caras bonitos.

Nossa história começou na sexta passada. Pedi a baguete de sempre e vi que ele estava no fundo da padaria, tirando uns bolinhos do forno. Ele sorriu para mim e me fez um sinal para esperar na rua. Poucos minutos depois, saiu com um cigarro nos lábios.

– Prazer, Kevin.

– Oi, sou a Chloé.

Ele tinha farinha na bochecha e olhos azuis.

– Mora por aqui?

– Sim, no bloco C.

– Gosto de ver você por aqui no fim da tarde.

Abaixei o rosto e senti as bochechas pegando fogo. Sempre fico sem jeito quando sou elogiada, é como se ganhasse um presente caro demais.

Ele pegou meu queixo e ergueu meu rosto com delicadeza.

– Saio às oito. Você vem me esperar?

Às oito horas, estava de banho tomado, penteada, ma-quiada, tinha provado três roupas diferentes, deixado Lily na frente da televisão e feito com que prometesse não abrir a boca, e esperava na frente da padaria.

Às onze horas, logo antes da chegada de nossa mãe, voltei para casa e repassei tudo o que tinha feito naquela noite. Os sanduíches preparados por Kevin, o banco perto do lago, sua coxa encostando na minha, sua voz murmurando que eu era bonita, sua boca na minha, suas mãos geladas entrando por baixo do meu blusão, seu corpo pressionando o meu. Eu disse não quando ele me convidou para entrar em seu carro, e senti que o havia desapontado. Ele ficou fumando em silêncio, as sobrancelhas franzidas, e então colei meu corpo ao dele e mergulhei a mão dentro de sua calça. Ele foi legal o resto da noite.

Hoje de manhã, quando contei que teria o apartamento só para mim a tarde inteira, ele na mesma hora aceitou meu convite. Passei a senha da porta do prédio para ele, que chegou às duas da tarde. Ele estava sem farinha no corpo, era seu dia de folga. Trouxe uma caixinha. Eram cupcakes.

Sentamos no sofá, meu celular tocava uma playlist romântica. Descansei a cabeça em seu ombro e peguei sua mão. Ele acariciou minha palma com o polegar. Kevin era carinhoso. Não tinha nada a ver com os caras que eu conhecia, que só se interessavam por uma coisa, que só queriam ganhar sem dar nada em troca. Aquele pequeno gesto, que parecia tão insignificante, aquele dedo acariciando minha mão, me dava pistas de que talvez ele fosse o cara certo. De que ele talvez se interessasse por mim *de verdade*. Que talvez fosse me encher de amor e afeto, que talvez fizéssemos planos juntos e que eu talvez me tornasse importante para ele. Eu também mostraria que ele era importante para mim. Trabalhando numa padaria, ele não devia ter muitas chances de sair com várias garotas por aí. Virei o rosto para ele e ofereci os lábios. Ele se levantou, me obrigando a fazer o mesmo, e bateu as mãos nas coxas.

– Vai me mostrar seu quarto, então?

LILY

16 de março
Querido Marcel,

Espero que esteja bem e que não me queira mal por ter escondido você atrás do aquecedor. Achei que estivesse desligado.

Para responder à sua pergunta, estou mais ou menos. No início do ano, não tinha nenhum problema com Manon e Juliette. Todo mundo adora as duas, principalmente porque elas são gêmeas ("pague um, leve dois"). E porque o pai delas é primo da vizinha do cabeleireiro da mãe do comediante Kev Adams, e todo mundo ama Kev Adams, menos os nerds que fazem aula de latim e grego, mas quem quer ser amado por quem faz aula de latim e grego?

Eu nem gostava nem deixava de gostar delas, mas as coisas mudaram quando as duas notaram minha existência. Tudo isso porque me candidatei para representante de turma e ninguém me avisou que Manon queria ser a única candidata. Recebi um único voto, que nem foi meu (obrigada, Clélia), então tudo fez sentido quando as gêmeas começaram a me perseguir. Bom, como não são muito espertas, elas se limitam a me passar rasteiras e atirar bolinhas de pão na minha cabeça no refeitório, mas preferia quando me ignoravam.

Durante o feriado de Natal, contei essa história para minha irmã, não para dedurar ninguém (não sou dedo-duro), mas porque ela tinha ouvido algo do irmão de Nahima (que é um dedo-duro). Fiz ela jurar pela Beyoncé que não diria nada, ela jurou, mas foi tirar satisfação com as gêmeas na saída da escola, coitada da Beyoncé. Chloé disse a elas que eu era frágil, que aquilo me deixava mal, que elas deviam se colocar no lugar dela, que elas fariam a mesma coisa para proteger a irmã... Elas ficaram vermelhas e enfiaram o rosto no cachecol, concordando. Juliette prometeu que não me incomodaria mais, Manon pediu desculpas. Na manhã seguinte, toda a turma me chamou de "a dedo-duro" (não sou dedo-duro). Foi a primeira e última vez que compartilhei um segredo com minha irmã.

Desculpe, Marcel, tive que mudar de caneta, a outra estava falhando. Enfim, estou com pressa porque minha série favorita vai começar.

Fazia algumas semanas que as gêmeas tinham se acalmado, não sei por quê, não fui perguntar. Até hoje de manhã, na aula de química. Formamos duplas para fazer uma experiência, e Mathis ficou do meu lado, no lugar de Clélia. O problema é que ele é o namorado da Manon, todo mundo sabe, eles passam os recreios colados pela boca, parecem peixes limpadores de aquário. Enfim, olhei em volta e vi Manon me fuzilando com o olhar, respondi com um sorrisinho do tipo "não se preocupe, não vai acontecer nada", mas ela levantou o dedo médio, imagino que tenha pensado que eu a estava provocando.

No recreio, Clélia e eu sentamos no chão do pátio coberto. As gêmeas chegaram e me perguntaram qual era o meu problema. Eu disse que nenhum, porque não tinha mesmo, mas Manon respondeu que ela sim tinha um problema, que se chamava Lily. Respondi que era engraçado, porque eu tinha o mesmo nome de seu problema. Ela franziu a testa e então tentei explicar que não queria nada com Mathis, que tinha planos que não envolviam um relacionamento sério no sétimo ano e que, acima de tudo, ele tinha um mau hálito terrível, como se tivesse comido sanduíche de queijo podre no café da manhã, por isso ela não precisava se preocupar. Juliette deu uma risadinha, Manon ordenou que calasse a boca, depois se ajoelhou para ficar na minha altura, aproximou o rosto do meu, o suficiente para sentir que o cheiro de queijo podre se transmitia pela saliva como a mononucleose, e murmurou que eu não passava de uma galinha, como minha irmã.

Não sei o que me deu na hora, mas, talvez por influência do documentário sobre lhamas que vi no final de semana, dei um baita cuspe na cara dela. Juliette agarrou meus cabelos, Clélia agarrou os de Juliette, Manon os de Clélia e eu os de Manon. Ficamos assim, sem sair do lugar, até o recreio acabar, depois fomos para a aula de geografia.

Não sei o que ela quis insinuar sobre Chloé. Sei muito bem que minha irmã é uma chata, mas galinha ela não é.

Beijinho, Marcel, boa noite!
Lily
P.S.: não sou dedo-duro.

ANNA

— Mãe, verde! — Lily exclama.

Engato a primeira e me desculpo pelo retrovisor, mas volto a mergulhar em meus pensamentos.

Fiz as contas. Para quitar todas as minhas dívidas, preciso de 12.689 euros. É de chorar. Desde que entendi que nunca vou sair dessa, desde que meu estômago começou a fabricar úlceras e meu sono, pesadelos, meses atrás, me transformei em uma avestruz. Por que enfrentar um inimigo quando sabemos que ele vai nos derrotar?

Parei de pensar no dia em que, para renegociar uma dívida contraída a dois, e de mensalidades impossíveis de pagar sozinha, assinei um empréstimo com juros mais elevados do que a quantia solicitada. Parei de consultar meu saldo bancário porque cada boleto atrasado e cada cheque especial eram acompanhados por juros exorbitantes. Parei de abrir os envelopes. Ignorei as ligações de números desconhecidos. Vivi meses a fio anestesiando uma parte da minha vida. O despertar foi doloroso. Ele custa 12.689 euros.

— Chegamos! — Lily grita.

Estaciono na frente da casa do meu pai, os limpadores de para-brisa enfrentam bravamente o dilúvio lá fora. No banco do carona, Chloé está mergulhada na contemplação de seu celular desde que saímos do apartamento.

— Chloé, chegamos.

— Legal.

— Faça um esforço, vovô gosta muito de vocês.

Ela dá de ombros e solta o cinto de segurança. Seu queixo treme.

– O que foi, querida?

– Nada – ela responde, fazendo um esforço visível para conter as lágrimas.

Acaricio sua bochecha:

– Tem certeza?

– Sim, mãe, estou dizendo que não foi nada.

Ela sai do carro, bate a porta e corre ao encontro da irmã na entrada da casa, protegendo os cabelos com a bolsa.

Meu pai e minha madrasta, Jeannette, beijam quatro vezes cada uma de nós, para garantir caso as três primeiras não tenham ficado claras. Eles sorriem tanto que consigo ver seus sisos.

– Estávamos ansiosos pela chegada de vocês, queremos mostrar uma coisa! – anuncia meu pai, acelerado.

Jeannette, a seu lado, aplaude. A última vez que os vi nesse estado, eles tinham acabado de tatuar seus respectivos apelidos no peito. Jojô e Jajá.

Meu pai abre a porta da varanda e nos leva para o jardim.

– Sigam-me!

– Vovô, está chovendo – reclama Chloé.

– Só umas gotinhas – responde Jeannette, empurrando-nos para fora.

No fundo da casa, meu pai faz um sinal para pararmos.

– Prontas?

– Sim! – exclama Lily.

– Espere! – pede Jeannette. – Deixe que elas adivinhem!

Ele concorda, muito empolgado. Jojô e Jajá adoram uma brincadeira.

– Vocês compraram um cachorro? – Chloé pergunta, apática.

– Um tigre? – Lily sugere, receosa.

– Um carro novo?

– Está esquentando, Anna! – responde Jeannette. – Maior que um carro!

– Uma nave espacial? – Lily arrisca.

– Um trailer?

Os olhos do meu pai piscam várias vezes. Ele nos autoriza a avançar e abre os braços:

– Tadáááá!

Atrás dele, um imponente veículo branco – um motorhome – uma espécie de trailer mais moderno. Ele coloca o braço sobre os ombros de Jeannette, que parece ronronar.

– Decidimos nos dar um presente de aposentadoria. Queremos viajar para a Itália no verão. Ele não é novo, mas tem apenas 10 anos, não podíamos perder essa barganha. Entrem, deem uma olhada!

Ele abre a porta e nos faz subir na casa de férias sobre rodas, não sem antes pedir para tirarmos os sapatos.

O interior é pequeno e funcional: quarto com cama de casal, prateleiras por toda parte, sala de estar com sofá-cama, cozinha e até mesmo um chuveiro, onde só se entra com uma perna de cada vez.

Do lado de fora, pingando de chuva, Jojô e Jajá acompanham nossas reações. Faço um sinal para as meninas, que logo entendem a mensagem, e exclamo:

– Absolutamente maravilhoso, vocês vão aproveitar muito!

– E que cortinas lindas! – emenda Chloé, acariciando o tecido estampado com grandes flores amarelas.

Lily percorre o motorhome com os olhos em busca de inspiração, até que seu rosto se ilumina:

– Muito prático. É tão pequeno que dá para cozinhar fazendo cocô!

Depois de um almoço pantagruélico, passamos para a sala de estar para beber um café e Chloé se isola na biblioteca. Ao longo da refeição, seu astral havia oscilado como um ioiô, como se seu celular segurasse o fio. A cada vez que ela o consultava, seus olhos se enchiam de lágrimas ou de estrelas. As condições meteorológicas da adolescência são sempre instáveis.

Quando vou procurá-la na biblioteca, ela está sentada sobre umas almofadas lendo *O morro dos ventos uivantes*.

– Tudo bem?

– Tudo – ela responde, sem tirar os olhos do livro.

Sento-me a seu lado.

– Você sabe que pode falar comigo.

Ela dá de ombros.

– Você sabe, Chloé?

– Sei, mãe, mas...

– Mas o quê?

– Nada.

– Mas o quê, querida?

– Nada, estou bem, mãe. Pode me dar um abraço?

– Claro que posso, minha filha.

Abro os braços e ela se aninha em mim, a cabeça em meu pescoço, os cabelos coçando meu nariz. Ela roubou meu perfume de novo.

Chloé sempre gostou dos meus carinhos. Quando era pequena, só conseguia dormir comigo. Todas as noites, quando eu ia para a cama, encontrava Chloé à minha espera. Seu pai ficava louco. Eu reclamava, mas aproveitava aqueles momentos que sabia que seriam efêmeros. Ela ainda me visita à noite, dizendo que teve um pesadelo ou uma dor de barriga. Não reclamo mais, afasto a coberta e deixo o lugar mais quente para ela, sem dizer que não precisa inventar desculpas.

Ela recua gentilmente e arruma os cabelos antes de voltar à leitura. Levanto-me bem devagar.

– Sabe, estou sempre aqui, caso precise conversar.

Saio da biblioteca e fecho a porta atrás de mim. Ela está quase fechada quando a voz de Chloé chega até mim.

– Menos quando está trabalhando.

ANNA

Todas as manhãs, chego ao restaurante com a esperança de que Tony tenha se convencido de que sua proposta é inaceitável. Todas as noites, vou embora com a esperança de que ele seja atingido de amnésia durante o sono.

Ele não esquece. Não desiste.

— Então, mudou de ideia?

Parado atrás do balcão, ele me observa passar a vassoura entre as mesas.

— Não, Tony.

— Por que não?

— Já disse cem vezes: aos 37 anos, seria impossível encontrar outro emprego.

— Mas foi você que disse: o trabalho é pesado demais aqui! Além disso, posso ver que está cansada, fica sem fôlego, não para de se queixar.

A vassoura estaca. Volto-me para ele:

— Não brinque com isso! Não tente encontrar um motivo para me dispensar, não vai conseguir. Qualquer pessoa pode atestar meu profissionalismo. Faço sozinha o serviço de duas pessoas; se fico cansada, é porque você não quer contratar mais ninguém!

Ele se serve de uma bebida e vira o copo.

— Não vou fazer isso, sou uma pessoa correta. Se não fosse, não teria proposto um acordo. Gosto muito de Estelle, sabe, não é só pelo sexo.

— Não me interessa — respondo, tentando não imaginar os dois.

Mãos abertas sobre o balcão, ele continua, com a voz mais suave:

– Ela é uma garota legal, gostaria muito que trabalhasse comigo. Ela disse que sim, desde que eu empregasse a irmã dela também.

– A irmã dela? Então elas vão trabalhar em dupla?

– É a ideia.

Sem abrir a boca, retomo a limpeza do chão tentando ignorar os pedidos da vassoura, que me suplica para ser atirada em certa direção.

– Anna, é por causa da minha mulher que não quer aceitar minha proposta?

– O que disse?

– É por solidariedade feminina? Ou está com ciúme?

Solto a vassoura e me aproximo dele, furiosa.

– Acha que tudo gira em torno de você, Tony? Pode dormir com Estelle quantas vezes quiser, e pode ir para cama com Estelle, sua irmã, seu avô e seu hamster se tiver vontade, não dou a mínima. Pode ser que seja uma surpresa para você, mas estou pensando em mim, em minhas filhas, em meu futuro, em minha conta bancária. Não é por você que digo, não, é por mim. Então, por favor, desista. Não vou aceitar.

Ele se serve de uma segunda dose e beberica em silêncio. Pego novamente a vassoura, para finalizar a limpeza. À medida que me movimento, minha raiva se dissipa, substituída pelo cansaço. Não passo de uma carcaça vazia quando contorno o balcão para pegar minha bolsa. Tony continua no mesmo lugar.

– Boa noite, Tony. Até amanhã!

– Anna – ele insiste. – Alguma coisa poderia fazê-la mudar de ideia?

Meus pelos se eriçam, sinto-me pronta para dar o bote. Em vez disso, encaro Tony e ouço uma voz escapar da minha boca:

– Talvez uma coisa...

AS CRÔNICAS DE

CHLOÉ

Kevin não me ama mais. Enfim, ele não usou essas palavras, mas sugeriu que eu era boa demais para ele, que ele não me merecia. Passei na frente da padaria umas dez vezes hoje, queria conversar sobre nós. Depois de tudo o que vivemos juntos, preferia ter recebido mais do que uma mensagem de texto com um "acabou" no final. Consegui vê-lo, mas só de longe, em seu intervalo. Ao que tudo indica, Clara não é boa demais para ele.

Sentei no hall de entrada do prédio para esperar o correio e pensar um pouco.

Não consigo entender. Fiz uma lista: saí com sete garotos na vida. Os quatro primeiros me dispensaram porque eu não quis transar com eles. Os três últimos me dispensaram logo depois de eu transar com eles. Eu achava, no entanto, que era o que queriam, as mensagens foram bem claras, nem um pouco subliminares. Quando dou o que querem, por que não querem mais?

Eu sempre caio. Eles são carinhosos, atenciosos, falam no plural e no futuro, como não se apaixonar?

Inês me aconselhou a esperar, a cozinhá-los em fogo baixo, a dar tempo para que me conheçam. Marion disse que devo ser ruim de cama, mas que o YouTube tem tutoriais para ajudar. Charlotte decretou que são todos uns babacas. Mas eu não sei. Talvez os homens é que sejam como a Cinderela e se transformam depois de um tempo.

A carteira do meu bairro costuma ser Sônia, de quem fui colega de nado sincronizado no ensino fundamental. Ela sempre me entrega o correio em mãos, em vez de colocá-lo na caixa. Hoje veio outra pessoa, um jovem de cabelos cacheados. Ele apoiou a bicicleta na parede e leu as dezenas de nomes com ar confuso. Levantei:

— Se ajudar, pode me entregar tudo o que estiver no nome de Moulineau.

— Tudo bem, posso me virar sozinho, obrigado!

— Por favor... Estou esperando uma carta urgente e esqueci a chave.

Ele balançou a cabeça.

— Não sei se posso fazer isso.

Esbocei o sorriso mais convincente de que sou capaz e jurei que Moulineau era meu sobrenome de verdade. Ele pediu para ver minha carteira de identidade, mostrei-a e expliquei:

— Bom, não sou exatamente Moulineau, meus pais se divorciaram. É o nome da minha mãe.

Ele olhou para a foto, depois para mim, depois para a foto, depois para mim.

— Você é mais bonita ao vivo.

Sorri, dessa vez sem forçar.

Ele vasculhou a sacola, pegou dois envelopes e os estendeu na minha direção. Fiquei com o que tinha o símbolo do colégio e enfiei o segundo na caixa de correio.

Afastei-me na direção das escadas, mas ele me chamou.

— Moulineau! Vamos nos ver de novo?

Seu nome é Lucas, tem 21 anos, acaba de entrar para os Correios, graças à mãe, que trabalha numa agência, e ele toca guitarra numa banda. Vamos ao cinema na quarta-feira à tarde.

Não peguei o elevador, subi as escadas correndo para que meu coração tivesse um bom motivo para bater mais rápido. Minha mãe tinha saído para trabalhar fazia uma hora, seu perfume ainda pairava no apartamento. Fechei a porta do quarto, disse oi para a fotografia de papai que nunca sai da minha mesa de cabeceira (eu com 2 anos no colo dele), deitei na cama e fiquei imaginando a próxima quarta-feira. Espero que o filme seja sobre uma história de amor.

LILY

21 de março
Querido Marcel,

Desculpe ter ficado tantos dias sem escrever, mas é que peguei uma gripe, você nem imagina. Tive uma febre tão alta que não ousei sentar em nenhuma cadeira de plástico. Não se preocupe, já estou melhor, embora ainda esteja com uma voz de taquara rachada.

Hoje não tive aula, os professores foram fazer uma passeata e, como Chloé estava no colégio, minha mãe quis que eu fosse para a casa do vovô, porém passar o dia com pessoas de 60 anos, não, muito obrigada, não curto antiquários. Então fui para a casa de Clélia: seu pai concordou em ficar com a gente, mas na verdade ele passou o tempo todo na frente da televisão.

Adoro visitar Clélia, primeiro porque ela tem um cachorro muito bonitinho que se chama Rocky, mas principalmente porque ela tem ratos. Ratos são muito legais, todo mundo acha que são sujos, mas na verdade eles são muito limpos, e ainda por cima superinteligentes. Vi numa reportagem que nem precisam de recompensa para ajudar outros ratos em apuros. Eu talvez gostasse mais das pessoas se fossem como eles.

Os ratos de Clélia se chamam Rasura e Dentinho. Ela achava que eram duas fêmeas, mas, como Rasura teve sete filhotes, ou Dentinho é um macho ou é possível engravidar comendo cenouras (espero que não). Bem que gostaria de ficar com um, seria o céu, mas tive que recusar. Uma vez, quando era pequena, um camundongo apareceu nas escadas do edifício. Anna gritou tanto que meus tímpanos se suicidaram por alguns minutos, depois ela desceu como se estivesse usando esquis. É por isso que visito Clélia sempre que posso. Botamos Rasura e Dentinho nos ombros e vamos passear. Eles bebem água da nossa língua, colocando as patinhas nos nossos lábios. É muito fofo.

Voltei para casa para fazer um trabalho sobre a aurora boreal. Chloé ainda estava trancada no quarto, ouvindo música, não respondeu quando bati na porta e não saiu para comer o macarrão de forno que Anna deixou pronto antes de sair.

Agora vou dormir, porque não sei você, mas estou morta. Escovo os dentes amanhã, e espero que minha mãe não sinta meu bafo quando me der um beijo ao voltar para casa.

Beijinhos, Marcel, e boa noite!
Lily
P.S.: meus pés estão tão frios que aqueci os lençóis com o secador de cabelo, mas, assim que fui guardá-lo, eles esfriaram tudo de novo.

ANNA

Estou desempregada. Desde que acordei, repito mentalmente essa frase sem parar, para me convencer dela. É quase meio-dia, voltei a deitar depois que Chloé e Lily saíram. Fazia tempo que não ficava na cama até tarde, que não me dava esse tempo. É bom, mas não posso me acostumar. Hoje à tarde começo a procura por um novo emprego. Depois de encontrar um, e somente depois, conto para as meninas. Inútil deixá-las angustiadas, já estou o suficiente por nós três.

Tony não aceitou minha proposta imediatamente. Primeiro riu, até que entendeu que não estava brincando. Ou ele cedia, ou eu ficava. Ele não me dirigiu a palavra por dois dias, até que, ontem à noite, me entregou um envelope.

– Você disse que preferia em dinheiro, certo?

Vi notas de todas as cores e me senti como no Banco Imobiliário. Segui-o até seu escritório, assinamos a rescisão de contrato e ele me entregou todos os documentos necessários.

– Hoje foi seu último dia – ele acrescentou. – Não precisa cumprir o aviso-prévio.

– Não sei se podemos...

– Anna, com a quantia que acaba de receber, não vai começar a me encher o saco, vai?

Abaixei a cabeça, com um nó na garganta. Era minha última vez naquele lugar. Não tive nem tempo de me despedir dos clientes regulares: André e Josiane, que vinham todas as quartas-feiras havia dez anos e se sentavam à mesa da janela; Bertrand, Jamel e Dylan, que todos os dias pediam o almoço executivo e sempre deixavam uma gorjeta além de tíquetes-restaurante; Marlene, que vinha bebericar um café todas as noites, para adiar a solidão por alguns minutos.

– Tudo bem, muito obrigada, Tony. Sabe, era difícil, mas eu gostava de trabalhar aqui.

Pensei ter visto seus olhos brilharem. Ele se virou para a porta.

– Eu sei, você trabalha bem. Bom, já chega, preciso fechar, minha mulher está me esperando!

Fazia frio na rua. Tony começou a fechar a porta quando, meio sem jeito, me deu um beijo na bochecha.

– Espero que encontre algo legal.

Não consegui responder e segui até o carro, ordenando que minhas lágrimas se contivessem.

No carro, contei o dinheiro.

Nada com que pudesse comprar um castelo, mas o suficiente para pagar todas as minhas dívidas e, apertando o cinto, afastar os oficiais de justiça por dois ou três meses. Com sorte, talvez encontrasse um emprego que pagasse melhor, que me permitisse ter uma renda superior a nossos gastos. Aquela rescisão talvez tivesse sido a coisa certa, pensei, ligando o motor.

Agora, a angústia é uma realidade. E se eu demorasse vários meses para conseguir um emprego? E se nunca mais conseguisse um? E se acabássemos na rua?

Saio da cama antes que os pensamentos negativos me paralisem. Tiro os protetores de ouvido, que coloquei quando o vizinho de cima achou que ele era uma mistura de Mariah Carey com Frank Sinatra, e saio do quarto.

Fecho a porta da sacada, suspirando. Lily sempre a deixa aberta, faça chuva ou faça sol, como se o comando "fechar a maçaneta" tivesse sido apagado de seu cérebro. Os pratos sujos da véspera ainda estão na mesa de centro. Se eu os guardar, as meninas vão pensar que essa é minha função. Se os deixar ali, em menos de um mês a sala estará condenada. Abro a porta do banheiro tentando encontrar uma maneira de fazê-las participar das tarefas domésticas quando uma bunda, repito, uma bunda branca e desconhecida aparece na minha frente. Um homem nu está usando meu banheiro.

– AAAAAAAAAAAAAAH! – grito.

– AAAAAAAAAAAAAAAAAAAAH! – ele responde.

Fecho a porta e seguro o trinco, para impedi-lo de sair, mas continuo gritando. Penso em como avisar a polícia pelo celular, que está no quarto, quando Chloé chega correndo, descabelada.

– Chloé, não se aproxime, um homem nu invadiu nosso banheiro!

Ela fica vermelha. Entendo tudo.

– Chloé? O que está fazendo em casa, e não no colégio?

Nenhuma resposta. Preciso mesmo de uma se minha filha está só de calcinha?

Abro a porta do banheiro, a bunda foge para o quarto de Chloé a toda velocidade. Dois minutos depois, o cara já se vestiu e deixou o apartamento. Fico sozinha por alguns instantes, tentando acalmar meus tremores e assimilar a dolorosa realidade: minha filha não tem mais 5 anos. Vou ao encontro dela.

– Tem algo a me dizer?

Deitada em sua cama desfeita, ela olha para o teto. Suas bochechas estão molhadas.

– Chloé, fale alguma coisa. É seu namorado? Há quanto tempo? Você não tinha aula?

Caminho até a cama e me sento a seu lado. Ela se atira em meus braços, o corpo sacudido por soluços. Afasto-a com firmeza.

– Chloé, precisamos conversar. Há quanto tempo está dormindo com esse garoto? O que está fazendo em casa?

Ela seca as lágrimas, se senta contra a parede, dobra as pernas até o peito e fixa os olhos nos meus:

– E você, o que está fazendo em casa?

AS CRÔNICAS DE

CHLOÉ

Lucas não responde mais às minhas mensagens. Jurei que não sabia que minha mãe estava em casa, que aquilo nunca mais aconteceria, mas ele não responde.

Esperei na sacada para ver se trazia a correspondência, mas ele deve ter sido enviado para outro bairro, porque Sônia voltou. Eu queria ir até a casa dele, mas estou de castigo. Minha mãe só me deixa optar entre o colégio e a sacada. Um inferno. Além disso, agora ela está o tempo todo em casa. Quase preciso pedir permissão para usar o banheiro. Queria poder acelerar o tempo e ir direto para daqui a três meses, três semanas e um dia, quando me torno maior de idade.

É a primeira vez na vida que estou trancada em casa. É difícil, mas o pior é que minha mãe perdeu a confiança em mim. Eu a desapontei.

Ela me fez um monte de perguntas, quis saber tudo. Como não respondi, ela começou a vasculhar minhas coisas. E quem procura, acha.

Quando ela encontrou a caixa de camisinhas, ficou branca.

Quando avistou a cartela de anticoncepcionais, ficou vermelha.

Quando descobriu a maconha, saiu do quarto.

Fui falar com ela mais tarde, à noite. Ela estava vendo televisão com Lily, estava com os olhos vermelhos. Pedi desculpas. Ela abriu os braços, me aconcheguei contra seu corpo. Ela me acariciou a cabeça, ouvi seu coração batendo rápido.

– Fale comigo, querida – ela cochichou. – Me diga o que está acontecendo. Como posso ajudar?

Não respondi. Não sei o que está acontecendo. Não sei como ela pode me ajudar. Comecei a chorar alto, por um bom tempo.

Mais tarde, mamãe veio me dar um último beijo, na cama. Ela me disse que não podia ficar sem fazer nada, que não podia deixar que me perdesse daquele jeito. Acrescentou que provavelmente aquela não seria uma solução, mas que me deixaria de castigo, para me proteger.

— Você não pode me impedir de sair — eu disse.

— Posso, Chloé. Sou sua mãe, você é menor de idade, posso muito bem impedi-la de sair.

A raiva fez meu estômago doer.

— Quer que eu me mate, é isso?

Vi medo em seu olhar, mas ela me deu um beijo na testa e saiu do quarto. Chorei até pegar no sono, abraçada à foto do meu pai.

LILY

25 de março
Querido Marcel,

O jornal acabou de dizer que hoje é o dia mundial da procrastinação. Então escrevo amanhã.

Beijinhos,
Lily

ANNA

O diretor do colégio de Chloé se chama Martin Martin. Enquanto espero na frente de sua sala, pergunto-me o que os pais dele pensaram quando escolheram esse nome. De duas uma: ou não gostavam do filho, ou eram gagos.

– Senhora Moulineau, entre!

O homem, de 50 e poucos anos, segura a porta para mim. Aperto-lhe a mão e sento na cadeira que ele me indica.

– Que bom que finalmente tenha conseguido vir – ele diz, sentando-se também.

– Finalmente?

– Sim, faz tempo que quero conhecê-la. É por causa de Chloé que veio, não?

Sou invadida pela desagradável sensação que costuma preceder notícias ruins. Comunico ao diretor minhas inquietações, ele me ouve com atenção, as duas mãos juntas embaixo do queixo. Os últimos boletins de Chloé estão excelentes, os professores elogiam tanto seu trabalho quanto seu comportamento. Várias vezes me considerei uma mãe de sorte por ter uma filha tão tranquila. Ela se adaptava ao mundo que a cercava como um camaleão, com desembaraço e curiosidade. Faz algum tempo que o camaleão parece preso a uma mesma cor, e esta de agora é um tanto sombria. Sinto-me impotente. O diretor ou algum professor notaram alguma coisa?

Martin Martin balança a cabeça várias vezes e arruma os óculos.

– A senhora não recebeu minhas cartas? – ele pergunta.

– Cartas?

– Bom. Achei estranho que não respondesse, mas Chloé me disse que a senhora trabalhava bastante. Enviei-lhe várias cartas. Sua filha faltou muito nas últimas semanas, está completamente desmotivada. Chamei-a várias vezes à minha sala para tentar entender o que estava acontecendo, mas ela insiste em dizer que está tudo bem. Alguma coisa explicaria essa mudança de comportamento?

Suas palavras giram na minha cabeça.

– O senhor tem certeza de que está falando da minha filha? Chloé Leroy?

Ele tem certeza. Por trinta minutos, enumera as faltas, as insolências, e me mostra bilhetes assinados por mim. Ele fala da minha filha, minha doce e sensível Chloé, mas tenho a impressão de que descreve uma estranha. Uma estranha prestes a jogar a vida pela janela.

Meu espanto deve estar estampado em meu rosto, Martin Martin me oferece um lenço de papel. Pego a caixa inteira.

A caixa fica vazia, como todo meu estoque de lágrimas, quando o diretor me acompanha até a porta e me deseja boa sorte.

Dirijo sem rumo por vários minutos. O dia não devia ter começado assim. Havia planejado um belo jantar com as meninas para festejar o fim das minhas preocupações: marquei um encontro com o senhor Raposo para a semana que vem, para quitar minhas dívidas. Devia estar me sentindo leve, e não pesando uma tonelada. Como posso não ter visto nada? Pensei que Chloé não escondesse nada de mim. Ela deve estar se sentindo tão sozinha. Deve estar tão mal. Sem pensar, estaciono com as rodas em cima da calçada e pego o celular.

Ele atende depois de três toques.

– Oi, é a Anna.

– Oi, Anna, que bom falar com você. Tudo bem?

Sua voz desperta milhares de lembranças. Limpo a garganta.

– Não muito. Chloé está com alguns problemas, acho que precisamos conversar.

– Você fez bem em ligar. Sou todo ouvidos.

Conto tudo. As lágrimas, os silêncios, as faltas, as mentiras, os garotos, o colégio. Só omito a maconha, incapaz de mencioná-la em voz alta.

– É um pedido de ajuda, ela não está bem. Deve se sentir sozinha, entre uma mãe que trabalha demais e um pai que mora em Marselha.

— Não se sinta culpada, Anna, você está fazendo o melhor que pode. E eu também. Falo com elas por Skype ao menos uma vez por semana e recebo-as sempre que posso.

– Faz mais de um ano que elas não veem você.

Ele fica em silêncio por vários segundos.

– Eu sei, eu sei, me sinto mal. Minha mãe anda cansada demais, não posso recebê-las na casa dela. Se ao menos pudesse pagar a viagem... Sinto muita falta delas, sabe.

Sua voz fraqueja. Ele faz uma inspiração profunda e entrecortada.

– Às vezes, lamento ter ido morar tão longe. Deveria ter pensado melhor, mas foi uma questão de sobrevivência. Não podia ficar, sabendo que você não me queria mais.

– Bom, era isso, Mathias.

Meu coração acelera, minhas mãos ficam úmidas, conhecia bem demais esses sintomas.

– Anna, você só precisa dizer uma palavra para eu fechar tudo por aqui.

– Só peço que tente ver suas filhas. Elas não precisam pagar por tudo isso.

– Nós também não.

– Preciso ir, bom dia, Mathias.

Sua voz ainda está dizendo alguma coisa quando desligo. Meus ouvidos zumbem, minha mandíbula começa a formigar. Fecho os olhos, faço uma inspiração curta e uma exalação longa, como ensinou o psiquiatra que consultei depois do primeiro ataque de pânico. Inspiração curta. Exalação longa. Inspiração curta. Exalação longa. Meu coração desacelera. Inspiração curta. Exalação longa. Os tremores param. Inspiração curta. Exalação longa. Inspiração curta. Exalação longa. O perigo passou.

Sinto-me pronta para voltar a dirigir quando o celular toca. Número desconhecido. Atendo.

– Senhora Moulineau?

– Sim.

– Bom dia, senhora, aqui é Martine Laroche, coordenadora educacional da Escola Émile Zola. Preciso que venha para cá o mais rápido possível, houve um problema com Lily.

LILY

30 de março
Dear Marcel,

How are you? (tive aula de inglês hoje). Estou mais ou menos, apesar de Anna estar insuportável agora que fica o tempo todo em casa. Talvez ela também fosse insuportável antes, mas, como a víamos menos, percebíamos menos.

Ela é legal, verdade, mas fica o tempo todo pedindo para eu tirar a mesa, arrumar a cama, fechar a janela, puxar a descarga. Acho que ela pensa que sou a Gata Borralheira! E agora colocou na cabeça que eu estava sofrendo bullying na escola, e tudo por uma bobagem.

Vou contar, depois me diga o que acha.

Tudo começou na aula de geografia. Clélia e eu apresentamos nossa pesquisa sobre a aurora boreal, o professor parecia satisfeito, bom, é o que a gente acha, porque ele faz a mesma cara quando está satisfeito e quando está furioso. Em todo caso, ele não pegou no sono, o que é bom sinal.

Fizemos um bom trabalho, mas é preciso dizer que tivemos sorte com nosso tema, até mamãe e Chloé acharam demais, ao contrário de Juliette e Manon, que tiveram que fazer uma pesquisa sobre a tundra. Preparamos um PowerPoint, toda a turma estava curtindo, até que Manon decretou que era fácil tirar nota boa com um assunto daqueles. O professor Vanier respondeu que somente a qualidade do trabalho seria julgada, que não se deixaria influenciar pelo tema, mas Juliette resmungou que era uma coincidência a dedo-duro ter recebido o melhor assunto (não sou dedo-duro). Não sei por quê, mas me senti insultada e disse que melhor ser dedo-duro que ciumenta. Manon respondeu que, com minha cara de porquinho-da-índia, ela não tinha motivo para ciúme, e eu disse que preferia ter cara de porquinho-da-índia do que de bunda. O professor mandou pararmos com aquilo. Encerramos nossa apresentação e fomos para a aula de matemática. E foi lá que aconteceu. Não vi nada, só senti que alguém me puxava pelos cabelos, por trás.

Quando Anna chegou para me buscar, no gabinete da senhora Laroche, ela estava com a mesma cara de quando está prestes a espirrar. Preciso dizer que Manon não errou a mão, vou ter que perguntar a marca da tesoura que usou. Clélia disse que ficou daora, como uma franja atrás da cabeça. Não estou nem aí, vai crescer de volta. Mas Anna está convencida de que estou sofrendo bullying, que isso é muito sério, que as coisas não podem continuar desse jeito e, agora, está sempre me enchendo de beijos e me chamando de apelidos constrangedores (tenho cara de chuchu, por acaso?).

Manon foi chamada à direção, espero que não seja expulsa.

Então, Marcel, o que acha? Vou fechar suas páginas e jogar você para cima. Se cair aberto, é porque concorda comigo, se cair fechado, é porque concorda com Anna.

Caiu fechado. Sabia que você era um dedo-duro.

Sem beijinhos hoje.
Lily
P.S.: ainda gosto de você.

ANNA

Minha avó me espera no quarto, como todas as quintas-feiras. Ela está usando blush e o perfume preferido. Numa bandeja, preparou dois copos e uma garrafa de limonada. Abaixo-me para beijá-la.

– Como vai, Naná? – ela pergunta.

– Tudo bem, vó, e a senhora?

Ela aperta os olhos e me encara até eu confessar. Não consigo esconder-lhe nada, minha avó é um detector de mentiras.

Sento-me ao pé da cama e narro a semana caótica pela qual acabo de passar. Tiro dos ombros aquela carga pesada demais para mim.

– Sinto que elas precisam de mim, mas não sei como ajudar. Se pudesse seguir meu coração, largaria tudo e iria para longe daqui!

Ela pousa o copo e limpa a boca com um guardanapo.

– Bom, então faça isso.

– O quê?

– Ouça seu coração, ao menos uma vez. Siga seu instinto. Está com vontade de ir embora, vá. Talvez não seja a solução, mas você tem outra?

– Não posso, vó!

Ela varre minhas objeções para longe com o dorso da mão.

– O que a impede? Se for por dinheiro, pegue o que ganhou no restaurante, terá todo o resto da vida para pagar suas dívidas. Não tenho muita coisa, mas posso ajudar com um pouco também.

Examino o rosto da minha avó, à espera de alguma expressão satisfeita indicando que ela acabou de me pregar uma peça.

– Não precisa me olhar desse jeito – ela resmunga. – Não estou atacando você!

Balanço a cabeça, rindo.

– Vó, não posso ir embora. Não é só pelo dinheiro, tem também as aulas das meninas, o emprego que preciso procurar. Enfim, é impossível. De todo modo, nem saberia para onde ir...

– Tenho certeza de que consegue encontrar um lugar. Andou falando da aurora boreal, não? – ela pergunta, piscando o olho.

– Ai, ai, vamos mudar de assunto! Saímos para andar um pouco?

– Com prazer! Não aguento mais ficar presa entre quatro paredes.

Levanto, seguro firme sua cadeira de rodas e a conduzo pelos corredores da casa de repouso onde ela vive desde que suas pernas pararam de andar. No jardim, o verde voltou com tudo, depois de vários meses de marrom. Pequenos grupos de idosos aproveitam o retorno do sol.

– Passa rápido, sabe – murmura minha avó.

– Por que está dizendo isso?

– Porque amo você, Naná.

Minha garganta fica apertada. Também amo você, vó. Amo tanto que cada visita é uma tortura. Amo tanto que fico doente de vê-la se apagando aos poucos, de saber que logo desaparecerá para sempre. Amo a ponto de chorar à noite e ficar com os olhos doendo, de chorar em silêncio pensando na senhora e nos anos em que ainda caminhava e tinha mais força que o luto, que o câncer, em que era jovem, todos aqueles anos em que cuidou de mim, em que foi meu refúgio, minha força, meu tudo.

Engulo minha dor e simulo um sorriso.

– Naná, posso pedir uma coisa?

– Sou toda ouvidos, vó.

– Se por acaso decidir ver a aurora boreal, poderia me fazer um favor?

AS CRÔNICAS DE
CHLOÉ

Inês me contou que, outro dia, viu minha mãe saindo da sala do diretor. Ela estava chorando. Essa noite, proibi-a de entrar na cozinha e preparei um frango ao molho de azeitonas. Comemos com Lily, sem televisão e sem celulares. Houve muitos silêncios, mas também conversamos. Sobre o emprego que mamãe gostaria de encontrar, sobre o novo corte de cabelo de Lily, curtinho, sobre a aurora boreal, sobre o roubo das bicicletas na garagem, sobre o molho que mais parecia um purê. Durante a sobremesa, calculei que seria a hora certa de anunciar uma coisa.

– Vou largar o colégio.

Lily parou de assoprar a sobremesa para esfriá-la. Minha mãe soltou a colher cheia.

– Como assim, largar o colégio? – ela repetiu. – Não quer mais ir para a universidade?

– Não, prefiro parar agora. O refeitório da escola maternal está contratando, a mãe de Inês talvez possa me ajudar.

– E o exame final do ensino médio?

Dei de ombros, meus olhos continuaram fixos na mesa.

– Não serve para nada. De todo modo, preciso trabalhar, ganhar dinheiro.

Mamãe não disse mais nada. Ela saiu da cozinha sem terminar a sobremesa. Eu sabia que estava decepcionada, mas que um dia entenderia. É por ela que faço isso. Meu sonho é viver na Austrália, como meu pai quando jovem. Passei horas reunindo informações, até mesmo comecei a preencher o formulário para obter um *Working Holiday Visa* e pegar um voo assim que fizer 18 anos. Poderia conseguir um emprego

51

de garçonete, seria o máximo trabalhar aprendendo inglês. Talvez eu até consiga melhorar de vida e pagar as passagens para minha família me visitar.

Mas não posso deixar minha mãe.

Alguém precisa ajudá-la a pagar as contas. Ela tenta nos esconder tudo, mas vejo que não está conseguindo segurar as pontas. Agora que está desempregada, não posso mais esperar. Melhor que uma se sacrifique do que três naufraguem.

Minha mãe voltou para a cozinha um pouco depois, Lily e eu não tínhamos saído do lugar. Ela se postou embaixo da lâmpada, de braços cruzados. Eu não tinha reparado como suas olheiras estavam fundas. Ela esperou que olhássemos para ela e disse, num tom que queria dizer "a mãe sou eu":

– Façam suas malas, vamos viajar.

ANNA

O senhor Raposo não gostou do adiamento de nosso encontro. Eu disse que tinha tido um contratempo familiar, o que não era totalmente mentira, e prometi que entraria em contato o mais rápido possível.

A coordenadora da escola de Lily foi igualmente fácil de convencer. Ela concordou que eu não podia deixar minha filha naquela situação e me forneceu todos os documentos necessários.

O diretor do colégio de Chloé me fez um monte de perguntas. Improvisei. Martin Martin manteve o ceticismo, mas admitiu que não tinha como me impedir de concretizar meus planos.

Minha avó me parabenizou. Fazia tempo que não via aquele brilho em seus olhos, principalmente depois que ouvi em detalhes o favor que me pedia.

Meu pai e Jeannette, que pensei que seriam mais fáceis de convencer, me fizeram perder uma hora em discussões. Por fim, o argumento que os convenceu foi o mesmo que me convenceu.

– Pai, pela primeira vez na vida tenho uma escolha. Com esse dinheiro, posso pagar minhas dívidas. Ou posso usá-lo para ajudar minhas filhas.

LILY

3 de abril
Querido Marcel,

Acho que agora sim, Anna perdeu completamente a cabeça. Estou escrevendo do banco de trás do motorhome do meu avô, em algum lugar da Alemanha.

Ela está dirigindo desde a manhã, e paramos apenas para comer um sanduíche num posto da estrada. Vi uns policiais de uniforme e quase corri até eles para pedir ajuda, mas não sei como se diz "socorro" em alemão, então comi meu sanduíche em francês.

Ontem à noite, ela nos disse para fazer as malas, pensei que quisesse nos levar para a casa de nosso pai e fiquei chateada, não quero nada com o marselhês, já sou obrigada a falar com ele por Skype. Mas, quando ela disse para pegar roupas de frio, fiquei aliviada. Perguntei várias vezes para onde iríamos (quero colaborar, mas não quero que me façam de boba), até que ela disse que íamos ver a aurora boreal na Escandinávia. Ela enlouqueceu, estou dizendo. Tenho certeza de que foi por causa da minha pesquisa. Ainda bem que não pesquisei sobre os buracos negros.

Hoje de manhã, passamos na bisa para nos despedir. Ela entregou uma caixa para Anna. Aparentemente, uma urna com as cinzas do biso. Ela havia prometido jogá-las no extremo norte da Noruega, no cabo não lembro mais qual, porque eles tinham viajado para lá juntos, mas nunca teve coragem, e agora não pode mais por causa das pernas. Então pediu para

Anna fazer isso por ela. Não conheci o biso, mas ele devia ser bem pequeno para caber lá dentro.

Depois, passamos na casa do meu avô. Ele explicou como funcionava o motorhome, mas não prestei muita atenção, a não ser na parte do banheiro, que tem uma espécie de reservatório que precisa ser esvaziado quando cheio. Acho que prefiro fazer minhas necessidades pela janela a toda velocidade, no meio da estrada, do que ter que esvaziar aquele negócio.

Como não tenho certeza se vou voltar com vida, aproveito para escrever meu testamento. Mostre-o ao agente funerário, se precisar.

Eu, Lily, abaixo assinada, em plena posse das minhas faculdades mentais,

Deixo minha coleção de pedras e minérios para Clélia, sei que ela cuidará bem de tudo.

Deixo minha pulseira violeta para Dentinho e minha pulseira verde para Rasura.

Deixo meu dicionário para Manon e minha loção antiacne para Juliette.

Deixo meus gibis do *Tio Patinhas* para minha mãe, se ela ainda estiver viva.

Deixo meus dentes de leite para minha irmã, se ela ainda estiver viva.

Desejo que meu pai não compareça a meu funeral.

Quero que coloquem em meu túmulo a foto em que apareço com Brownie, minha cadelinha de quando eu era pequena. Acima de tudo, não quero uma foto recente, porque, embora não me importe de estar parecendo um Playmobil, fico menos feia de cabelo comprido.

Pronto, Marcel, espero que esta não seja a última vez que escrevo, mas, se for, gostei muito de conhecer você, foi um diário muito legal. Ah, não acredito! Anna acaba de colocar um CD da Céline Dion! Socorro!

Beijinhos, Marcel.
Adeus, quem sabe. <3
Lily
P.S.: definitivamente preciso aprender a dizer "socorro" em todas as línguas.

AS CRÔNICAS DE

CHLOÉ

Pensei que fôssemos dar uma volta de dois ou três dias e que retomaríamos nossas vidas onde as tínhamos deixado. Mas, quando minha mãe anunciou que estávamos indo para a Escandinávia, entendi que tinha deixado o bom senso em casa.

A confirmação chegou quando cruzamos a fronteira alemã e recebi uma mensagem informando que meu chip de celular não era internacional. Minha mãe me tranquilizou: o dela era. Eu estava instalando o Facebook, o Instagram, o Twitter, o Snapchat e o aplicativo para gerenciar meu blog em seu celular quando tive todas as minhas expectativas frustradas.

— Dez minutos por dia, no máximo.

— Mas por quê?

— Porque o objetivo da viagem é passarmos tempo juntas, descobrirmos novas paisagens, outras culturas, e não ficar com o nariz colado numa tela.

Estávamos atrás de um mesmo caminhão fazia uma hora. À direita, árvores. À esquerda, árvores. Em plena descoberta de novas paisagens.

Lily girou o indicador perto da têmpora. Se até mesmo ela acha que nossa mãe enlouqueceu, a coisa é séria.

Tentei negociar.

— Uma hora?

— Dez minutos.

— Duas horas?

— Chloé, pare.

— Mas, mãe, você não poderia viver sem oxigênio, certo? Para mim, é a mesma coisa!

Ela riu, Lily também. Depois de uma longa negociação, consegui garantir meia hora por dia. Eu talvez sobrevivesse.

No fim da tarde, chegamos a Colônia, onde minha mãe decidiu que passaríamos a noite. Estacionamos num camping às margens do Reno e ela insistiu que visitássemos a cidade. Aceitei com prazer: certamente encontraríamos algum lugar com wi-fi em Colônia.

A dona do camping nos emprestou bicicletas e indicou o caminho, garantindo que o centro não ficava longe. Seguimos o rio por mais de uma hora, contando as pausas impostas por minha mãe, supostamente para admirar a paisagem. Como se não víssemos que ela estava vermelha como um pimentão e que respirava como um aspirador de pó. Lily e eu pedalamos rápido de propósito, demos boas risadas.

Colocamos uma corrente nas bicicletas e caminhamos ao acaso até o cair da noite. A cidade se iluminou, linda. Era cedo, compramos pretzels para aguentar até o jantar. Lily queria a todo custo uma garrafa d'água, mas, quando compramos uma, ela se recusou a abri-la, dizendo que queria guardar de recordação. Minha mãe não entendeu.

Lily deu de ombros, como se fôssemos sonsas, e explicou:
– Claro, né, é água de Colônia!
Ao menos uma pessoa não mudou.

Na frente da catedral, que minha mãe queria visitar até se deparar com a enorme quantidade de degraus da escadaria, havia uma ponte de formato estranho: a ponte Hohenzollern. Parecia que tinham colocado três arcos em cima dela. Pessoas a atravessavam a pé, então fizemos o mesmo e percebemos que estava cheia de cadeados presos às grades por casais apaixonados.

Mamãe sugeriu que colocássemos um com nossas três iniciais, para deixar uma marca da nossa passagem.

Lily arregalou os olhos:

– Quer matar os peixes, é isso? Você viu que todos jogam as chaves no rio. Acha mesmo que os peixes conseguem digerir metal?

Mas eu concordei com a ideia. Bastava guardar a chave para poupar os peixes – e Lily.

O vendedor só vendia os cadeados em pares.

Com uma caneta emprestada de um casal inglês, escrevemos nossas iniciais e a data no primeiro cadeado. No segundo, escrevi "Você + Eu". Pode significar qualquer pessoa.

A volta de bicicleta foi pior que a ida. Não sei quem inventou o selim, mas devia estar de mau humor. Estávamos exaustas quando chegamos ao camping. Fizemos um macarrão e fomos dormir, Lily e eu na cama de casal, minha mãe no sofá-cama. Esperei por um bom tempo para que a respiração da minha mãe se tornasse regular. Até que ela adormeceu. Com todo cuidado, sem fazer o menor ruído, saí da cama.

ANNA

Demorei para pegar no sono. O colchão do sofá-cama é fino e duro, e meu corpo não é nem um nem outro. Um dos dois precisava sofrer. Um bafo quente em meu rosto me acordou. Abri os olhos e vi um rosto perto demais do meu para conseguir distingui-lo.

Gritei. O rosto gritou. Lily gritou.

O rosto pulou para trás e, na penumbra, reconheci minha filha.

— Chloé, o que está fazendo?

— Nada, vim fazer um carinho em você — ela murmurou, com uma mão nas costas.

— O que tem na mão?

— Nada.

Coloquei a mão embaixo do travesseiro, não havia mais nada ali.

— Devolva o celular.

— Mas, mãe...

— Devolva o celular agora mesmo, Chloé! E, se tentar pegá-lo outra vez, não vai mais poder usá-lo.

De má vontade, ela me estendeu a prova do crime e voltou para a cama. Assim que fechei os olhos, ouvi Lily cochichando para ela:

— Você realmente acha que ela nasceu ontem.

O resto da noite se passou sem incidentes.

Às sete horas, o frio nos tira da cama. Ontem à noite, depois da pedalada, estávamos suando e não pensei em ligar a calefação. Hoje, entre dores musculares e calafrios, meu corpo reclama.

Instalo a mesa e as cadeiras ao sol. As meninas só saem da cama quando o café da manhã está pronto. Comemos em silêncio, contemplando o Reno. O sol brilha na água e aquece nossos corpos gelados. O familiar gosto de café me acalma. Pela primeira vez desde que saímos de casa, sinto que talvez tenha tomado a decisão certa.

Se tivesse parado para pensar, teria mudado de ideia. Não sou aventureira. Não gosto de surpresas, preciso planejar e organizar tudo com antecipação. O desconhecido me angustia, a falta de controle me paralisa. Vivo fechada numa bolha protegida: mesmos lugares, mesmas pessoas, mesmos trajetos. Recuso sistematicamente tudo o que fica fora desse círculo: casamento de um primo do outro lado do país, jantar num restaurante que não conheço, compromisso na outra ponta de Toulouse. Uma viagem ao exterior, então, nem se fala. Sempre tenho a desculpa perfeita: não estou disponível, estou cansada, minhas filhas não me veem há tempo, a França é tão bonita que não precisamos sair dela. Todo mundo acredita: sou caseira, discreta, uma alma velha. Às vezes, consigo convencer a mim mesma, mas, no fundo, eu sei.

Eu tinha 18 anos quando sofri meu primeiro ataque de pânico. Estava dirigindo, à noite, no anel viário da cidade, voltando de uma festa. O trânsito ficou mais lento e acabou parando totalmente. Primeiro senti um formigamento nos dedos. Ondas de calor. Falta de ar. Abri o vidro e aumentei o volume do rádio. Minha mandíbula se contraiu, meu coração começou a bater com força, tanta força, tão rápido, que pensei que iria parar. Senti dificuldade para respirar, minha cabeça começou a girar. Parei o carro no acostamento, não sabia o que estava acontecendo, pensei que fosse morrer ali, sozinha. Deitei o banco e fechei os olhos, esperando não sentir muita dor. Tudo parecia fora de foco ao meu redor, como se não fosse real. Meu corpo tremia, eu não ouvia os carros que passavam por mim, só ouvia meu coração. Aquilo durou uma eternidade. Aos poucos, senti que meu ritmo cardíaco diminuía, que minha respiração se acalmava, que meu corpo se descontraía. Comecei a tremer. Não esperei nenhum segundo a mais, peguei novamente no volante e voltei para casa. Meu pai e Jeannette dormiam. Fui para a cama sem fazer barulho.

No meio da noite, aquilo voltou. Nos dias seguintes também.

O médico me encaminhou para um psiquiatra, que diagnosticou ataques de pânico com agorafobia. Ele me prescreveu alguns remédios, que tomei por vários meses, bem como uma terapia comportamental e cognitiva. Eu precisava enfrentar minhas angústias, enfrentá-las para me acostumar a elas e me dessensibilizar. Aguentei três sessões. Quando anunciei ao psiquiatra que estava desistindo da terapia, ele admitiu que o processo de provocar ataques de pânico podia ser doloroso. E era, de verdade. Mas menos do que a ideia de perder as esperanças. É reconfortante saber que existe um método eficaz, caso as crises se tornem fortes demais. Se eu o aplicar e ele não funcionar, não terei mais tábua de salvação.

Permanecendo em minha bolha, eu limitava os riscos. Continuei frequentando os mesmos lugares, convivendo com as mesmas pessoas, seguindo os mesmos trajetos. Até decidir fazer aquela viagem. Não parei para pensar. Não pensei em mim. Minhas filhas precisavam de ar, então furei a bolha.

LILY

5 de abril
Querido Marcel,

Espero que esteja tudo bem com você. Comigo, sim. Só que estou com vontade de dormir e não posso, porque é minha vez de ficar de guarda. São quatro horas da manhã, ou algo do gênero. Queria escrever em paz, mas minha mãe e minha irmã reclamaram que a luz incomodava para dormir. Então prendi a lanterna na testa, com fita adesiva, e me escondi embaixo da coberta, ao lado de Chloé. Só preciso manter a cabeça parada, caso contrário não enxergo o que estou escrevendo, mas tudo bem.

Sente só: estamos em Hamburgo, que fica na Alemanha. Anna encontrou um estacionamento para motorhomes na frente do porto e fomos passear na cidade, mas não de bicicleta. Nada mal. Vimos um grande lago com cisnes, armazéns na beira do rio, barcos enormes e casas como eu nunca tinha visto antes. Encontrei uma pedra linda, que guardei de recordação, mas começou a chover e tivemos que voltar.

Anna tentou esvaziar o reservatório do banheiro, mas não conseguiu. Eu e Chloé acompanhávamos a operação de dentro do motorhome, tapando o nariz, e ouvíamos seus palavrões. O senhor acampado ao lado foi ajudá-la, mas ela não quis ajuda, acho que estava com vergonha, só pode. Ele riu alto. E conseguiu convencê-la. Depois, tivemos que tomar um aperitivo com ele, para agradecer por nos livrar daquela porcaria.

Na verdade, havia todo um grupo de franceses que viajava junto. Ele era o guia, se chamava Julien. Tinha um filho mais ou menos da minha idade, Noah. Tentei conversar com ele, mas ele não respondia, ficava se balançando. Seu pai me disse que ele não falava e que precisava de um pouco de tempo para se acostumar a pessoas novas. Ah, e também tinha um cachorro, Jean-Léon, muito fofo, brinquei com ele.

E então fomos dormir. Não sei por quanto tempo dormi, mas fui acordada por umas vozes, que vinham da rua. Ouve-se tudo pela parede de um motorhome, é como se elas nem existissem. Depois, ouvi um leve arranhar e um barulho na porta. Comecei a ficar com medo, mas me lembrei de uma reportagem em que um psiquiatra dizia que o medo era como um animal que devia ser domado, então disse ao medo que voltasse a dormir e ele obedeceu. Tentei acordar Chloé, mas, quando ela dorme, é como se tivesse sido tirada da tomada. Anna, então, nem se fala. Acho que ela morre todas as noites e ressuscita todas as manhãs. Eu só podia contar comigo mesma, então passei por cima da minha irmã para sair da cama e, nesse momento, vi a porta se abrir e um vulto avançar. Saí da cama, peguei a primeira coisa que encontrei e corri até o inimigo gritando "BANZAI", como vi num filme, a golpes de frigideira. O vulto fugiu correndo, Anna e Chloé foram ejetadas da cama, como se estivessem numa torradeira, e alguns minutos depois o vizinho Julien chegou. Ele nos explicou que assaltos a motorhomes eram frequentes, que era melhor colocar um alarme para se proteger, e que também era por isso que eles viajavam em grupo. Decidimos que, essa noite, vamos montar guarda em turnos e que amanhã instalamos um alarme. Então agora é minha vez e estou cansada, por isso escrevo, para não pegar no sono (mas não se preocupe, não estou tirando você para tapa-buraco!).

Bom, beijinhos, Marcel. Vou aproveitar que todo mundo está dormindo para tratar do meu pequeno segredo (não posso contar o que é, tenho medo que Anna leia você). Tenha uma boa noite.

Lily

P.S.: tentei tirar a fita adesiva da cabeça, mas ela começou a arrancar meus cabelos, um horror. Vou ter que deixar assim.

AS CRÔNICAS DE

CHLOÉ

Sou hipersensitiva. A enfermeira do colégio me disse isso um dia, quando desmaiei depois de cortar a mão. Foi como se a ficha caísse, como se algo que eu tivesse perdido aparecesse. Era isso. Eu era hipersensitiva.

Mais tarde, fui diagnosticada como "com alta habilidade", que costuma estar associada à hipersensibilidade. Passei horas lendo descrições e depoimentos na internet, e preenchia todos os requisitos.

Tudo o que sinto é ampliado. Borbulho de emoções, fervilho de sentimentos.

Choro com frequência. De tristeza, de alegria, de raiva.

Esqueço de mim porque penso nos outros.

Sinto tanta empatia e entendo as pessoas com tanta facilidade que me torno influenciável. Sou incapaz de ter uma opinião própria.

Não gosto de mim mesma. Mas isso não importa, enquanto os outros me amarem.

Estou sempre me julgando. Com severidade.

Meu cérebro nunca descansa, minha imaginação é uma máquina de guerra. Quando vejo um filme, me pergunto o que os atores estarão fazendo naquele exato momento; quando utilizo um objeto, me pergunto como é a pessoa que o criou, sua vida.

Estou em hipervigilância constante. Levo um susto quando cruzo com minha mãe no corredor, grito quando Lily entra no banheiro sem bater.

Quando ouço a notícia de algum desastre, me coloco no lugar das vítimas. Vivo os fatos como se estivesse lá.

Sou lúcida. Demais.

Mas isso também tem um lado bom.

Sou uma boa amiga, que compreende e não julga.

Adapto-me com facilidade.

Enxergo as pequenas belezas da vida pelas quais passamos quase sempre sem notar.

Minhas alegrias são intensas. Um raio de sol, o perfume de uma flor e as luzes de Natal despertam ondas de felicidade em mim.

Minha mãe sempre gostou de ouvir meus arrebatamentos. Parece que, quando pequena, tornava os passeios de carro tão ruidosos quanto alegres. Agora guardo as coisas para mim, mas a faísca continua acesa. Quando enfim chegamos, portanto, depois de atravessarmos quilômetros de florestas dentro do motorhome, de darmos uma pequena caminhada e subirmos uma escada, simplesmente não pude me conter.

– Uaaaaaaau!

À nossa frente, o mar cintilava milhares de tons azulados e, a nossos pés, enormes falésias brancas mergulhavam naquelas águas. Nunca tinha visto nada tão lindo.

Minha mãe nos disse que estávamos no Møns Klint. Fazia tempo que eu não a via com um sorriso daquele.

Não estávamos sozinhas, havia alguns turistas, mas abstraí suas vozes e me concentrei na música dos pássaros e da água. O vento estava frio, mas o sol o enfrentava bravamente. Poderia ter ficado ali por horas, sentindo aquele carinho no rosto.

Um pouco mais tarde, descemos ao nível do mar para pisar nas pedras cinzentas. Lily juntou umas dez. Na parte de baixo, as falésias pareciam ainda maiores. Tive a impressão de ser um grão de areia perdido na imensidão.

Caminhamos em silêncio até o motorhome, nossas palavras haviam sido sopradas para longe. Minha mãe voltou ao volante, as árvores desfilaram por um bom tempo. Eu flutuava numa bolha de bem-estar. Uma campainha me arrancou daquele devaneio. Uma notificação, no Messenger do celular da minha mãe. Com um olhar, ela me autorizou a checar o que era. Era Kevin, o padeiro.

"Eae, Chloé? Oq anda fznd? Vc tá em casa?"

Sabem as ondas de felicidade de que falei antes? Então, senti uma. Pensei numa resposta por dez minutos, digitei a mensagem e enviei. Eu sabia que ele era um cara legal.

ANNA

– Mãe, sabe quem foi Apollinaire?

Lily me observa, esperando uma resposta.

O problema, quando se faz as coisas por impulso, é que não pensamos em tudo. Não antecipei a que ponto podia ser complicado o homeschooling com minhas filhas.

Todas as manhãs, por duas horas, fazemos aulas e exercícios. Todas as manhãs, por duas horas, Chloé reclama dizendo que ela não vai fazer o exame final do ensino médio, e Lily brinca com as canetas como se fossem bonecas.

Hoje – a chuva pode ter algo a ver com isso –, as duas bem ou mal se concentraram. Chloé só dormiu duas vezes lendo *Os moedeiros falsos*, de Gide, e Lily, até agora, só fez algumas perguntas para ganhar tempo.

– Sei um pouco, estudei na escola – respondo, sentando a seu lado.

– Ele era cego, não?

– Por quê?

Ela me mostra o livro e aponta para uma frase:

– Ele disse que "Já é tempo de reacender as estrelas", mas elas nunca pararam de brilhar. Ele precisa mudar de oftalmologista!

Chloé suspira:

– Ele não está falando das estrelas no céu.

Lily encarou-a com curiosidade:

– Ah? E existem estrelas fora do céu, por acaso? Gente doida...

Estou prestes a arriscar uma explicação, mas sou salva pelo celular.

– Alô?

– Senhora Moulineau, bom dia, aqui é a senhora Barrière, do Banco Postal. Tínhamos um encontro há meia hora, fiquei esperando pela senhora...

Como sempre que sou pega em flagrante, me transformo numa criança.

– Ah, não! Sinto muito, esqueci completamente!

– Foi o que pensei. Precisamos conversar com urgência sobre sua conta. Tenho um horário para amanhã às onze horas.

– Amanhã não posso. Podemos falar por telefone?

– Quinta-feira, às duas da tarde?

Chloé me lança um olhar inquisidor. Não posso confessar à minha gerente, que deve ter meu nome em grandes letras vermelhas na tela do computador, que me dei de presente uma pequena viagem em família. Subo na cama das meninas, fecho a cortina e falo mais baixo.

– Sinto muitíssimo, mas...

– Pelo que vejo, senhora Moulineau – ela me interrompe –, a senhora está no vermelho há trinta dias e seu salário não entrou esse mês. Precisamos encontrar uma solução, não é mesmo?

Balanço a cabeça, tenho 5 anos.

– Com certeza, vou encontrar uma. Perdi o emprego, mas vou receber o seguro-desemprego. Estou fazendo o melhor que posso, sabe.

– A senhora está desempregada?

Aos 5 anos, ninguém fala muito.

– Por enquanto, mas...

– Levando em conta todos os fatores, vejo-me na obrigação de bloquear os seus débitos enquanto a senhora não regularizar sua situação. A senhora entende que...

Não ouço mais nada. Não sei o que tinha na cabeça ao sair em viagem. Como se minhas dívidas pudessem se apagar com meu simples afastamento. Como se as preocupações pudessem ficar para trás. Tive a possibilidade de pagar todas as minhas contas e recomeçar do zero. De repente, sentada naquele colchão fino, encerrada dentro de um motorhome enquanto chove lá fora, longe da minha bolha, sinto-me perdida. O que foi que eu fiz? Meu pulso dispara, minha respiração se acelera. Conto as flores da cortina, mas não consigo desviar minha atenção. Só consigo pensar numa coisa: ligar o motorhome e ir embora. Para casa. Para minha zona de conforto.

— Tenha um bom dia, senhora Moulineau.

— Obrigada, um bom dia para a senhora também.

Desligo o celular com a mão trêmula e deito na cama para tentar relaxar. Inspiração curta. Exalação longa. Inspiração curta. Exalação longa. Som metálico embaixo da cama. Inspiração curta. Exalação longa. Meu ritmo cardíaco se acalma. Som metálico embaixo da cama. Inspiração curta. Exalação longa. Sucessão de sons metálicos embaixo da cama. Só falta ser algo quebrado.

Levanto-me, com as pernas ainda bambas. Chloé pegou no sono, a cabeça dentro do livro. Lily desenha. Aproximo a orelha da cama, para tentar identificar a fonte do som metálico. Ele ecoa de novo. Levanto o colchão, uma tábua com um puxador revela a existência de uma gaveta que não havia reparado antes. Abro-a e, então, tudo fica preto.

LILY

8 de abril
Querido Marcel,

Estamos em apuros, Anna descobriu meu segredo. Eu tinha um bom esconderijo e Chloé foi uma cúmplice eficaz, mas agora está tudo perdido. Além disso, Anna ficou com tanto medo que acabou caindo e batendo na beira da cama. Resultado: abriu o lábio no meio, como se Moisés tivesse passado por ali. Acabamos no hospital de Copenhague e agora ela está com um curativo que vai colar sua boca como Super Bonder. Seria melhor se tivessem colado o lábio de cima ao de baixo, porque nem queira saber o interrogatório que me fez.

Tive que explicar que era um rato doméstico, totalmente diferente dos encontrados nas latas de lixo, que era limpo e não causava mal algum. Ela me perguntou como consegui escondê-lo por tanto tempo. Confessei que o tirava para fora assim que ela virava as costas e que à noite ele dormia na cama com a gente. Dessa parte ela não gostou. Queria que me livrasse dele, gritei que só por cima do meu cadáver, que nunca abandonaria Mathias. Seus olhos quase saltaram para fora das órbitas, ela me perguntou se tinha ouvido bem, se meu rato tinha o mesmo nome do meu pai, parecia chocada. Mas faz todo sentido. Dizem que os ratos são os primeiros a abandonar o barco, não?

Mais tarde, ela deixou que eu ficasse com Mathias, desde que não o mostrasse em público e evitasse chegar perto dela com ele. Peguei meu rato e o aproximei dela, para que o acariciasse. Ela gritou que eu não devia fazer com que mudasse de ideia.

Escapamos por pouco, não é mesmo, Marcel? Foi legal ter um segredo, mas confesso que fiquei feliz de poder tirar a gaiola de Mathias do esconderijo e de poder soltá-lo mais vezes.

Também passeamos por Copenhague, achei a cidade bonita, embora estivesse chovendo baldes de canivetes (ainda bem que o tempo acabou abrindo um pouco). Quando eu crescer, quero ter uma casa colorida como as daqui. Chloé queria muito visitar o Parque Tivoli, uma mistura de parque de diversões e parque sem nada. Mamãe não queria porque era muito caro, mas acabou dizendo "ah, azar" e fomos. Na cabeça da minha mãe, o tempo também parece abrir e fechar o tempo todo.

É realmente uma pena você não ter visto nada, Marcel – teria feito xixi nas calças (e teria se estragado todo). Andamos de roda-gigante e foi demais, mas Anna ficou toda branca lá no alto. Disse que estava bem, mas víamos que não estava nada bem. Tanto que acabou deitando no chão da cesta, com as pernas para cima, e respirando como se estivesse fazendo mergulho submarino. Na montanha-russa, ela preferiu ficar no chão para tirar fotos (ficaram borradas).

Caminhamos muito, Chloé ficou com dor nos pés – estava de sapato de salto. Ela tinha até mesmo alisado os cabelos, depois reclamou da chuva. Os dinamarqueses jantam muito cedo, às dezoito horas os restaurantes enchem. Ficamos com fome, então compramos smørrebrød (uma espécie de sanduíche aberto, pedi o meu com queijo e peixe) e voltamos para o motorhome. Mathias estava contente, tenho certeza de que abanou o rabo. O grupo de franceses da outra noite continuava ali, mas não comemos com eles.

Anna tinha deixado o celular em cima da mesa, havia uma mensagem. Ela disse que meu pai havia ligado, fingi que não ouvi, mas Chloé quis ligar para ele, então fui tomar banho.

Preciso ir, está na hora de apagar a luz.

Um grande beijo, Marcel.
Lily
P.S.: estou com a narina esquerda entupida, então vou deitar em cima do lado direito, assim ela desentope. Mas daí a direita entope. Vou dormir sentada.

AS CRÔNICAS DE
CHLOÉ

Antes de começar, uma breve mensagem a meus leitores. Adoro ler todos os comentários e saber que vocês estão gostando de acompanhar minhas aventuras!

Embora algumas mensagens sejam ofensivas, fico comovida de ver que muitos me entendem e não me julgam. Para os que pediram fotos minhas, isso não vai acontecer. Algumas pessoas me reconheceram, porque usei nossos nomes reais, mas prefiro que este blog permaneça anônimo. Obrigada pela companhia. <3

C

Fazia três semanas que meu pai não ligava. Foi bom falar com ele, embora sempre seja um pouco estranho. No início, tenho a impressão de estar falando com um desconhecido. Aos poucos, volto a me acostumar com sua voz e poderia ficar conversando com ele por horas e horas. Sempre que desligo, fico com um nó na garganta. Sinto falta dele. Gostaria de vê-lo com mais frequência, mas é complicado. Seu apartamento é pequeno demais, ele precisa nos receber na casa de nossa avó, e isso a deixa bem cansada. Espero que ele um dia tenha dinheiro suficiente para ter um lugar onde possamos visitá-lo quantas vezes quisermos.

Como sempre, Lily não quis falar com ele. Ela tem algum problema com ele, diz que fomos abandonadas. Mas sabe muito bem que foi nossa mãe que o deixou. Ele teria preferido ficar com a gente. Eu também.

– Tudo bem, meu anjo? – ele me perguntou.

Adoro quando ele me chama de "meu anjo". Fico com vontade de responder "paizinho querido do meu coração", mas não tenho coragem.

Descrevi todo nosso périplo, mas omiti os motivos de nossa partida, não preciso de uma lição de moral. Fiquei com medo de que ficasse zangado, mas ele pareceu feliz, me fez um monte de perguntas.

– Sua mãe teve uma grande ideia! – ele exclamou. – Nada melhor que uma viagem para abrir os horizontes, vocês vão amadurecer.

Ele ficou um segundo em silêncio, depois murmurou:

– Queria muito estar com vocês.

Senti um nó na garganta, mas não deixei transparecer. Vi que minha mãe me observava, fazia dez minutos que lavava o mesmo copo.

Tento não culpá-la mais pela separação. Ela devia ter seus motivos para deixá-lo, talvez não o amasse mais, talvez não estivesse feliz. Mas vi meu pai chorar, ele me contou que ficou muito triste. Nunca vou esquecer a primeira vez que fomos passar um fim de semana em Marselha, há seis anos. Não o víamos há meses, nem tínhamos nos despedido. Ele nos esperava na saída do trem, não o reconheci imediatamente. Seus olhos pareciam apagados. Ele me abraçou com tanta força que meu coração ficou pequeno. Senti os espasmos de sua dor contra o meu corpo. Detestei minha mãe naquele momento.

– Tenho que ir, meu anjo, pode passar para sua irmã?

– Ela está tomando banho, mas mandou um beijo.

Desliguei o celular e, antes de devolvê-lo a mamãe, chequei minhas mensagens para ver se havia alguma de Kevin. Nada.

ANNA

– Mãe, pare agora, acho que vou vomitar.

É Lily quem pede, quase sem voz. Estamos atravessando a Øresundsbron, a ponte que liga a Dinamarca à Suécia. O acostamento é estreito. Pequeno demais para um motorhome.

– Tente segurar, vou parar depois da ponte. Se não der, corra para o banheiro!

Ela não responde, está tapando a boca com as duas mãos.

– O túnel a deixou enjoada – Chloé diz.

Lily confirma com a cabeça. Chloé emenda:

– E você dirige de um jeito estranho, fica soltando e apertando o pedal do acelerador, dando soquinhos. Meu estômago fica remexido.

Nova confirmação de Lily.

Envergonhada, mantenho o pé no acelerador até o final da ponte. Quando a barra de proteção acaba, diminuo a velocidade e vou para o acostamento. Lily abre a porta, pula no chão e se afasta, correndo na grama. Desligo o motor e vou atrás dela.

Depois de alguns minutos respirando o ar fresco da Suécia, minha filha recupera a voz.

– Mãe, na época em que tirou a carteira de motorista, não existia o pedal do acelerador?

Ela está melhor.

Voltamos ao motorhome para seguir até a próxima parada. Chloé continua no mesmo lugar, os olhos no vazio. Sem dúvida preocupada com a ligação de seu pai ontem à noite.

Mal percorremos quinhentos metros e o motorhome começa a engasgar. As meninas se voltam para mim ao mesmo tempo.

– Não soltei o pedal!

Alguns segundos depois, o motor engasga de novo. Lily solta uma gargalhada. Começo a duvidar do bom funcionamento do meu pé direito quando o motorhome começa a desacelerar. Mal tenho tempo de ir para o acostamento e ele apaga completamente.

– O que aconteceu? – pergunta Lily.

– O que acha? – responde Chloé.

– Ah, pronto, ninguém falou com você!

– Não fale assim comigo, sua sem-noção.

– Sem-noção é você.

– Não, você.

– Não, você!

– Chega, meninas! – intervenho, tentando ligar o motor pela terceira vez. – Ninguém aqui é sem-noção.

– Lily é que não bate bem – diz Chloé.

– Quem não bate bem é você – responde Lily.

– Não, é você!

Viro para as duas:

– Se não pararem com isso, deixo as duas na rua e vou embora sozinha.

Chloé ergue as sobrancelhas:

– Vai embora como? Empurrando o motorhome?

Lily ri. Ignoro as duas e tento girar a chave mais uma vez. O motor responde, mas não engrena. Estamos paradas numa estrada da Suécia, sem qualquer indício da presença de alguma cidade nos arredores. Tento controlar minha respiração para conseguir pensar com clareza.

– Tente ligar para o vovô! – sugere Lily. – Talvez ele saiba o que aconteceu.

Boa ideia. Pego o celular e ligo para o meu pai. Um toque. Dois toques. Três toques. Quatro toques.

"Olá, aqui é a secretária eletrônica do Jojô e da Jajá! Deixe sua mensagem que retornaremos a ligação... ou não!"

A mensagem chega ao fim, é minha vez de falar. Desligo. Por vários minutos, entre duas tentativas de ligar o motor, penso numa maneira de nos tirar daqui. É Chloé quem tem uma ideia.

– Você não tem o número daquele Julien?

– Julien?

– Sim, o guia daquele grupo com que cruzamos três vezes! Eles não devem estar longe, nós os vimos ontem. Não tem o celular dele?

– Sim, ele me passou o número, mas é estranho ligar para que venha nos resgatar.

– Então prefere ficar aqui pelo resto da vida e ser devorada por ursos suecos? – reclama Lily. – É isso mesmo?

Se eu não estivesse tão estressada, teria dado uma boa gargalhada. Procuro o nome de Julien nos meus contatos e faço a ligação. Julien responde na mesma hora. Ele está em Malmö, a menos de trinta minutos de onde estamos. Está pagando uma multa de trânsito e já vem, o mais rápido possível!

Uma hora depois, outro motorhome estaciona atrás do nosso. Um homem desce e se dirige até nós.

– Alguém precisa dizer a ele que as camisas de lenhador saíram de moda – comenta Chloé.

– Você é que saiu de moda – provoca Lily.

– Meninas, não quero ouvir um pio – aviso, abrindo a porta quando Julien se aproxima.

Ele estende a mão:

– Fez bem em me chamar, sou o encantador de motorhomes!

O suspiro de Chloé se faz ouvir pela porta aberta. Julien entra e se instala ao volante, cumprimentando as duas. Poucos segundos depois, encontra a origem do problema.

Não ouso olhar para as meninas. Não ouso olhar para nada, na verdade, só para meus sapatos. Eu tinha ouvido uma campainha ao girar a chave da última vez, mas em momento algum pensei que pudesse ser um alerta do nível gasolina. Eu tinha certeza de que o tanque duraria muito mais.

Ao voltar do posto de gasolina com um galão de combustível, Julien abastece o motorhome, que volta à vida. As meninas aplaudem quando o motor ruge.

– Muito obrigada – agradeço. – Não sei o que teríamos feito sem você.

Ele dispensa o agradecimento com um sorriso tímido.

– Tem certeza de que não querem seguir com a gente? – ele pergunta. – Viajar em grupo evita esse tipo de aborrecimento.

– Muito obrigada pelo convite, mas o objetivo dessa viagem é justamente ficarmos só nós três. Sem dúvida voltaremos a nos cruzar por aí!

– Como quiser – ele diz, dando de ombros. – Eu também, na primeira vez, preferi ficar sozinho com meu filho, mas não me arrependo de ter buscado companheiros de viagem na internet. Para manter esse lado solitário, inclusive, só nos reunimos à noite. Eu me encarrego de reservar as vagas de estacionamento e os outros só precisam se instalar ao chegar. Durante o dia, é cada um por si. Podemos compartilhar o jantar e trocar experiências, é muito enriquecedor, mas nada é obrigatório. Além disso, ficaria mais tranquilo em saber que vocês não estão sozinhas.

– Eu também ficaria com menos medo! – intervém Lily, que ouviu com atenção as palavras de Julien. – Entre faltas de gasolina, roubos e crises de angústia materna, não me sinto nada tranquila.

– As crianças não sabem mentir – comenta Julien, sorrindo.

Pergunto-me se seria uma boa ideia aceitar, até que ele me oferece o melhor motivo para recusar.

– Além disso, uma vez por semana, organizamos uma noite temática. Hoje é dia de karaokê no meu motorhome.

Tenho um equipamento ultramoderno. Adoro cantar, principalmente Elvis!

Chloé arregala os olhos.

– Bom, talvez continuemos sozinhas – murmura Lily.

Agradeço enfaticamente pela ajuda, bato a porta e volto à estrada, tentando manter fechadas as portas do "Heartbreak Hotel".

LILY

12 de abril
Querido Marcel,

Desculpe não perguntar como vai, mas preciso contar o que está acontecendo agora mesmo, você vai entender que é uma prioridade.

Atenção, está sentado?

Tem certeza?

Então lá vai.

Anna está gritando num microfone, dizendo que quer "deixar a noite em chamas".

Minha vontade é denunciá-la, mas já não sei para quem, e ainda por cima não falo sueco. Então meus tímpanos que morram em fogo baixo.

Espere, vou explicar como chegamos a esse ponto.

Tudo começou na noite passada. Eram três horas da manhã e fui acordada por uma britadeira. Na verdade, era minha mãe roncando, então fiz como vi no *Tio Patinhas* uma vez, assobiei, mas não funcionou – talvez porque não sei assobiar. Tentei dar uns gritinhos agudos, parecidos com assobios, mas parei quando Chloé me deu um chute na canela.

Eu precisava fazer minha mãe parar com aquela barulheira, não dava para aguentar, então me lembrei de outro truque do *Tio Patinhas*: molhar o dedo mínimo num copo d'água. Na verdade, esse truque não era exatamente para roncos, mas para fazer a pessoa mijar na cama. Se Anna ficasse molhada, talvez acordasse e parasse de roncar. Elementar, Whitney Houston.

Saí da cama, coloquei um pouco de água num copo e peguei a mão de Anna para pegar o mindinho, mas não tive tempo de fazer nada: ela levou um susto e acabei derrubando o copo em cima dela.

Depois disso, ela não dormiu mais, mas a coisa não melhorou muito. Ela respirava rápido, transpirava, eu perguntava o que tinha, ela respondia que estava tudo bem, mas era difícil acreditar quando dizia isso batendo os dentes. Chloé convidou-a para nossa cama, ela deitou entre nós duas, minha irmã a abraçou e massageou seu ombro, então fiz o mesmo do outro lado. Não sei se elas dormiram, mas ninguém roncou.

Hoje, no café da manhã, Chloé e eu dissemos a Anna que queríamos seguir o grupo de Julien nas próximas etapas. Era mais prudente, ainda que tivéssemos que aguentar a presença de outras pessoas. Não que eu não goste das pessoas, mas poderia viver sem elas, como nabo na sopa. Ela perguntou se tínhamos certeza, preferia que a gente continuasse só nós três, nunca muito longe deles. Mas não é a mesma coisa. Ela acabou reconhecendo que era uma boa ideia, que nos sentiríamos mais seguras em caso de arrombamento, pane, ataque de rato ou de copo d'água.

Então hoje, depois de visitarmos a cidade de Kalmar (é mentira, não vimos nenhum calamar) (tipo não ver nenhum camarão em Camarões), nos reunimos aos outros viajantes numa espécie de estacionamento à beira-mar, diante de uma ilha que visitaremos amanhã.

Não guardei todos os nomes, mas são quatro motorhomes:

- ★ Julien, o guia, e seu filho Noah, que tem 13 anos;
- ★ Um casal com dois filhos, um menino (pequeno) e uma menina (grande);
- ★ Um casal com um cachorro (Jean-Léon);
- ★ Dois vovôs (Diego e o outro não lembro mais).

Ainda bem que não somos obrigados a ficar o tempo todo juntos, mas à noite comemos com eles para "comemorar nossa chegada". Eles colocaram todas as mesas dobráveis para fora e juntaram umas às outras para fazer uma só. Sentei ao lado de Noah, pelo menos tinha certeza de que ele não ficaria falando o tempo todo. Não sei o que os adultos beberam, mas agora, enquanto escrevo, Diego (o vovô) canta "Always On My Mind". Só peço uma coisa: que alguém o faça parar.

Bom, era isso, vou tentar encontrar alguma coisa para enfiar nos ouvidos para dormir em silêncio. Acho que vi protetores de ouvido no estojo de maquiagem de Anna.

Beijinhos, Marcel.
Lily
P.S.: às vezes, eu gostaria de ser como você (calada, não, sem orelhas).

AS CRÔNICAS DE

CHLOÉ

Enquanto dirigíamos pela ilha Öland, usei um minuto dos trinta que tenho diariamente para checar se Kevin havia respondido. Nada. Só mensagens de Inês me contando as fofocas do colégio.

Porém, ele viu minha mensagem quatro minutos depois que a enviei. Reli o que escrevi várias vezes, para tentar descobrir o que poderia tê-lo assustado.

"Oi, Kevin, fiquei tão feliz de receber sua mensagem! Fui viajar, não sei exatamente quando volto, mas gostaria muito que nos escrevêssemos todos os dias, como velhos correspondentes! O que queria falar comigo? Grande beijo."

Não entendo. Não acho que eu tenha forçado a barra, até mesmo apaguei o emoji de coração antes de enviar a mensagem. Ele deve estar sem tempo. Que é o que não falta por aqui.

Os dias passam lentamente, tenho a impressão de que esgotamos todos os assuntos de conversa. O silêncio é o quarto passageiro do motorhome. Minha mãe se esforça para nos fazer falar, mas não funciona. Lily está sempre fora do ar, e eu não tenho muito o que dizer. É estranho, por muito tempo torci para que um dia minha mãe trabalhasse menos, como antes de o meu pai ir embora, para que pudéssemos passar mais tempo juntas, mas, agora que aconteceu, não é como imaginei. Talvez mude. Talvez seja como reaprender uma língua estrangeira quando passamos muito tempo sem estudar. Precisamos reaprender uma à outra.

– Chegamos!

Minha mãe puxou o freio de mão. Acabamos de atravessar uma parte da ilha na direção de seu extremo sul, uma estreita faixa de asfalto entre vacas, ovelhas, moinhos, pedras e cabanas vermelhas sobre a grama, à esquerda, e os reflexos dourados do sol sobre o mar, à direita.

Descemos do carro, à nossa frente se erguia o farol Långe Jan. Uma presença imponente e solitária diante dos demais elementos.

Minha mãe caminhou até o farol, nós a seguimos. Lily, que tinha sido autorizada a sair com o rato, apontou para o alto da torre.

– Vamos subir?

Minha mãe balançou a cabeça:

– Não planejei subir.

– Pena, Mathias e eu gostaríamos de subir!

Minha mãe olhou para o alto e não precisou falar para eu entender que estava calculando o número de degraus. Ela disse que tudo bem.

Na entrada do farol, uma mulher nos explicou que estávamos numa reserva ornitológica, onde várias espécies de pássaros podiam ser avistadas de binóculos, e nos emprestou um par.

Lily e eu passamos na frente e começamos a subir. Chegamos cinco minutos antes da minha mãe. Acho que, pela primeira na vida, ela deve ter desejado estar no lugar de um rato.

O esforço valia a pena. O vento frio com cheiro de maresia batia no meu rosto, ao meu redor o azul se diluía no verde. Parecia o fim do mundo, havia um quê de aventura no ar. Ficamos lá em cima por alguns minutos e demos a volta no mirante para não perder nada da vista, encolhidas dentro dos nossos casacos. Compartilhamos o binóculo para admirar os pássaros: havia cisnes, gaivotas e um monte de espécies pequenas que não conhecia. O farol era todo nosso. Lá no alto, não precisei esperar ser maior de idade para me sentir livre.

Estávamos nos preparando para descer quando Lily soltou um berro. Ela apontou para o mar.

– Olhem! O rochedo está se mexendo!

Na água, um amontoado de grandes pedras cinzentas, idênticas às que vimos no restante da ilha. Instintivamente, minha mãe colocou a mão na testa de Lily para ver sua temperatura, mas minha irmã não se acalmava.

– Passe o binóculo, estou dizendo que vi a pedra se mexer!

Passei o binóculo, ela ajustou a lente e começou a saltitar.

– Ah, sim! São focas! FOCAS!

Não tentei pegar o binóculo para verificar, ela teria me mordido. Peguei a máquina fotográfica e coloquei o zoom no máximo. Ela estava certa. Deitado nas rochas submersas, um grupo de focas descansava ao sol. Foi mágico de ver.

Descemos as escadas correndo, pensando em nos aproximar delas, mas a guarda nos desaconselhou a fazê-lo. Elas poderiam se assustar. Então as observamos de longe e voltamos para o motorhome sem pressa, como se quiséssemos retardar a volta à realidade.

É estranho, estávamos como que num estado de transe. Minha mãe não girou a chave imediatamente. Até mesmo Lily estava quieta. Mas aquele era um silêncio diferente. Ele nos aproximava.

Tínhamos acabado de ser nocauteadas pela beleza do mundo.

ANNA

Depois de três noites com o grupo de motorhomes, perguntei a Lily e Chloé se elas queriam continuar com eles ou voltar para a estrada sozinhas. Elas votaram com retumbante unanimidade na primeira opção.

Não era o que havia planejado. Eu imaginava uma viagem a três, uma espécie de casulo que nos reconectaria, um espaço reduzido no qual só teríamos a opção de viver unidas. Para nos conhecermos melhor, passarmos tempo juntas, reaprendermos a confiar umas nas outras. Tenho certeza de que é disso que elas precisam. Mas talvez tenha superestimado minhas forças.

Em casa, eu nunca tinha tempo, mas sabia encontrar soluções. Aqui, é o contrário.

A constante ocupação me impedia de pensar. Todos os dias, amontoava uma tarefa na outra, faxina, compras, documentos, trabalho, trocar uma lâmpada, preparar o almoço, ligar a lava-louça, deixar um recado para as meninas pedindo que elas esvaziassem a lava-louça, dizendo que elas tinham se esquecido de esvaziar a lava-louça... Todas as noites eu desabava na cama e pegava no sono como se tivesse sido nocauteada.

Aqui, posso refletir. Analisar. Rever muitas coisas. Às vezes, não penso em nada. Um cérebro em repouso é o alvo preferido de uma crise de ansiedade.

— *E se eu lançasse um pequeno ataque de pânico?* — *sugere meu cérebro emocional.*

— *Não vejo razão para isso* — *responde meu cérebro racional.*

– *Justamente, é a razão ideal!*

– *Obrigado, mas não.*

– *Mas sim! Faz tempo que não testo você, vai acabar acreditando que está seguro. Tome, vou enviar um exército de formigas para os dedos.*

– *Não, realmente, não faço questão.*

– *Tarde demais. Aceleração do ritmo cardíaco chegando!*

– *Pare, senão...*

– *Senão o quê? Você não tem cacife, e sabe muito bem disso. Tome, umas ondas de calor e mais uns tremores. Consegue aguentar?*

– *...*

– *Cérebro racional, ainda está aí?*

– *...*

– *Muito bem. Sumiu. Ganhei de novo.*

Na verdade, não tenho medo de o motorhome pifar ou ser roubado. Temo ter um ataque de pânico e não conseguir dirigi-lo. Receio perder os sentidos e deixar minhas filhas sozinhas. Fico aterrorizada com a ideia de sentir aqueles sintomas horríveis. Os sintomas do medo. Em suma, tenho medo de ter medo. Tenho medo de mim.

Pensei que pudéssemos seguir o itinerário do grupo sem o seguir o tempo todo. Nunca nos afastarmos demais, mas não estar sempre com eles. Às vezes passar a noite juntos, muitas vezes separados. Mas talvez estar ao redor de outras pessoas seja a solução para me sentir mais segura.

Depois de três noites com eles, comecei a conhecer os outros viajantes. Costumamos nos reunir à noite, à hora que cada um achasse melhor. O lugar é sempre reservado por Julien, basta estacionar. Nos encontramos, conversamos fazendo a limpeza dos motorhomes, compartilhamos um aperitivo ou uma refeição, se quisermos.

Julien, o idealizador do grupo, viaja com o filho de 13 anos, Noah, um garoto de olhar doce que não fala, mas pode ficar horas contemplando um pião luminoso. Embora Julien tenha me convencido a participar do karaokê, pretendo ter uma boa desculpa para evitar a próxima noite temática: mímicas e imitações.

Marine e Greg, o jovem casal de Biarritz, e o cachorro Jean-Léon. Todos os dias eles tentam comprar um cartão-postal do lugar que visitam para enviar aos residentes da casa de repouso onde trabalham. Acho que vou me dar bem com eles.

Diego e Edgar, dois octogenários de Auvergne. A princípio, eles viajariam com as esposas, Madeleine e Rosa, mas as duas morreram num intervalo de duas semanas, no mês passado. Eles não abrem muito a boca, mas, sempre que o fazem, é para falar sobre elas.

Françoise, François e os filhos Louise e Louis, de 17 e 9 anos. Ela é advogada, ele "empresário", e estão fazendo essa viagem porque os filhos se acostumaram demais a um estilo de vida cheio de confortos. Esperam que algo como um "choque de culturas" faça com que mantenham os pés no chão. Para isso, optaram por um pequeno veículo de conforto rudimentar.

A luz do motorhome de Julien está acesa. Bato à porta, ele abre, tem um guardanapo xadrez amarrado no pescoço.

— Noah e eu sempre tomamos um chocolate quente antes de dormir. Está tudo bem?

— Sim, sim, tudo bem! Vim dizer que vamos ficar com vocês daqui para a frente, se ainda pudermos.

Sem me dar tempo de reagir, ele salta para o chão e me abraça, dando batidinhas em meu ombro.

— Claro! Fico muito feliz! Você fez a coisa certa.

Volto para o motorhome tentando me convencer de que estou tão certa disso quanto ele. As meninas não me ouvem entrar.

– Nunca pensei que um dia diria isso, mas estou com saudade até da escola – Lily murmura.

– Não aguento mais viver nesse treco minúsculo – Chloé acrescenta. – Acho que deu, foi legal, vimos lindas paisagens, agora podemos voltar!

– Acha que dizemos a ela?

– Não, ela vai ficar chateada.

– Então fazemos o quê?

Chloé pensa por alguns segundos.

– Podemos fazer com que ela se arrependa e queira voltar – ela retoma.

– Sim, boa ideia! – exclama Lily, com a voz animada. – Podemos tornar essa viagem insuportável!

Volto a sair silenciosamente, assimilo o que acabo de ouvir, abro a porta fazendo barulho e me junto às minhas adoráveis filhas.

LILY

18 de abril
Hej, Marcel!

Jag heter Lily, jag är 12 år gammal.
(Como você não deve falar sueco, traduzo: "Oi, Marcel, meu nome é Lily e tenho 12 anos".)

Espero que esteja tudo bem com você e que não esteja passando muito frio. Preciso contar uma coisa, mas tenho medo que minha mãe o encontre e consiga fazê-lo falar, então vou propor uma charada.

O primeiro é a primeira letra do alfabeto.
O segundo é uma tempestade violenta.
O terceiro é a décima oitava letra do alfabeto.
O quarto é quem nos deu a vida.
O que Chloé e eu vamos fazer?
E aí, descobriu?
Dê um sinal se tiver uma ideia.
Pffffff. Você é realmente bobo.
Bom, vou dizer a resposta, mas, se um dia alguém (que não seja eu) descobrir você, reaja firme, feche bem suas páginas e saia voando, está bem?
A resposta é: "a-tormenta-r mamãe".
Vamos fazer de tudo para que ela queira voltar para casa.
Chloé e eu falamos sobre isso. É verdade que passamos bons momentos aqui, mas acampar é um saco. Se tivessem me dito que seria assim quando nasci, teria voltado para dentro.

Quero voltar para meu quarto, minha cama, meus *Tio Patinhas*, minhas pedras e minérios, quero poder ficar sozinha e dançar de qualquer jeito sem que Chloé ria de mim. Ela também quer voltar, pela primeira vez concordamos sobre alguma coisa, então decidimos fazer algo a respeito.

Fizemos uma primeira tentativa hoje à tarde, e já fomos com tudo. Estávamos visitando uma cidade medieval, Vadstena, às margens do lago Vättern. Era bem bonito, mas todas as coisas bonitas se parecem: depois que você viu uma, viu todas.

Lá pelas tantas, Anna decidiu contornar o castelo, Chloé me fez um sinal de que aquele era o momento e disse que seria bom fazer uma pausa. Estávamos embaixo de uma torre, esperei que Anna não estivesse olhando, tirei Mathias do casaco e coloquei-o a seus pés, torcendo para que ele não fugisse. Ela demorou a vê-lo. Não parava de falar, na verdade, o fosso isso, as muralhas aquilo, parecia que tinha encontrado sua verdadeira vocação, poderia trabalhar como Wikipédia. Meu ratinho deve ter entendido o que esperávamos dele: agarrou-se ao jeans de Anna e começou a subir por sua perna. Ela tinha sido obrigada a tolerar sua presença no motorhome, mas nunca o havia tocado e sempre gritava quando o via. Vi seus olhos se encherem de terror (os de minha mãe, não os de Mathias), ela se crispou toda, principalmente quando seu longo rabo (o de Mathias, não o de minha mãe) se enrolou na panturrilha dela. Chloé me lançou um olhar satisfeito, eu tranquei a respiração, fiquei com medo que ela chutasse meu rato para longe. Mas veja só, Marcel, acredite se quiser: além de não ter gritado, ela sorriu para mim e disse que Mathias era realmente muito carinhoso. Acho que ela estava em estado de choque.

Ficamos frustradas, mas não vamos desistir, não faltarão oportunidades. Vamos passar para a segunda fase.

Bom, tenho que ir. Hoje é noite de "Mímicas e imitações", mamãe disse que não podíamos ser as únicas a não participar.

Ainda bem que tenho o Noah. Ontem, mostrei a ele como fazer música com copos, acho que ele gostou.

Beijinhos, Marcel.
Lily
P.S.: não consigo parar de comer Kanelbulle, um tipo de pãozinho de canela, minha barriga está quase estourando.

AS CRÔNICAS DE
CHLOÉ

Hoje fui a primeira a acordar. Saí do motorhome sem fazer barulho, precisava de um pouco de ar e ficar sozinha. Ontem chegamos a Estocolmo, devemos ficar três dias. Mamãe não desistiu.

Louise, a filha dos ricos, estava fazendo umas posturas de yoga. Ela me cumprimentou enfaticamente, respondi sem abrir a boca. Sei que ela está tentando se aproximar de mim, que vem puxar papo sempre que pode, mas não tenho nada a dizer. A idade é a única coisa que temos em comum. Ela usa vestido de lã e meia-calça combinando, sorri para qualquer coisa, até mesmo para troncos e galhos, tem uma voz mais doce que mel e, ainda por cima, espirra sem fazer barulho.

Caminhei um pouco para que ela saísse do meu campo de visão e dei de cara com os vovôs, que estavam tomando o café da manhã ao sol. Edgar me convidou para sentar com eles e aceitei. Diego foi buscar uma cadeira para mim. O café estava horrível, como todos os que tomei até agora. Ainda tenho a esperança de um dia gostar dessa coisa, e de cigarro também. Enquanto isso, encho a xícara de açúcar e nunca trago a fumaça.

Os vovôs não falam muito, mas sabia que assunto abordar para não parecer que estava criticando o café.

– Como se chamavam suas esposas?

Diego suspirou, os olhos no vazio:

– Madeleine. Seu sonho era conhecer Estocolmo...

Edgar se segurou na mesa para levantar e caminhou com dificuldade até o interior do motorhome. Um pouco depois, saiu de lá com um porta-retratos.

– A da esquerda é Madeleine, a da direita, minha Rosa – ele disse, me passando a fotografia. – Elas eram muito amigas.

Na imagem, duas mulheres de cabelos prateados riam às gargalhadas, abraçadas, aparentemente na beira de um lago.

– Elas estão sempre conosco. Estamos fazendo essa viagem por causa delas. Depois, poderemos nos juntar a elas.

Diego assentiu:

– A vida inteira, tive um medo terrível da morte. Ele não desapareceu, mas viver sem minha mulher me assusta ainda mais que morrer.

Edgar assoou o nariz com estrondo. Engoli meu café de uma só vez e me levantei, agradecendo. Sempre preferi ficar sozinha para chorar.

As garotas da minha idade costumam trocar de namorado que nem sapatos, sem realmente se envolver. Nada de compromisso, e menos ainda de sentimentos. Eu não estou em busca de amor, mas do homem da minha vida. Quero que ele ocupe todos os meus pensamentos, quero me sentir incompleta quando ele está longe, quero que ele me entenda sem precisar falar, quero saber tudo a seu respeito e achar isso bom, quero sentir um frio na barriga ao olhar para ele, quero que sua voz me faça estremecer e quero me sentir feliz apenas quando ele está comigo. Quero amar como Edgar e Diego amam suas esposas. Quero ser amada como minha mãe por meu pai.

Cruzei com mamãe e Lily ao voltar para o motorhome. Elas estavam em busca de informações sobre aluguel de bicicletas. O celular estava no porta-luvas. Peguei o aparelho e sentei na cama. Kevin ainda não havia respondido, mas estava online. Digitei uma mensagem e enviei-a antes que pudesse me arrepender.

"Oi, Kevin, só queria dizer que estou pensando em você. Sinto sua falta. Beijos, Chloé."

A resposta veio na mesma hora. Meu coração parecia um ioiô.

"Eae, pensando quanto?"

"Muito."

"Então prove."

Estava me perguntando o que ele queria dizer com isso, mas vi que completou a mensagem:

"Saudade dos teus peitos envia 1 foto."

A corda do ioiô se rompeu. Não era exatamente o que eu esperava, mas talvez o amor, em Kevin, se manifestasse em outro lugar que não no coração.

Olhei em volta, a princípio ninguém podia me ver. Tirei os braços das mangas e soltei o sutiã. Com uma mão, levantei a camiseta e o blusão, com a outra voltei o telefone para o tronco. Estava me perguntando se a foto ficaria melhor de cima ou de baixo quando a porta se abriu. Era mamãe. Soltei o telefone, mas não o blusão.

– O que está fazendo? – ela perguntou.

Não respondi, achei que a cena fosse bastante óbvia. Mas ela insistiu:

– Está fotografando os seios? Chloé, responda! Por que está fazendo isso?

Senti um engulho no estômago. Com os seios de fora, numa cama desconfortável, prestes a trocar minha nudez por algumas migalhas de amor, vi a que ponto eu parecia patética aos olhos da minha mãe. Fiquei com vergonha. Com raiva de mim mesma. Então comecei a atacá-la.

– Me deixe em paz! – gritei. – Me deixe em paz, saia daqui! Não vê que me sufoca, com seus julgamentos e ordens?

– Chloé, pare de...

— Pare com o quê, hein? Pare de mostrar os seios, pare de dar por aí? Mãe, você nunca se perguntou por que faço tudo isso? Nunca se perguntou se não teria um pouco de culpa? Se não tivesse deixado meu pai, talvez nunca tivéssemos chegado a esse ponto...

Ela não reagiu. Queria parar, mas não conseguia. Precisava machucá-la. Mirei. Engatilhei. Atirei.

— Se tivesse tido uma mãe, talvez fosse uma mãe melhor.

ANNA

Tenho uma mãe. Ela se chama Brigitte. Falo bastante com ela, peço conselhos. Ela é a primeira para quem conto minha vida. Escrevo um poema para ela todos os anos, em seu aniversário.

Ela morreu numa sexta-feira. As acácias estavam floridas, eu tinha acabado de roubar alguns galhos do senhor Blanchard, o vizinho. Caminhei até nossa casa sentindo o perfume das flores amarelas, queria que logo perfumassem a sala de estar. Eram suas flores preferidas.

Ela estava deitada no chão da cozinha, na frente do forno. O suflê estava quase pronto.

Tentei levantá-la, sacudi-a, dei batidinhas em seu rosto, gritei, supliquei, chorei. Uma mãe sempre acorda quando a filha chora.

"Mamãe, olhe, eu trouxe flores de acácia. Mamãe, por favor... Recitei meu poema e o professor gostou, ganhei uma figurinha. Olhe minha figurinha, mamãe! E depois vi o voo dos grous, venha, mamãe, vamos lá fora, tenho certeza de que podemos ver outros pássaros. Mamãe... Por favor, mamãe..."

Eu queria pedir ajuda, mas não podia deixá-la sozinha.

Coloquei minhas mãos em seu peito e apertei. Tinha visto fazerem isso na televisão, a pessoa acordava. Apertei por um longo tempo, até meus braços perderem as forças. Então entendi. Peguei a manta do sofá, deitei ao lado dela, com o rosto em seu pescoço, cobri nossos corpos e cantarolei as músicas que ela cantava para mim todas as noites.

Eu ainda estava cantando quando meu pai voltou do trabalho. Ele que me contou. Estava escuro, o suflê estava queimado.

Me lembro apenas das flores amarelas espalhadas no chão frio da cozinha.

Eu tinha 8 anos e era filha única. Meu pai tinha 30 e era pai solo. Vovó tinha 54 anos e não tinha mais filhos. Unimos nossas dores para transformá-las numa só, enorme, devastadora, insuperável. Sem dúvida, pensamos que a três o peso seria menor. Foi o contrário. A dor das pessoas que amamos intensifica a nossa.

Cresci impaciente de me tornar mãe.

Desde o primeiro choro delas, minha vida só teve um objetivo: fazer minhas filhas felizes.

O pai das meninas várias vezes me criticou por dar espaço demais a elas na minha vida. Ele tinha razão, e até mesmo subestimava aquele espaço: dou TODA minha vida a elas. Cada um dos meus atos é ditado pela vontade de ver seus rostos iluminados por um sorriso. Não é um sacrifício, na verdade é quase um egoísmo: fazê-las felizes me faz feliz.

Amei os anos da infância, em que éramos tudo umas para as outras. Minha doce Chloé dormia nos meus braços, me dedicava todos os seus desenhos e jurava que nunca me abandonaria. Minha Lily, aventureira, pegava minhas saias para fazer capas, queria ouvir histórias de dar medo, "pui favoi, mamãe quei-ida do meu coi-iação". Vê-las crescer foi a coisa mais linda do mundo.

Tenho um armário inteiro com objetos que não consegui jogar fora. O primeiro pijama, a primeira chupeta, todos os desenhos, até mesmo os que não se parecem com nada, as "pedrinhas macias" que Lily todos os dias trazia da escola, o gesso de Chloé, os ursinhos para dormir, os dentes de leite, os primeiros sapatos, o móbile que tocava musiquinhas até elas pegarem no sono, "Brilha, brilha, estrelinha...", e tantas outras lembranças. Raramente o abro, porque a nostalgia me derruba. Fui avisada de que o tempo voava. Não imaginava a que ponto.

Tenho a impressão de que estamos todos a bordo de um ônibus que avança inexoravelmente na mesma direção. Cruzamos uns com os outros, nos perdemos, às vezes seguimos juntos. Alguns descem antes do terminal. Não podemos frear, não podemos parar, só podemos tentar nos sentir o melhor possível.

Quando subi a bordo desse ônibus, há 37 anos, compartilhei meu assento com duas pessoas: meus pais. Até minha mãe descer. Continuei sozinha, com meu pai e minha avó, sempre por perto. Mathias se sentou ao meu lado, agarrei-me a ele. Depois veio Chloé. E Lily.

Desde então, a viagem tem uma direção. Apesar dos solavancos, dos acidentes, sinto-me bem nesse ônibus. Sei por que estou nele. Mas antevejo um cruzamento. Ele se aproxima, cada vez mais rápido. Chloé quer mudar de lugar. Lily também, um dia. Ficarei feliz por elas, mas chorarei por mim. A vista perderá o esplendor, meu assento perderá o conforto. A viagem não terá mais interesse. Observarei minha vida passar pela janela.

Não afirmo ser uma boa mãe. Minhas filhas não estão bem, cometi erros. A cada decisão que tomei, a cada reação que tive, perguntei-me se seria a certa. Cada ação, mesmo a mais insignificante em aparência, tem consequências. Pais são como equilibristas. Caminhamos na corda bamba entre o excesso e a insuficiência, com um pacote frágil nas mãos.

É preciso estar atento, mas não deixar o filho pensar que é o centro do mundo; é preciso agradá-lo sem torná-lo indiferente; é preciso balancear sua alimentação sem privá-lo; é preciso lhe dar confiança, mas garantir que continue humilde; é preciso ensiná-lo a ser gentil, mas não a se deixar passar por cima; é preciso explicar-lhe as coisas, mas não se justificar; é preciso que ele se exercite e que descanse; é preciso que aprenda a amar os animais, mas também a tomar cuidado com eles; é preciso brincar com ele e deixá-lo se entediar; é preciso ensinar-lhe autonomia e estar presente; é preciso ser tolerante, mas não permissivo; é preciso ser firme, mas não rude; é preciso perguntar sua opinião, mas não deixá-lo decidir tudo; é preciso lhe dizer a verdade sem comprometer sua inocência; é preciso amá-lo sem sufocá-lo; é preciso protegê-lo sem aprisioná-lo; é preciso segurar sua mão, mas deixá-lo se afastar.

Essa viagem me parecia uma solução. Nos últimos anos, precisei trabalhar demais para pagar as contas. Pensei que minha ausência fosse a causa do mal-estar das minhas filhas, acreditei que ficarmos juntas bastaria para cicatrizar as feridas. Elas não têm mais 3 anos. Meus carinhos já não bastam para curar seus males.

Talvez Chloé tenha razão. Talvez eu não devesse tê-las privado do próprio pai. Talvez, se eu tivesse tido minha mãe na idade delas, se a tivesse tido como modelo, talvez tivesse cometido menos erros.

Entro no motorhome e fecho a porta atrás de mim. Aproximo-me de Chloé sem pensar, sem saber se vou gritar com ela ou tentar conversar. Ela ergue o rosto, contraído pela raiva. Tenho uma mulher à minha frente, uma mulher que me provoca e que me detesta. Mas, no fundo de seus olhos, naquele azul quase preto que ela herdou do pai, vejo minha filhinha pedindo ajuda.

LILY

21 de abril
Querido Marcel,

As coisas estão de pernas pro ar, você não faz ideia!
Primeiro, foi o bate-boca. Ouvi gritos, era a voz de Chloé.
Entrei no motorhome e ela estava nos braços de Anna, não
parava de repetir "desculpe, desculpe" e as duas estavam chorando. Parecia uma comédia musical sem música. Perguntei se
tinham cortado cebola, elas não responderam. Francamente,
Marcel, não entendo por que chorar, ainda mais quando se
sabe que falta água no planeta, é um desperdício.

Depois, foi o pesadelo. Ainda fico arrepiada só de lembrar.
Estávamos em Skansen, que é como um museu a céu aberto,
uma cidade que parou no tempo, com pessoas andando com
roupas de época. Visitamos uma mercearia, uma tipografia,
uma antiga escola e até mesmo vimos um soprador de vidro,
parecia que estávamos nos velhos tempos. Eu estava gostando
bastante, até que minha mãe percebeu que eu não parava de
coçar a cabeça. Ela quis olhar, não deixei, mas ela não me deu
escolha. Aparentemente, sou apenas locatária desse corpo, e
ela a proprietária.

Quando descobriu os piolhos, deu um pulo para trás,
gritando que era uma invasão, que precisávamos encontrar
uma farmácia para matá-los. Eu disse que só por cima do meu
cadáver, que nem pensar em matar meus piolhos, eles tinham
escolhido a minha cabeça não por acaso, eu devia protegê-los.
Pensei que seus olhos fossem saltar para fora das órbitas, Chloé

chorava de tanto rir, devia pensar que eu estava brincando para fazer Anna voltar para casa, só que dessa vez era verdade. Anna disse que tudo bem e continuamos o passeio normalmente.

À noite, no motorhome, elas se atiraram em cima de mim. Enquanto Chloé me segurava, mamãe pulverizou um produto fedorento nos meus cabelos. Tentei me soltar, gritei que prestaria queixa por perseguição a piolhos em perigo, mas elas não me ouviram.

Meus pobres piolhinhos não resistiram ao ataque. Fiz um caixão para eles com uma caixa de fósforos e enterrei-os ao pé de um pinheiro cantando "Vou dormir e sonhar com piolhos no paraíso, de mãos dadas caminhando para o infinito...". Mamãe e Chloé quiseram participar da cerimônia, mas proibi a presença daquelas assassinas. Porém, aceitei a de Louise e Louis, embora o pequeno parecesse estar zombando um pouco de mim.

Aliás, isso também anda de pernas pro ar. Os pais deles, Françoise e François, são completamente doidos. Imagine que eles são obrigados a tomar banho frio e a dormir em colchões finos, e que eles recebem 10 coroas suecas por dia para comprar comida. Louise me explicou que eles moram numa casa enorme com piscina, persianas elétricas e até mesmo geladeira que faz gelo picado, que eles têm apartamentos em outros países e que andam de avião mais que as comissárias de bordo. Então, como para eles é normal viver com conforto, eles não entendem o valor o dinheiro, e é por isso que seus pais querem que conheçam o outro lado. Não entendo direito como é possível não entender o valor das coisas, posso dizer que, se tivesse uma geladeira que fizesse gelo picado, eu a limparia todos os dias para agradecer. Mas isso nunca vai acontecer, não sou filha do Patacôncio.

Para fechar a noite, meu pai telefonou. Dessa vez fui obrigada a falar com ele. Ele me encheu de perguntas sobre como as coisas estão por aqui, respondi apenas com sim e não, depois passei para a minha irmã. Ele parece achar que é possível ser pai por videoconferência.

Bom, tenho que ir, Marcel. Estou desanimada hoje, não estou sendo uma boa companhia.

Paro de escrever, mas não de pensar em você. BFF.

Lily

P.S.: espero que exista um paraíso dos piolhos e que eles estejam festejando com as pulgas e os percevejos.

AS CRÔNICAS DE

CHLOÉ

Minha mãe me convidou para um passeio na parte mais antiga da cidade de Estocolmo, Gamla Stan, só nós duas.

Depois da aventura dos piolhos, realmente pensei que ela fosse querer voltar para casa, mas seu entusiasmo segue intacto. Lily e eu tentamos pensar em novas maneiras de fazê-la mudar de ideia, mas acho que, no fundo, sabemos que a viagem vai seguir até o fim, nem que seja para cumprir a promessa feita à bisa. No fim das contas, talvez não seja tão ruim. Gosto desse jogo contra mamãe. Não apenas porque me diverte, mas principalmente porque fazia tempo que não me dava tão bem com a minha irmã.

Aceitei o convite. Não consigo me lembrar da última vez que passei um tempo a sós com minha mãe. Prometi a mim mesma que não seria desagradável, para que ela me perdoasse pelo que eu disse quando brigamos.

Caminhamos pelas ruas de paralelepípedo, entramos em lojas, umas mais lindas que as outras, percorremos a ruela mais estreita da cidade, Marten Trotzigs Gränd, comemos bombons. Tirei várias fotos: fachadas coloridas que contrastavam com o céu azul, reflexos na água, minha mãe posando na ponte Riksbron, minha mãe na frente do Palácio Real, minha mãe na frente da catedral de Estocolmo.

– Me passe a máquina, quero tirar uma foto sua – ela pediu.

Ela precisou insistir. Fotos posadas me deixam pouco à vontade, principalmente quando a pessoa que fotografa leva quinze minutos para encontrar o enquadramento – para a imagem sair borrada. Melhor assim, não gosto da minha imagem. Por mais que desde pequena me digam que sou bonita, que sou fotogênica, que tenho um rosto bonito, olhos magníficos, boca carnuda, perfil perfeito, quando me vejo numa tela ou num espelho, meus defeitos me agridem. Então, todas as manhãs, sigo uma rotina precisa. Uma gotinha de base para homogeneizar o tom da pele, blush para as bochechas, um risco de delineador, três camadas de rímel para intensificar o olhar, batom para colorir os lábios, uma borrifada de perfume, alguns cachos no modelador e está pronta a máscara da invulnerabilidade.

Ficamos com fome, então compramos *strömming* frito com purê de batata e nos sentamos num banco de frente para a água para comer. Estávamos quase acabando quando mamãe começou uma conversa.

– Está com raiva, Chloé?

– Por que diz isso? – pergunto, para não responder.

Sentia seu olhar sobre mim, mas olhei para a margem oposta.

– Tive essa impressão. Estou enganada?

Limpei a boca com o guardanapo de papel.

– Não sei, é estranho. Depende da hora, na verdade. Às vezes, me sinto triste, sem mais nem menos, e no minuto seguinte estou muito feliz. Em outros momentos, parece que fervo de raiva, é horrível, digo coisas cruéis e fico com mais raiva ainda, mas não consigo me conter. Acho que...

Parei de falar. Formular a ideia que me obcecava havia algum tempo a tornaria real demais. Mamãe insistiu:

– Você acha que...?

– Não, nada.

– Chloé, você pode se abrir comigo. Não sou sua inimiga, só quero tentar entender.

Pensei em silêncio por um bom tempo. Tenho dificuldade de me revelar aos outros. Cada confissão é como se eu perdesse uma camada de proteção. Aquela informação, em especial, era delicada. Se eu estivesse certa, melhor guardá-la para mim mesma. Se estivesse errada, talvez mamãe pudesse me tranquilizar. Olhei bem dentro de seus olhos.

– Jura que não vai me julgar?

– Juro.

– Ok. Acho que estou ficando louca.

Ela tentou não demonstrar nenhuma emoção, mas vi seu rosto se encher de preocupação. Ela pegou minha mão.

– Não acho que esteja enlouquecendo. Você é uma adolescente, minha flor.

– Mas as meninas da minha sala de aula não são como eu! Sou a única que se faz um monte de perguntas, que está sempre mudando de ideia, que não controla as emoções. Sei que sou hipersensitiva, mas mesmo assim! Me sinto tão diferente...

Ela não disse nada, apenas acariciou minha mão.

Não voltamos tarde. Lily ainda não tinha voltado da visita ao Museu do Vasa com Marine e Greg. Minha mãe se afastou do motorhome, pela janela vi que estava ao telefone.

Logo depois do jantar, ela me passou o celular.

– Veja. Pedi para o vovô escanear isto.

E me deixou sozinha. Olhei para a tela, havia um texto escrito à mão. Depois outro. E mais outro. E dezenas de outros.

Levei mais de uma hora para ler tudo. Eram na maioria poemas, assinados pela minha mãe. Segundo as datas, ela tinha entre 14 e 20 anos. Até eu nascer.

Com muita poesia e melancolia, ela falava do tempo que passa, da ausência, da morte, da infância, do abandono, buscava um sentido para a vida, falava dos dramas do mundo, do amor, da solidão, do medo, dedicava vários textos à mãe, ao pai, à avó, a si mesma quando pequena, aos filhos que um dia teria.

Desde que nasci, as pessoas sempre se espantaram com minha semelhança com meu pai. Meus cachos ruivos, meus olhos azuis escuros, minhas pernas finas. Minha mãe nunca sentia ciúme, ela sorria, como se não se importasse. Sem dúvida porque, no fundo, sabia que eu era muito mais parecida com ela.

ANNA

— Muito chique a cortina florida! – diz Marine, acariciando o tecido.

Agradeço, antes de perceber a ironia do comentário. Se Jeannette não tivesse se casado com meu pai, diria que seu gosto é duvidoso.

Convidei Marine e Greg para jantar, em agradecimento à gentileza de terem levado Lily para visitar o Museu do Vasa. Ela havia insistido para ir, mas acabou detestando.

— Não vejo o menor sentido em fazer um museu sobre o naufrágio de um navio, como se fosse um grande aconte-cimento — ela declara enquanto nos apertamos em torno da mesa. – Daqui a pouco vão fazer estátuas a quedas de aviões.

Marine caiu na gargalhada.

— Adoro essa menina! Ela quase me dá vontade de ter uma!

Servi almôndegas para todos, menos para Lily, que havia decidido se tornar vegetariana, e para Chloé, que havia comido demais no Gamla Stan. Elas são discretas, mas intercepto um sorriso cúmplice de uma para a outra. Dirijo-me aos convidados:

— Então, se entendi bem, estão em lua de mel?

— Estamos prolongando a lua de mel — Greg responde, espetando o garfo numa almôndega. – Originalmente, fa-ríamos um rápido tour pela Europa, mas gostamos tanto do motorhome que decidimos continuar. Calculamos nossos gastos e tiramos um ano sabático. Hmm, que delícia!

— Obrigada! Mas não fui eu que fiz, comprei num res-taurante de Estocolmo, só precisei esquentar. Vou abrir uma segunda garrafa de vinho, alguém aceita?

– Sempre digo sim para mais vinho! – diz Marine, estendendo o copo. – E vocês? Qual o motivo da viagem entre meninas? Por onde anda o pai?

Eu havia notado que Marine era do tipo direto, mas não imaginava a que ponto. Greg a cutuca com o cotovelo.

– O que foi? – ela se espanta. – Todos se perguntam a mesma coisa. Prefiro perguntar abertamente!

Preparo minha resposta, mas Lily é mais rápida.

– Ele nos abandonou.

– Absurdo! – intervém Chloé. – Ele telefona regularmente, e se pudesse nos veria com mais frequência!

– Rá! Acredita mesmo que ele não pode nos receber?

– Meninas, chega... – peço.

– Esse não é o ponto! – se irrita Chloé. – A mamãe é que não quer que ele nos veja, ele me disse!

Bato a garrafa com força em cima da mesa, para acalmar minhas filhas e meu próprio coração, que disparou. Marine tenta mudar de assunto:

– As almôndegas estão desmanchando. Vocês deveriam provar, meninas, não sabem o que estão perdendo!

Lily olha de canto de olho para a irmã, que faz cara feia. Sua raiva, no entanto, não é mais forte que sua curiosidade. Lentamente, ela descruza os braços, se serve de comida e, com a ponta dos lábios, prova o molho. Ela franze a testa, faz uma segunda tentativa, depois passa o garfo à irmã, que também prova o molho. Como se nada tivesse acontecido, sigo conversando com Marine e Greg, sem demonstrar que conheço exatamente o teor do diálogo surdo entre as duas.

Lily: Falta pimenta!

Chloé: Eu sei, não consigo entender!

Lily: Tem certeza que colocou o suficiente?

Chloé: Esvaziei o tubo! Eles deviam estar com a boca pegando fogo...

Lily: Sem fumaça, não há fogo.

Faço força para não rir. Minhas queridas filhas nem sonham que encontrei o tubo de pimenta vazio na lata de lixo, que lavei as almôndegas e improvisei outro molho. Elas nem sonham que sei jogar o mesmo jogo delas e que nunca gostei de perder.

Estou um pouco tonta quando Marine e Greg saem do motorhome. O vinho sueco desce redondo. Lily escreve em seu diário, Chloé tira a maquiagem. Uma luz verde pisca no meu celular.

Abro a mensagem sem querer, só queria ver a hora. A foto se impõe na tela, agressiva, violenta. Na legenda, um tal de Kevin escreve: "Sua vez!".

Fico com náuseas. O que fiz para minha filha pensar que para seduzir é preciso trocar fotos íntimas? Onde errei para que minha menina acreditasse que preliminares envolvem mensagens privadas?

Apago a visão do horror e escrevo uma resposta.

"Boa noite, Kevin, aqui é a mãe de Chloé. Teria sido melhor conhecer seu rosto antes do seu pênis, mas presumo que você seja tímido. Já que a relação de vocês está tão adiantada, podemos nos encontrar para discutir os detalhes do casamento. Avise seus pais que minha filha não vê a hora de apresentar a eles sua vagina. Até breve, querido genro.

Abraço da sogra.

P.S.: vista-se, seria uma pena se pegasse um resfriado."

Enviar.
Apagar o histórico.
Arrepender-se.
Dormir.

LILY

24 de abril
Querido Marcel,

Espero que tudo bem! Comigo sim, obrigada.

Acabamos de chegar a Falun, Anna e Chloé soltam gritinhos de alegria toda vez que passamos por uma casa de madeira vermelha ou por um lago, me sinto num show do Justin Bieber. Não aguento mais todas essas florestas e todas essas árvores. Elas estão por toda parte, espero a chegada dos sete anões a qualquer momento.

Já falei de Noah, o menino que não fala? Gosto de passar o tempo com ele, talvez justamente porque não fala, ou então porque seus gestos são delicados. Quando olho para ele, sinto a mesma coisa de quando me deram um remédio para relaxar antes da cirurgia de apendicite.

Ontem à noite, decidi apresentá-lo a Mathias. Perguntei a seu pai se podia falar com ele e fui convidada a entrar no motorhome deles. Noah estava deitado na cama, olhando para as luzes que se mexiam no teto. Sentei ao seu lado, falei com ele (talvez ele não tivesse me visto), tirei Mathias de dentro do blusão e o coloquei em cima da colcha. Eu tinha explicado a Mathias que era para ir devagar, mas ele correu até a cabeça de Noah e se escondeu em seus cabelos. Noah deu um pulo, berrando, berrando, berrando, sem conseguir respirar. Tentei acalmá-lo, acariciei seu braço, mas só piorou, então peguei Mathias e o escondi de volta dentro do blusão. O pai de Noah chegou correndo, abraçou o filho, segurando seu braço, olhou

113

para mim com severidade e disse para eu ir embora. Lá fora, ainda ouvi Noah gritar. Não queria assustá-lo, juro, só queria fazê-lo rir.

Mais tarde, Julien veio até nosso motorhome. Anna estava usando o pijama feio, percebi que ficou envergonhada, mas o deixou entrar.

Ele me perguntou o que havia acontecido, expliquei e minha mãe me olhou com cara feia. Julien disse que a ideia era boa, mas que com Noah era preciso ir devagar, nunca cantar vitória na frente dos bois, algo assim. Parece que ele tem autismo, por isso quase não fala, grita de vez em quando, não gosta de ser tocado e olhado. Podemos interagir com ele, mas não como fazemos entre nós. Ele adora luzes, coisas que giram, cavalos, e o que ele mais gosta é da natureza, das árvores, das montanhas, dos espaços abertos, das estrelas, da chuva, da aurora boreal, do sol da meia-noite... Foi por isso que Julien largou o trabalho para viajar com ele, no resto do tempo Noah frequenta uma escola especializada.

Quando Julien saiu, Anna disse que eu devia ser legal com Noah, que não devia rir dele por ser diferente. Eu não disse nada, mas nunca pensei em rir de Noah. Na escola, eu sou a diferente.

Um beijão, Marcel.
Lily
P.S.: você viu que, se não fosse por uma letra, autista seria artista?

LILY

25 de abril

Sou eu de novo, Marcel! Não acredito!
Você viu? Diga que viu? Viu como é linda???
UAUUUUUUUUUUUUUUUUUUUUUUUUUUUU
UUUUUUUUUUUU!!!

AS CRÔNICAS DE

CHLOÉ

Não pensei que fôssemos ver alguma, nos disseram que era muito raro nessa época do ano, porque não há noite de verdade, apenas longos crepúsculos.

Eu dormia profundamente quando alguém bateu com força na porta do motorhome. Era Julien, que gritava para que saíssemos logo. Passava da meia-noite, e por pouco não virei para o lado e voltei a dormir. Teria sido um erro.

O frio da rua me acordou. A noite sueca é para os fortes. Julien, Noah e todos do grupo estavam na rua, os narizes voltados para o céu. Lily soltou um grito. Fiquei de boca aberta.

Acima de nós, a aurora boreal dançava um balé hipnotizante. Parecia um imenso lenço de seda flutuando bem devagar sobre o céu escuro. Um véu vaporoso que dançava num anel de luz verde e rosa. Ondas que quebravam nas estrelas.

Lembrei-me da apresentação de Lily. Os vídeos que ela olhava para fazer a pesquisa me fascinavam. Mas eles não tinham nada a ver com o que eu sentia ali. Era indescritível. Poderoso.

Admiramos o espetáculo até o fim. Esperamos pelo bis, que não aconteceu. Voltamos para os motorhomes, todos com as mesmas palavras nos lábios: "fabuloso", "incrível", "mágico", "grandioso". Fui para baixo da coberta, mexi as pernas para esquentar o lençol, coloquei a mão embaixo do travesseiro, na fotografia do meu pai, e peguei no sono com um sorriso nos lábios.

AS CRÔNICAS DE

CHLOÉ

Pegamos o barco para a pequena ilha de Trysunda, no golfo de Bótnia. Minha mãe descobriu na internet que ela abrigava uma aldeia de pescadores parada no tempo. Não esperava que fosse tão bonito. Tanto que, se Lily não estivesse tão animada com uma nova ideia para fazer mamãe voltar para casa, provavelmente não a teria posto em prática.

Imaginem. Uma baía cheia de pequenas casas vermelhas sobre palafitas, refletidas na água escura, jardins imaculados com cercas brancas, telhados verdes, barcos de pesca em atracadouros, uma floresta de pinheiros envolvendo o conjunto com um abraço protetor, o marulhar das águas, o canto dos pássaros, o vento na copa das árvores, o cheiro da resina dos barcos: o lugar emanava paz.

Preparamos um piquenique, para passar o dia na ilha. Depois de tirar inúmeras fotos da aldeia de pescadores, entramos na mata para cruzar a ilha. Lily reclamou:

— Sonhei que me transformava em árvore e que lenhadores cortavam meus braços para fazer uma fogueira. É enlouquecedor!

Eu estava bem. Caminhar entre os arbustos, ouvir o silêncio e o vento, pisar a terra e as pedras, tudo me deixava em paz. O turbilhão em minha mente era apaziguado pela floresta.

Lily parou de resmungar quando chegamos ao outro lado da ilha. À nossa frente, o mar estava revolto. As ondas quebravam nas pedras brancas e recuavam para pegar impulso. As rajadas de vento faziam meus cabelos esvoaçarem, os respingos fustigavam meu rosto.

117

Descansamos na orla da floresta, ao abrigo do vento, e minha mãe pegou os sanduíches que havia preparado. Ignorei os sinais insistentes de Lily para desencadear o último estratagema, mas ela não me deu escolha.

– Chloé, você não tinha algo a anunciar?

Fuzilei-a com o olhar. Minha mãe levantou as sobrancelhas:

– Ah, é? Sou toda ouvidos!

Eu sabia o que devia dizer, mas, embora não fosse verdade, não foi fácil. Fiquei com medo de sua reação, de feri-la, de angustiá-la. Não seria nada bom se ela tivesse um ataque de pânico numa ilha quase deserta.

Limpei a garganta e recitei minha fala, sob o olhar excitado da minha irmã.

– É que... Na verdade, estava um pouco atrasada, então comprei um teste de farmácia em Estocolmo, sabe, quando você me deu uma hora livre.

Eu esperava não ter que concluir a frase, mas ela me encarava em silêncio, encorajando-me a continuar.

– Não sei direito como dizer...

Lily sabia:

– Resumindo, e indo direto com todas as letras, Chloé está grávida!

Dei um passo prudente para trás, caso minha mãe se atirasse em cima de mim, mas ela não se mexeu por longos segundos. Procurei algum sinal em seu rosto, mas ela se manteve imóvel. Uma estátua de cera. Lily tocou-a com a ponta dos dedos, para ver se continuava viva. Minha mãe ergueu os olhos cheios de lágrimas na minha direção.

– Oh, minha querida! Estou tão feliz, você não imagina como! Espero por esse momento há tanto tempo...

Tentei não demonstrar meu desconforto. Ela não parava de falar.

– Seria ótimo se fosse um menino, poderíamos chamá-lo de Tom, sempre amei esse nome! Não acredito que vou ser vovó. Obrigada, minha flor, é o melhor presente que você poderia me dar!

Ela se atirou sobre mim e me abraçou com tanta força que, se eu estivesse realmente grávida, teria dado à luz ali mesmo. Deixei que me abraçasse, fiquei parada com os braços ao longo do corpo. À minha frente, minha irmã nos observava, olhos parados, boca aberta, a quintessência da estupefação.

ANNA

A noite se torna mais curta, a temperatura diminui, estamos cada vez mais perto do círculo polar ártico. Chloé queria muito visitar Umeå, pois Julien não parava de falar dos encantos dessa cidade cercada pela natureza. Foi difícil conter o riso diante de seu olhar perplexo quando anunciei que preferia que ela ficasse no motorhome. Em seu estado, seria mais prudente.

Lily, que está usando um gorro com orelha de coelho, faz comentários sobre tudo que vemos. Françoise e François olham para ela com impaciência, mas suspeito que minha filha esteja vendo nisso uma espécie de motivação.

– Você não deve sofrer de tédio! – Diego cochicha para mim, quando entramos no Museu da Imagem.

Sorrio para ele. Ontem à noite, Julien nos convidou para uma visita em grupo a essa cidade de que ele tanto gosta. Assim que nos instalamos no estacionamento dos motorhomes, ele saiu para alugar uma van. Ainda bem cedo pela manhã, fomos levados por ele aos pontos turísticos considerados imperdíveis: o parque de esculturas de Umedalen, o lago Nydalasjön, a reserva ecológica... Chloé e Edgar, que se queixou de cansaço, são os únicos ausentes.

No terceiro andar do museu, entramos numa sala mergulhada na escuridão. Na parede e no teto, formas luminosas se delineiam e se apagam sob o olhar fascinado de Noah.

– Ele é um amor! – diz Greg a Julien. – Você cuida dele o tempo todo?

– Agora, sim. Fui chef de cozinha, mas parei há três anos, para viajar com ele. Noah adora a natureza, principalmente as paisagens da Suécia e da Noruega. Se eu pudesse, moraríamos aqui, mas ele é muito apegado à escola, e precisa frequentá-la regularmente. Então, alternamos, fazemos duas viagens como essa por ano, sempre com as mesmas paradas. Ele gosta, está começando a se localizar.

— Sempre viaja em grupo?

— Antes, viajávamos só nós dois. Era bom, mas gosto da ideia de conhecer outras pessoas e estou convencido de que isso faz bem ao Noah. Participo de um grupo de donos de motorhomes na internet e, no ano passado, um casal procurava um guia para viajar para a Escandinávia. Me ofereci e outras duas famílias se juntaram ao grupo. Agora, se tornou um hábito.

— A mãe dele morreu faz tempo? — pergunta Marine, sem nenhum senso de delicadeza.

Julien acaricia a barba por fazer com um sorriso constrangido.

— É engraçado, todo mundo pensa que minha mulher morreu, como se fosse impensável um homem cuidar do próprio filho! Ela nos abandonou há cinco anos. Noah tinha oito.

O olhar surpreso do jovem casal o leva a seguir falando:

— Não a culpo, ela lutou muito nos primeiros anos, estava convencida de que conseguiria curá-lo do autismo. Tentou todos os métodos: ABA, TEACCH, PECS, psicanálise, curandeiros, dieta sem glúten e sem lactose. Ela se recusava a admitir que ele talvez nunca a abraçasse, nunca lhe contasse seu dia, nunca brincasse com outras crianças, nunca a chamasse de "mamãe". Quando ela entendeu, não aguentou. Uma noite, voltei do trabalho e ela me deixou com Noah para dar uma corrida. Nunca mais voltou. Tinha esvaziado o guarda-roupa durante o dia.

Julien conta a história como se ela se referisse a outra pessoa, o olhar no vazio.

– Ela me liga de vez em quando, para ver se está tudo bem. Sempre pede desculpas, chora bastante. Foi muito difícil para ela. Está convencida de que Noah não sente sua falta. Talvez tenha razão.

– Você não sente raiva dela? – pergunta Greg.

– Não sei. Às vezes sim, e me pergunto como ela consegue ficar longe dele com tanta facilidade, tendo vivido tão perto todos aqueles anos. Eu nunca conseguiria.

François, Françoise e os filhos, que tinham passado direto para a próxima sala, voltam para nos chamar.

– Seguimos? – sugere Françoise.

– Vou ficar um pouco aqui – responde Julien. – Noah parece estar gostando. Sigam sem a gente. Nos encontramos na rua em uma hora?

O grupo obedece, menos Lily e eu. Não tenho coragem de deixar Julien para trás depois daquela confissão. Lily vai para o lado de Noah. O olhar dela passa do rosto do adolescente para as luzes que ele contempla. Viro-me para Julien:

– Acho que ela está tentando entender como ele funciona.

– Sua filha é incrível. É a primeira vez que uma criança dessa idade se interessa por ele.

– Sim, ela é ótima. Não costuma ser muito sociável, prefere os animais, mas há algo diferente entre ela e seu filho.

Nós nos encostamos na parede e observamos os dois, detentores silenciosos de uma emoção compartilhada.

Está quase na hora de nos encontrarmos com os outros quando Françoise chega correndo, em pânico.

– Venham rápido! Aconteceu um acidente!

LILY

2 de maio
Querido Marcel,

Tudo bem? Comigo sim, caso queira saber. Não aprendeu boas maneiras com seus pais? Bom, como não sou rancorosa, vou falar com você, especialmente sobre uma coisa maluca que aconteceu.

Estávamos visitando um museu muito chato (menos a sala das luzes, que eram bonitas, até Noah estava gostando) quando Françoise chegou gritando, parecia que tinha visto o próprio reflexo no espelho. Na verdade, Marine tinha desmaiado. Ela estava ali e pluft, de repente, não estava mais. Todo mundo ficou assustado, porque ela demorou para acordar e porque bateu a cabeça na parede, estava sangrando bastante, precisei virar o rosto.

Os bombeiros a levaram para o hospital para fazer exames, Greg ficou em pânico, dava para ver em seu rosto, parecia um acordeão. Eles passaram a noite toda no hospital, tivemos que cuidar de Jean-Léon, fiquei bem contente, mas não muito, porque gosto de Marine.

Apresentei Mathias a Jéan-Léon. Meu rato se fez de esnobe, não quis dar um beijinho, não sei se foi isso que deixou Jean-Léon irritado, mas ele mostrou os dentes, então tive que separá-los.

Esperamos a volta de Marine para pegar a estrada. Ela tinha um curativo na cabeça, parece que levou pontos. Parecia cansada. Greg, não, parecia contente com sua volta. Ele dirigiu, e Julien e minha mãe escoltaram o motorhome deles, caso ela tivesse outro desmaio.

À noite, a reunião temática foi sobre a Suécia, porque logo chegaríamos à Finlândia e precisávamos nos despedir adequadamente. Comemos *bakpotatis*, purê, arenque, e os bárbaros devoraram uma rena. Quase vomitei, mas Marine foi mais rápida que eu. Ela sujou tudo, enquanto Greg acariciava suas costas. O amor é nojento. Depois, ela chorou e anunciou que, no hospital, tinham dito que ela estava grávida. Todo mundo a parabenizou, mas ela chorou mais ainda. Disse que não tinha planejado, que não estava pronta, que ia processar a Jontex (não sei quem é). Diego disse que não se recusava um presente como esse, ela respondeu que sabia disso, que no fundo estava feliz, mas que agora o presente estava dentro dela e seria preciso tirá-lo e isso a deixava com medo. Françoise contou que quase tinha morrido de dor, François mandou que mudasse de assunto, ela acrescentou que tinha uma colega que morreu de verdade. Marine vomitou de novo.

Quando fomos dormir, os olhos de Anna brilhavam, ela não parava de dizer que era maravilhoso, que todos aqueles bebês faziam com que se lembrasse das suas.

Bom, preciso ir, ela acaba de vir para nossa cama.

Beijinhos, Marcel.
Lily
P.S.: você também poderia dizer tchau.

ANNA

Estamos deitadas na mesma cama estreita, olhando para o teto na escuridão.

"Com você, Chloé, eu soube que estava grávida numa noite de sábado. Era o que eu mais queria, do fundo do coração. Fazia meses que vivia a chegada das menstruações como uma espécie de maldição. Estava, naquele momento, com um dia de atraso, cedo demais para saber, tarde demais para não pensar. Só pensava nisso. Brownie, nossa cachorrinha, estava conosco havia poucos meses. Ela não era de pedir carinho, era meio medrosa. Naquela noite, no entanto, não parava de andar ao meu redor. Quando sentei, ela subiu no sofá, cheirou minha barriga por alguns segundos e pousou a cabeça nela. Alguns dias depois, o teste de gravidez deu positivo.

"Virei mãe antes mesmo de você nascer. Sentia seu crescimento dentro de mim, falava com você, acariciava a barriga sem parar, comia frutas, legumes, evitava alguns movimentos, fazia exercícios, cuidava do corpo como nunca tinha cuidado. Pela primeira vez, amei meu corpo. Eu imaginava sua aparência, me perguntava se seria parecida comigo ou com seu pai, se dormiria bastante, se comeria bem, se teria cabelo, olhos azuis, todos os dedos.

"Tive muito enjoo, não suportava alguns cheiros, qualquer contrariedade me tirava do sério, cheguei a insultar uma senhora mais velha, um dia, que passou na minha frente no caixa do supermercado, mas como eu amava estar grávida! Com a chegada do parto, fiquei dividida entre a ânsia de poder abraçá-la e a saudade de não tê-la mais só para mim.

"E então você nasceu. Minha florzinha, meu raio de sol. Chegou suavemente, sem fazer barulho, a parteira bateu em sua bundinha para que reagisse, e você chorou. Aquilo cortou meu coração, peguei-a nos braços, toquei-a, senti-a, contei seus dedos. Eu me sentia estranha, tinha vontade de chorar e dançar ao mesmo tempo, era como se uma parte de mim estivesse faltando, mas nunca tinha me sentido tão completa.

"Você dormiu seis horas. Fiquei observando você, não me cansava disso. Pensei muito na minha mãe. Dormi com meu indicador apertado entre seus dedinhos, pensando que, a partir daquele momento, minha felicidade estaria completamente ligada à sua. Quando você ficasse triste, eu ficaria ainda mais. Quando você ficasse feliz, eu ficaria ainda mais."

Silêncio.

Embaixo da coberta, as meninas parecem estátuas. Espero que não tenham adormecido.

"Você também, Lily. Esperei muito por você. Já tinha quase desistido quando você se instalou no meu ventre. Dessa vez não foi Brownie que sentiu, mas eu mesma. Chorei por causa de uma propaganda de presunto e entendi a mensagem enviada pelos meus hormônios. Fiquei felicíssima, meu sonho de ter dois filhos se tornava realidade, não conseguia pensar em outra coisa.

"Não tive enjoos, mas comia o tempo todo, tinha um desejo maluco por pepino em conserva. Engordava a olhos vistos, mas não estava nem aí. Na ultrassonografia, disseram que seria um menino. Senti uma pontinha de decepção, mas logo passou. Eu teria adorado que Chloé tivesse uma irmã, mas um casal, como dizem, seria ótimo também. Preparei tudo para sua chegada, pijaminhas azuis, calças, paninhos bordados com seu nome. Tom.

"Tive menos medo que da primeira vez. Não havia o elemento desconhecido, sabia o que me esperava. Sabia que sentiria dor, mas que a esqueceria assim que visse seu rosto. Sabia que uma onda de felicidade intensa, infinita, explosiva, me invadiria assim que tivesse seu corpinho minúsculo contra o meu. Eu sabia, mas foi ainda mais forte. A realidade é mais forte que a lembrança.

"Foi como uma erupção vulcânica, eu transbordava de felicidade. Você chorava alto, era um pequeno furacão, apertava os punhos e as pálpebras, e não era um menino. Você não se acalmou quando foi colocada sobre o meu corpo, nem quando falei com você bem baixinho. Você berrava, não estava contente. Vi seus primeiros momentos de vida e pensei comigo mesma que, daquele dia em diante, minhas emoções estariam estreitamente ligadas a você. Quando você ficasse furiosa, eu ficaria ainda mais. Quando você ficasse eufórica, eu ficaria ainda mais."

Silêncio.

Silêncio.

– Estão dormindo?

– Não – murmura Chloé.

– Não – sussurra Lily.

Ainda mergulhada naquelas lembranças mágicas, sinto meus olhos se encherem de lágrimas. Não esperava nenhuma efusividade por parte das meninas, conheço minhas filhas. Mas quem sabe uma resposta, uma palavra, um gesto. Se ao menos pudesse senti-las mais uma vez, minúsculas, aninhadas em mim. Se ao menos minhas palavras ainda pudessem tranquilizá-las, meus beijos, curá-las, meus braços, consolá-las. Se ao menos elas ainda pudessem só se preocupar com o bem-estar de seus ursinhos ou com a contagem regressiva até o Natal.

Me preparo para voltar para minha cama quando sinto a mão de Chloé se mover. Suavemente, seus dedos agarram meu indicador. Paro de me mexer, paro de respirar.

Minha pequena.

Com a mão livre, pego a de Lily. Ela não reage. Fico assim longos minutos, saboreando aquele momento, depois escorrego para fora da cama.

— Boa noite, meus amores.

— Boa noite, mãe – murmura Chloé.

— Mãe, Mathias me pediu para dizer uma coisa – Lily diz.

— Pode falar.

Ela finge ouvir o que o rato está dizendo.

— Ele disse que está feliz de ter caído nessa família.

AS CRÔNICAS DE

CHLOÉ

Era nosso último dia na Suécia.

Ainda estávamos sob os efeitos das palavras de mamãe, que havia contado como chegamos ao mundo. Sorríamos por qualquer coisa, falávamos com carinho na voz. Não reclamei quando Lily acabou o cereal no café da manhã, nem quando mamãe ficou repetindo que estava feliz porque logo seria vovó.

Foi até mesmo estranho, cheguei a me surpreender acreditando que poderia ser verdade e me senti bem, porque pela primeira vez em muito tempo não me sentia sozinha.

No caminho de Skellefteä para Luleå, ouvimos música, cantamos músicas que nós três conhecíamos, Cabrel, Ed Sheeran, Beyoncé, Daft Punk... Sentamos na frente, lado a lado, a viagem inteira. De repente, Lily soltou um grito. Minha mãe freou na hora. Peguei a máquina fotográfica. A poucos metros de nós, um rebanho de alces atravessava a estrada com toda tranquilidade. Eram animais majestosos. Só tínhamos visto alces na televisão. Ficamos falando sobre eles até chegar ao nosso destino.

Visitamos Gammelstad, uma aldeia paroquial. Julien nos explicou que elas só existem na Escandinávia. São pequenas casas de madeira construídas em torno de uma igreja e ocupadas nos dias de culto pelos moradores dos arredores. No resto do tempo, a aldeia fica vazia. Percorremos as ruelas, tiramos fotos na frente de janelas com cortinas brancas e, quando nos aproximamos da igreja, percebemos que havia um culto acontecendo.

Entramos na ponta dos pés e sentamos no fundo. Uma mulher falava, não entendíamos nada, mas a fé dos fiéis não precisava de tradução.

A cerimônia se prolongou por mais dez minutos. Tentamos sair rapidamente, para não incomodar, mas um senhor de idade veio até nós e nos convidou para tomar um chá com eles.

Foi um momento especial, conhecemos um pouco daquela cultura, eles se interessaram pela nossa, foi difícil se despedir, sabendo que nunca mais os veríamos, mas que tampouco os esqueceríamos.

É o que gosto em viajar. É por causa disso, desses encontros, que quero viajar para a Austrália. Alimentar-se dos outros, amadurecer, crescer. Em nosso conjunto habitacional, tenho a impressão de definhar.

Comemos macarrão com queijo no motorhome, sentadas na cama com o cobertor sobre as pernas. Minha mãe me serviu uma porção dupla, para alimentar o bebê. Estávamos acabando quando o telefone tocou. Era papai. Ele perguntou as novidades, depois pediu para falar com minha mãe. Ela ficou tão surpresa quanto eu. Ele nunca pede para falar com ela. Ela perguntou se estava tudo bem e, depois, saiu do motorhome. Quando voltou, fingiu que estava tudo bem, mas suas mãos tremiam tanto que ela precisou de duas tentativas para conseguir fechar a porta.

— O que houve? — perguntei.

— Nada, nada.

— O que ele queria?

Nenhuma resposta.

— Mãe, tudo bem? Está tendo um ataque de pânico?

Ela me encarou, li "terror" em seus olhos. Ela deitou na cama, nós a cobrimos com uma colcha, mas a crise não passava, ela tremia e não parava de dizer que estava tudo bem, mas sua voz falhava.

Eu não sabia o que fazer, então fui buscar Julien. Ele pediu para Lily ficar com Noah, ou Noah com Lily, e veio. Ele disse que mamãe precisava pensar em outra coisa. Então ele começou a propor adivinhas.

— Como se chama um coelho surdo?

Minha mãe não respondia, ele insistiu.

— Não sei — ela respondeu, tremendo.

— COEEEEEELHOOOOOO! — ele gritou.

Ela não reagiu. Ele continuou.

— O que faz tiu-tiu?

— ...

— Anna? O que faz tiu-tiu?

— Não sei...

— O tintinho!

O pior era que ele parecia realmente orgulhoso.

— O que um boné disse pro outro?

Mamãe grunhiu. Parecia prestes a mordê-lo. Corajoso, ele insistiu.

— Então?

— Não estou nem aí!

— Bom-né? Bom-né! Outra: o sal xingou o açúcar. O que o açúcar disse?

— Julien, estou cansa...

— Nossa, que sal grosso! — ele continuou.

Não consegui conter uma gargalhada, mas mamãe ainda não estava na mesma sintonia. Então arrisquei:

— Sabe a história do cara que tinha cinco pênis?

Silêncio. Diante do entusiasmo geral, eu mesma respondi:

— Sua cueca servia como uma luva.

Julien me olhou com espanto. Mamãe virou a cabeça na minha direção, lentamente. Vi todas as expressões passarem por seu rosto, ela parecia um caça-níqueis girando. E parou num sorriso. Uma risadinha, um tanto tímida, mas que queria dizer que a angústia começava a ceder.

Uma hora depois, mamãe dormia. Julien havia voltado para seu motorhome e Lily para o nosso. Demorei para pegar no sono. Um pensamento me impedia de desligar. Para deixá-la naquele estado, meu pai devia ter dito algo realmente grave.

LILY

5 de maio
Querido Marcel,

Anna está muito estranha desde que teve aquele mal-estar na outra noite, quase não come, dirige sem parar, parou de tentar puxar conversa. Acho que está tramando alguma coisa, e não estou falando de uma cesta de piquenique.

Ela nem quis visitar Rovaniemi, embora antes não parasse de repetir que estava com pressa de conhecer a Finlândia. Ela disse que estava cansada e ficou no motorhome. Tivemos que ir com Françoise e François, um saco.

Eles nos levaram para visitar a aldeia do Papai Noel. Sim, estou falando sério, construíram uma aldeia para o Papai Noel, espero que façam uma aldeia para a fada do dente, ou uma aldeia para os patetas, esta estaria sempre cheia! Se ainda tivéssemos ido com Marine e Greg, mas, não, tivemos que ficar com a família Teletubbies. O pequeno Louis corria para todos os lados gritando, eu me pergunto se é um ser humano de verdade. Louise se maravilhava com tudo como se nunca tivesse visto nada na vida, e os pais tiraram tantas *selfies* que o celular deles preferiu se suicidar. Ah, o François ficou bem incomodado com isso, não ouvimos mais sua voz. Quando o filho disse que era melhor assim, para ele realmente viver sem confortos, pensei que o pai fosse atirar o menino às renas.

Chloé parecia se divertir, menos quando Louise falava com ela – Chloé arreganhava os dentes. Entendo totalmente.

A garota tem um sorriso fixo no rosto, é de dar medo, parece uma Barbie drogada.

A única coisa legal do passeio foi ver a grande linha branca desenhada no chão que mostrava o início do círculo polar ártico. Estamos realmente longe de casa.

Na volta, Françoise quis conversar com Anna, não ouvimos o que disseram, ficamos na rua, mas, quando ela saiu, disse que iríamos jantar com eles, que Anna descansaria mais um pouco. Comemos batata cozida, e só. Françoise e François querem que os filhos percam os hábitos de crianças mimadas. Chloé acha que eles são um pouco rígidos, e eu acho que são completamente doidos. No fim das contas, não estou tão mal de mãe, mesmo que ela ronque.

Eles nos convidaram para dormir no motorhome deles. Não sei o que me deu: contei que era sonâmbula e que à noite batia nas pessoas. Eles disseram que da próxima vez, então.

Quando voltamos, Anna estava à nossa espera. Contamos o que fizemos ao longo do dia, comemos os bombons que tinham sobrado de Estocolmo e, quando fomos deitar, ela prometeu que amanhã estaria melhor. Espero que seja verdade, senão precisaremos acertar os ponteiros nos is.

Beijão, Marcel.
Lily
P.S.: descobri uma coisa muito legal: quando não piscamos os olhos no frio, eles choram, adorei.

ANNA

As frases giram dentro da minha cabeça. Em ordem, fora de ordem, cruzadas, amontoadas, truncadas. Elas me enlouquecem, me consomem.

"Eu deveria ter deixado minha advogada entrar em contato, resolvi ligar por pura amizade."

"A guarda total. Elas verão você em finais de semana alternados e metade das férias."

"Fui tolerante até agora. Imaginar minhas filhas sozinhas, entregues a si mesmas enquanto você trabalhava, me partia o coração."

"Você perdeu a cabeça. Uma road trip *para a Finlândia..."*

"Acha que o juiz vai escolher quem, um pai que tem horários fixos e um salário, ou uma mãe desempregada, endividada, que tira as filhas da escola para levá-las para a estrada?"

"Aceitei mentir para elas, mas agora vou assumir o controle da situação."

"Chloé me falou de seus ataques de pânico, você as coloca em perigo."

"Você nunca facilitou as coisas para mim, se tivesse sido menos egoísta, poderia tê-las visto com muito mais frequência."

"Não faço isso para machucar você, mas para proteger minhas filhas."

"Finalmente vou poder passar momentos a sós com minhas filhas."

"Se me deixar voltar, poderá vê-las todos os dias."

"Estou pedindo a guarda das meninas."

"Estou pedindo a guarda das meninas."

"Estou pedindo a guarda das meninas."

Não sei o que vai acontecer.
Não sei se terei que pagar pelos meus erros.
Só sei que, se elas forem tiradas de mim, será meu fim.

LILY

9 de maio
Querido Marcel,

Não consigo escrever, meus dedos estão congelando.

Beijinhos, mesmo assim.
Lily

AS CRÔNICAS DE

CHLOÉ

Telefonei para o meu pai. Queria saber o que ele havia dito para minha mãe. Ele nem tentou desconversar:

– Quero que vocês venham morar comigo. Você já é grande, pode fazer o que quiser, mas Lily ainda é pequena, e sua mãe não pode mais se responsabilizar por vocês.

Não consegui entender. Ele sempre repetia que mamãe era maravilhosa, que ele se sentia infeliz por ela não o querer mais. Ele nunca voltou a namorar, diz que nenhuma mulher pode substituí-la. Era a primeira vez que a criticava.

– Como assim, ela não pode mais se responsabilizar pela gente?

– Você sabe muito bem que ela não estava conseguindo pagar as contas, e, agora que parou de trabalhar, vai ser impossível. Vocês não podem mais viver nessa precariedade.

– Mas ela vai conseguir um emprego! Além disso, você também não trabalha, não pode nem nos receber em casa porque mora num apartamento minúsculo!

Ele suspirou profundamente.

– Na verdade, faz algum tempo que estou trabalhando. Moro numa casa que tem quatro quartos.

– Hein? Desde quando?

– Não sei... Alguns meses... Talvez dois anos.

Meu coração parou por um segundo.

– Dois anos? Mas pai, não entendo, por que não nos contou? Por que nunca ficou com a gente durante as férias?

– Isso não vem ao caso – ele respondeu com firmeza. – Estamos falando da sua mãe. Ela não tem dinheiro, tirou

138

vocês da escola para acampar em países que nem conhece. Está delirando! Você mesma disse que ela tinha enlouquecido.

Não soube o que dizer. Não soube nem o que sentir. Como explicar que, quando falo mal de mamãe para ele, é sobretudo para reconfortá-lo? Ouvi todos os seus argumentos, todas as suas certezas indignadas e desliguei desejando um bom-dia.

Como estava com o telefone, aproveitei para fazer umas pesquisas.

Minha mãe pareceu surpresa quando anunciei que faríamos um pequeno desvio.

– É uma surpresa – eu disse. – Confie em mim. Ah, e falando nisso, não estou grávida.

Ela afetou uma cara triste. Lily fazia que não com a cabeça.

– Que horror, minha filha! Você perdeu o bebê?

– Não, nunca estive grávida. Eu queria voltar para casa. Lily e eu estávamos tentando encontrar uma maneira de fazê-la mudar de ideia.

Minha irmã me chamou de dedo-duro. Mamãe pareceu realmente triste:

– Ah, mas fiquei tão feliz que seria vovó. Estou muito, muito triste... E você deve estar arrasada. Tem certeza de que não há uma pequena chance de...?

Eu ia responder, mas vi um brilho em seu olhar. Ela conteve o riso, viu que eu tinha entendido. Nenhuma de nós falou mais nada.

O desvio nos fez perder duas horas. Na estrada, mamãe perguntou várias vezes se eu tinha certeza do caminho. A localização no GPS não lhe dizia nada. O degelo ainda não havia atingido aquela latitude, a paisagem estava coberta por um manto branco.

Eram cinco horas da tarde quando chegamos. Fazia -1ºC. Os proprietários foram encantadores, e não apenas porque entenderam meu inglês com sotaque francês. Eles nos levaram até uma cabana de madeira, nos forneceram tudo que era necessário e nos passaram as instruções. Mamãe e Lily demoraram muito para entender. Muito, muito mesmo. O inconsciente delas devia estar escondido sob uma grossa camada de negação.

Então minha mãe arregalou os olhos.

ANNA

– Você acha mesmo que vou mergulhar num lago semi-congelado?

Minha voz soa esganiçada. Chloé cai na gargalhada. É pior do que eu pensava.

Lily tenta sair de fininho enquanto Chloé conversa com os proprietários. Sua irmã mais velha a puxa pelo cachecol.

Vesa, a mulher, nos convida a segui-la até uma cabana. Uma estufa aquece a peça, mobiliada apenas com uma mesa, dois bancos e cabides de parede.

– A sauna fica ali – ela diz, apontando para uma porta envidraçada, no fundo. – Podem tirar a roupa!

Unindo palavra e ação, ela tira o casaco, as botas, o blusão... Fica de roupa de baixo e botas forradas antes que tenhamos tempo de reagir.

– Então? – ela pergunta, sorrindo. – Não tenham medo, é uma experiência incrível. Depois de experimentarem, vocês só vão conseguir pensar numa coisa: repetir!

– Parece que o frio mata os neurônios – resmunga Lily. – Eu não vou.

– Ah, vamos! – insiste Chloé, tirando a roupa com pressa. – Mamãe, Lily, venham. Li em algum lugar que é excelente para a saúde!

– Prefiro viver menos, mas no calor – decreta Lily.

– O degelo começou – intervém Vesa. – A temperatura da água está em 4ºC, totalmente suportável.

Ela deve estar pensando que estamos com medo.

Chloé bate os pés no chão. Está decidida. Não posso decepcioná-la, ela organizou tudo isso para mim.

Tiro as roupas uma por uma, lentamente, pensando que deveríamos pesar todas as consequências quando decidimos ter filhos.

– Lily? – lança Chloé.

– Não, vou esperar aqui – responde minha outra filha, enfiando o queixo no cachecol. – Vou sentir frio só de olhar para vocês.

Petri está a nossa espera na frente do chalé, de sunga amarela. Se minhas mandíbulas não estivessem congeladas, eu riria.

Percorremos correndo os poucos metros que nos separam do lago. Chloé bate os dentes, suspeito que esteja se arrependendo da surpresa. Chegamos a um pequeno deque onde uma escada mergulha na água escura. Petri explica o procedimento: entramos na água, ficamos menos de um minuto, saímos, corremos até a cabana e nos fechamos na sauna. Se tivermos coragem, recomeçamos.

– A alternância quente-frio é benéfica para o organismo – ele explica, descendo a escada tranquilamente. – Venham!

Ele está nadando, agora. É louco. Vai se transformar em estalagmite, daí quero ver sua cara de espertinho.

Vesa se junta a ele, ronronando de tanta alegria. Essa gente ama o frio, é a única explicação. Tenho certeza de que dormem num congelador.

Chloé tira as botas e caminha na direção da escada.

Percebo que vou precisar me mexer, me decidir. Tento me convencer de que a água está menos fria que o ar, mas costumo ter dificuldade até mesmo para lavar as mãos assim que começa a esfriar, então...

–AAAAAAAAAAAAAH! AAAAAAAAAAAAAAAAAAAAAH! PUTA QUE O PARIU!

Chloé está na água.

Paro de pensar, dou um passo à frente e coloco um pé no lago.

Merda.

O outro.

Puta que o pariu, realmente.

Chloé me empurra, quer subir a escada. Fico completamente submersa. Tenho a impressão de estar sendo fatiada por milhares de lâminas, não sinto mais as pernas, os braços começam a adormecer. Estou dizendo adeus a cada parte do meu corpo quando ouço um grito se aproximando de nós.

– BANZAAAAAAI!

De calcinha e sutiã, o cachecol ainda no pescoço, Lily passa correndo pelo deque, tapa o nariz e pula na água, as pernas unidas contra o peito.

Seu rosto apavorado emerge alguns segundos depois. Seus lábios estão azuis.

– Estou morrendo, socorro! – ela suplica, os olhos parados.

Ninguém reage. Ela começa a gritar:

– FAÇAM ALGUMA COISA, RÁPIDO, ESTOU COM FRIO! ALGUÉM MIJE EM CIMA DE MIM!

Petri, que parece respeitar certos limites em termos de sociabilidade, se contenta em nos puxar para o deque. Corremos para a cabana, o mais rápido possível, pernas e braços duros. Parecemos jogadores de pebolim. Os proprietários caminham atrás de nós. A sauna nos acolhe com seu calor envolvente. Vesa e Petri voltam para casa, ficamos sozinhas.

Desabamos no banco de madeira. Encosto a cabeça na parede e fecho os olhos. Pouco a pouco, meu corpo volta à vida, minha pele se aquece.

Visualizo a imagem mental de nós três, Lily, Chloé e eu, quase nuas dentro de uma sauna perdida nos confins da

Lapônia. Visualizo nosso apartamento, aquele lar onde nos cruzamos só de vez em quando. Penso em minhas dúvidas, na viagem intempestiva, nas consequências que ela talvez produza. Mesmo que apenas por isto, por este momento, pela excitação de Chloé quando entendi a surpresa, pelo rosto de Lily ao pular na água, por este silêncio cúmplice, por esta lembrança que me fará sorrir nos momentos mais sombrios, nunca vou me arrepender.

AS CRÔNICAS DE
CHLOÉ

Para a última noite na Finlândia, seguindo a tradição, nos reunimos para um jantar típico. Todos se apertaram no motorhome mais espaçoso, de Diego e Edgar, pratos sobre os joelhos, para degustar a comida comprada no mercado de Inari: salsicha grelhada, sopa de alce, queijo estranho e outras especialidades com nomes que sou incapaz de lembrar.

O clima estava descontraído, até Marine pegar o porta-retratos.

— São suas esposas? — ela perguntou.

Edgar falou sobre como conheceu Rosa, Diego emendou sobre seu casamento com Madeleine, Marine chorou e colocou a culpa nos hormônios. François secou algumas lágrimas, mamãe fungou, Greg saiu, Julien contou uma piada, Louise abriu as comportas.

Quando voltamos, chequei, pela terceira vez, se Kevin havia escrito alguma coisa. Nada, desde o pedido da foto. Talvez tivesse considerado meu silêncio um desinteresse. Então mostrei que não era o caso.

"Boa noite, Kevin, espero que não esteja chateado por causa da foto, prefiro conversar um pouco primeiro, tudo bem? Beijo, Chloé."

A resposta chegou na manhã seguinte. Mamãe e Lily estavam tomando café da manhã, eu estava no banheiro. Meu coração deu um salto de alegria quando vi a notificação.

"Eae, pergunte p/ sua mãe."

Meu coração teve uma cáibra.

— Mãe, você andou falando com Kevin? — perguntei, ao sair do banheiro.

Lily perguntou quem era Kevin. Minha mãe ficou vermelha. Ela pediu para minha irmã sair para dar bom dia a Noah e me contou tudo. Fiquei tão chocada que não consegui falar, nem chorar. Levantei sem conseguir olhar para a cara da minha mãe, ela falava, eu não ouvia mais nada. A raiva embaralhava meus sentidos. Abri a porta e, na hora de sair, consegui me virar para dizer:

— Espero que meu pai consiga ficar com a nossa guarda.

Lá fora, o frio foi como um tapa na cara. Sentei num banco à beira do lago que ficava ao lado do estacionamento dos motorhomes. A raiva de minha mãe se igualava à raiva de ter sido tão má com ela. As lágrimas estavam começando a brotar quando Louise sentou ao meu lado.

— O que você quer? — perguntei, enxugando o rosto com a mão.

— Vi que estava sozinha e fiquei com pena.

— Não preciso da sua piedade, me deixe em paz.

Ela não se mexeu. Olhei para ela.

— Me deixe em paz! — gritei. — Não vê que não gosto de você?

Era a primeira vez que eu a via bem de perto. Seus olhos eram cinzentos como o céu, tristes como ele também.

— Sim, eu sei – ela murmurou. – O que foi que eu fiz?

— Agora não, por favor. Me deixe em paz, não quero ser desagradável.

Ela se levantou, começou a se afastar, depois deu meia-volta e se plantou na minha frente:

— Você está com ciúme, é isso.

— Como é?

— Ciúme, é por isso que não gosta de mim.

Levantei também, nossos rostos ficaram a poucos centímetros um do outro. Como um para-raios, Louise atraía toda a minha raiva. Explodi numa gargalhada, para não explodir por completo.

– Do que eu teria ciúme, hein? Da vidinha de filhinha perfeita que não sabe o que fazer com seu dinheiro e precisa fingir que é pobre? Não seja ridícula...

– Menos ridícula do que a dona de uma falsa Louis Vuitton.

Fiquei com vontade de arrancar aquele nariz empinado, aquele ar de superioridade, aqueles gestos pretensiosos. Fiquei com vontade de colocar para fora a violência que fervilhava meu sangue. A violência que ultimamente me invadia com frequência.

– Caia fora – murmurei.

– Senão vai fazer o quê, hein, sua vaca?

Inspirei profundamente, passei por Louise e me afastei, tentando ignorar suas provocações. Caminhei um pouco, o barulho dos meus passos na neve dissipou a raiva e me revelou outro sentimento, como uma camada descoberta que mostra o que há por baixo. Fui invadida por uma infinita melancolia. Que me deixou com dor de barriga, com um nó na garganta.

É dolorosa essa passagem, depois da infância e da adolescência, quando as ilusões se desfazem em mil pedaços e os sonhos se desmancham no contato com a realidade. Sinto falta da ingenuidade tranquila, do mundo protegido onde dodóis saravam com naninhas. Sinto falta da época em que não sabia de nada, da bolha de felicidade em que meu pai e minha mãe me protegiam. Avanço rumo à maioridade semeando pedrinhas de inocência. Não quero que todas se percam pelo caminho. Não quero mais crescer.

LILY

15 de maio
Querido Marcel,

Espero que esteja tudo bem com você, comigo não vai nada bem, e não é só porque estou resfriada. Chegamos à Noruega e, como você pode imaginar, faz muito frio. Tomo cuidado ao espirrar, tenho medo de expelir um iceberg.

Mas isso não é nada comparado ao horror que aconteceu. Não sei nem se vou conseguir contar.

Hoje de manhã, antes de voltar para a estrada, fui visitar Noah em seu motorhome. Estávamos brincando com seu pião, que agora ele me deixa usar, mas nunca consigo fazer com que gire por tanto tempo quanto ele, então finjo que o deixo ganhar.

Alguém bateu à porta. Julien abriu, eram homens de uniforme. Ele nos explicou que era o controle alfandegário, que eles precisavam revistar os motorhomes. Perguntei se aquilo era normal, não entendi direito por que eles haviam chegado assim, sem avisar, à queima-roupa, mas aparentemente é comum, eles verificam se não há tráfico de drogas ou queijo.

Pensei em Mathias na mesma hora. Anna tinha me dito que seria melhor não sermos paradas na estrada. Corri para buscá-lo, mas era tarde demais, eles já estavam no motorhome. Me senti no fundo do poço. Minha mãe saiu, estava com uma cara estranha, veio na minha direção, se retorcendo toda, como se estivesse com vontade de fazer xixi, mas é que tinha escondido Mathias embaixo do blusão. Peguei-o antes que ela começasse a bater os dentes. Ele ficou contente, se enrolou no meu pescoço.

Os homens da alfândega desceram do motorhome dizendo que tudo certo, talvez não tenham visto a gaiola, ou pensaram que era decoração.

Enquanto eles estavam nos vovôs (que ficaram apavorados), Marine chegou toda espalhafatosa, com uma barriga enorme, pensei comigo mesma que o bebê era precoce e parecia ter pulado vários meses de gestação, mas na verdade era porque ela estava escondendo Jean-Léon embaixo do poncho. Ela nos perguntou se podíamos ficar com ele durante a visita, porque ele estava sem uma vacina que eles não tinham tido tempo de fazer antes, ou algo assim. Claro que dissemos que sim, estava fora de questão o cachorro ser preso.

O problema é que ele sentiu o cheiro de Mathias e começou a latir. Tentei apresentar um ao outro para acalmar os ânimos, mas dessa vez Jean-Léon arreganhou os dentes e atacou.

Meu pequeno Mathias morreu na hora.

Tentei massagem cardíaca e boca a boca, mas ele não resistiu. Fiquei com dor de barriga e de cabeça ao mesmo tempo, tentei dizer que o amava muito, muito, mas não consegui falar. Espero que ele saiba de tudo o que sinto por ele.

Não o enterrei. Coloquei-o dentro de um tupperware e amanhã vou soltá-lo no Cabo Norte, junto com as cinzas do meu bisavô.

Chloé e Anna foram fofas comigo o dia todo, embora estejam tomando muito cuidado para não falar uma com a outra. Não sei por que brigaram, mas parece que foi por causa de um tal de Kevin.

Era isso, Marcel, não me sinto bem para escrever mais. Sabe, é a segunda vez que alguém chamado Mathias me abandona.

Beijinhos,
Lily

ANNA

O Cabo Norte.

Há dois meses, meu universo era formado por meu apartamento, um restaurante que me exauria e o caminho entre os dois lugares. O Cabo Norte não passava de um nome entreouvido na boca da minha avó quando ela falava de suas viagens.

Hoje, estou no ponto mais ao norte da Europa, depois de atravessar o continente num motorhome com minhas filhas. Mais de quatro mil quilômetros nos separam do nosso cotidiano.

Desligo o motor. São dez horas da noite e o dia está claro. Um silêncio imaculado nos acompanhou o trajeto todo. Lily está de luto, Chloé de cara feia.

– Meninas, vamos fazer um esforço? É um momento importante.

Grunhidos sem entusiasmo acolhem minha proposta. Minha avó deve ter imaginado outro clima para a última viagem do meu avô. Pego a urna e a escondo embaixo do casaco.

– Não sei se é permitido espalhar cinzas aqui, vamos tentar ser discretas!

Minhas palavras esbarram no desinteresse das meninas. Chloé ajusta as luvas, Lily acaricia seu pote de plástico. Saímos do motorhome, rumo ao nosso primeiro sol da meia-noite.

A vista do alto da falésia é impressionante. Mais de trezentos metros abaixo de nós, o oceano Ártico se estende até o infinito. A rocha, salpicada de neve, contrasta com o azul-claro do céu. O sol começa a cair. Ficamos atrás da barreira de segurança para esperar dar meia-noite.

Lily parece não reparar no espetáculo. Chloé faz esforços visíveis para não se extasiar.

Faço várias tentativas de começar uma conversa, mas todas sem sucesso. A tensão é mais suportável dentro de um apartamento cinzento.

Às 23 horas e 55 minutos, as dezenas de pessoas presentes se calam.

À meia-noite, diante do sol refletido pelo mar que não desaparece no horizonte, todos começam a aplaudir e garrafas de champanhe são abertas. As emoções fortes têm o poder de unir aqueles que as compartilham. Sinto-me próxima daqueles que me cercam, essa noite todos nos parecemos um pouco. Dou uma espiada nas minhas filhas, de sorrisos abertos e olhos brilhantes, elas voltaram a ter 3 anos.

Esperamos a multidão se dispersar.

– Lily, começamos por Mathias?

Ela sacode a cabeça. Seu queixo treme.

– Tudo bem. Já foi.

– Já? Mas quando?

– Enquanto as pessoas aplaudiam, pensei que era uma boa hora. Ele voou como uma estrela.

Chloé acaricia a bochecha da irmã e, subitamente, guarda a mão no bolso, como se o gesto não tivesse acontecido.

– Bom, então vamos fazer o que vovó pediu – eu disse. – Chloé, pode filmar?

Tiro as luvas e pego a urna. Olho em volta, ninguém parece prestar atenção em nós. Ao longe, avisto Françoise, François, Louise e Louis, que se dirigem para o estacionamento.

Abro a tampa. Fico emocionada, sei como o gesto é importante para minha avó. Me lembro pouco do meu avô, eu tinha 6 anos quando ele morreu. Um passeio no bosque, quando ele me ensina a levantar as folhas mortas com o bastão para encontrar cogumelos. Sua voz grossa tossindo. Uma fatia de pão na qual ele esfrega um dente de alho. E só.

Estendo o braço o máximo possível e viro a urna para deixar as cinzas voarem para o Grande Norte.

Adeus, vovô.

– O que é isso? – exclama Chloé.

Vejo grãos dourados voando para o Grande Norte. Não são cinzas. É areia.

Olho para dentro da urna, um envelope está preso ao fundo com fita adesiva. Dentro, uma folha branca dobrada em quatro, cheia de palavras. Reconheço a letra da minha avó. Chloé e Lily se colam contra mim, lemos juntas seu conteúdo.

Querida Naná,

Imagino sua cara e rio sozinha. Você sabe a que ponto a amo, então entenderá que minha manobra tinha um único objetivo: ajudar você.

Faz anos que a vejo lutando contra a vida. Você se defende como uma leoa, mas ela não poupa você. É um vale-tudo. Assisto à luta, estou aqui para incentivá-la, motivá-la, mas me sinto impotente.

A perda do emprego foi uma sorte. A ocasião de começar um novo round. Quando você me contou da vontade de partir e compartilhou suas dúvidas, tive medo que não fosse até o fim, que desse meia-volta. Eu precisava ajudá-la a encontrar um bom motivo. Eu sabia que, por mim, você o faria.

A vida se tornou uma adversária, você precisa fazer dela uma aliada.

Volta e meia você me diz que só as meninas é que importam, que você sofre por vê-las tão pouco, que, se pudesse recomeçar, faria tudo diferente. Você não pode recomeçar, mas pode seguir outro caminho.

Você sabe que estou mais perto do fim do que do início, estou quase vendo a linha de chegada. Minhas pernas não funcionam mais, o resto não está em tão boa forma assim, a única coisa que tenho são minhas lembranças. Às vezes, me lembro das viagens que fiz, dos livros que li, dos filmes que gostei, mas quem nunca sai da minha cabeça é sua mãe, seu avô, Chloé, Lily, meus pais, minha avó... Tudo passa, Naná querida. As raivas, as decepções, as preocupações, as alegrias, os cansaços. As únicas coisas que restam, no fim, estejam nesse mundo ou não, são as pessoas que amamos.

Não menti sobre tudo. O Cabo Norte é um lugar importante. Durante o verão de 1957, seu avô – cujas cinzas continuam no meu quarto – e eu visitamos a Noruega. O sol da meia-noite foi nossa lembrança mais incrível, nós o admiramos até o amanhecer. Sua mãe foi concebida no dia seguinte, sempre pensei que é por isso que ela era tão luminosa. Enquanto você estiver lendo essas palavras, quatro gerações de nossa família estarão reunidas no Cabo Norte. Ela ficaria tão orgulhosa de você.

Não quero passar um sermão, odeio moralismo. Quero apenas iluminar seu caminho, mostrar a direção antes de partir.

Espero que essa viagem permita que vocês se amem ainda mais. Sei muito bem que o laço entre mãe e filha é eterno.

Amo você, Naná. Não fique brava comigo.
Vovó

Dobro a folha e guardo-a no envelope antes que minhas lágrimas apaguem suas palavras. O sol continua suspenso acima do horizonte, nós o observamos por mais alguns minutos, em silêncio.

Imagino minha mãe ao meu lado, sua mão no meu ombro. Essa imagem não me faz mais sofrer. Pensar nela me acalma, eu não saberia dizer desde quando. A dor se foi, sem fazer barulho. Nos acostumamos tanto à presença dela que nem a notamos mais, ela se torna parte integrante de nós. E então, um dia, nos damos conta que a dor sumiu e deixou para trás cicatrizes e boas memórias. Os momentos em que penso na minha mãe se tornaram quase suportáveis, pois eles a fazem viver um pouco mais.

– Vamos? – pergunto às meninas.

Elas concordam. Voltamos para o motorhome arrastando os pés. O silêncio é menos opaco do que na vinda. Não ouso quebrá-lo, não sei se elas estão prontas.

Minha avó tem razão: sem ela, eu não teria viajado. Sem ela, eu teria encontrado outro emprego, teria pagado minhas dívidas, ainda teria um pouco de dinheiro, não estaríamos comendo enlatados aquecidos em placas elétricas, dormiríamos em colchões confortáveis, as meninas teriam professores de verdade, faria 20 ºC a mais, eu não correria o risco de perder a guarda delas, teríamos evitado várias brigas. Mas... nós nos veríamos apenas alguns minutos por dia. Eu não saberia a que ponto Chloé é sensível, a que ponto ela se parece comigo; eu não saberia que Lily é engraçada e generosa; eu não teria compartilhado risadas, discussões, noites, descobertas e medos com elas. Eu não teria construído todas essas lembranças inesquecíveis com minhas filhas.

Vovó não me deu um conselho, ela me deu um presente.

Fecho a porta do motorhome para não deixar o calor sair. As meninas trocam de roupa com pressa e vão se deitar. Deito no meu sofá-cama e tapo o rosto com a coberta para não ser incomodada pela luz do sol e para abafar meus soluços.

Poucos minutos se passam e sinto um corpo pequeno e quente ao meu lado. Depois um segundo. Levanto a coberta, Chloé e Lily se juntam a mim no meu refúgio e me abraçam.

Obrigada, vovó.

AS CRÔNICAS DE
CHLOÉ

As montanhas se erguiam entre lagos. O verde e o branco disputavam o primeiro lugar. O mar nunca se afastava demais. Dava para se sentir em um plano de fundo de computador. Dirigíamos a mais de uma hora quando mamãe quis conversar. Lily dormia, atrás.

— Você não precisa fazer tudo o que os meninos pedem, sabe?

Eu preferia falar da paisagem, mas ela continuou.

— Está apaixonada por esse Kevin?

— Acho que sim.

— Por que acha isso?

Pensei alguns segundos.

— Porque, quando ele não responde minhas mensagens, fico triste.

— Só isso?

Ela tinha a voz mais doce do que a píton do *Livro da selva*, parecia querer me conquistar. Mas não deixei.

— Não, ele é querido comigo, diz que sou bonita, atraente, é carinhoso...

— Legal. Mas você acha normal que ele envie fotos íntimas e que peça para você mostrar os seios?

Dei de ombros.

— Não sei, nunca me fiz essa pergunta.

— Você queria fazer aquilo?

— Não, acho que não. Mas tenho medo que...

Parei de falar, ela insistiu.

— Medo de quê?

– Medo de que ele seja menos legal se eu recusar. Tenho medo de que ele não me ame mais.

Ela começou um longo discurso sobre o que posso aceitar ou não, sobre como aprofundar uma relação, sobre os garotos serem todos diferentes, sobre o amor não depender de fotografias explícitas, sobre o carinho não ser sinônimo de amor. Eu concordava mecanicamente, mas via que ela não entendia.

Não gosto de mostrar os seios, não gosto de entregar meu corpo. Gosto de receber elogios, carícias, promessas. Gosto de ser amada. De saber que alguém pensa em mim. De ser importante.

Quando mostro meus seios, quando entrego meu corpo, recebo amor. Quando não dou nada, não recebo nada. Não é tão complicado.

Eu gostaria de acreditar na minha mãe quando ela diz que o amor não funciona assim, que a sedução não precisa passar apenas pelo sexo, que os garotos podem esperar outra coisa de mim, eu realmente gostaria, mas como acreditar numa pessoa que só teve um homem?

– Promete tomar mais cuidado, da próxima vez? – ela perguntou.

Não prometi, apenas concordei com a cabeça, cruzando discretamente os dedos. Quero tentar, mas já sei como vai ser da próxima vez. Ele vai tentar, eu vou resistir, ele vai ficar decepcionado, eu vou ficar com medo de perdê-lo e vou ceder.

Chegamos ao estacionamento do Parque Nacional de Stabbursdalen no início da tarde. Estava frio, cinza, mas Julien havia convencido uma parte do grupo de que a melhor maneira de se impregnar com a atmosfera da Noruega era dar uma pequena caminhada pela floresta. Veríamos um espetáculo de tirar o fôlego no fim da trilha.

Depois de duas horas de caminhada entre pinheiros, placas de neve, gritinhos de Louise, pausas para fotos de François e queixas da minha mãe, chegamos à prometida surpresa. Um lago no qual se derramava uma cascata que lembrava as que víamos todos os dias na estrada. A decepção se fez ouvir em nossos silêncios.

Comemos na beira do lago e voltamos pelo mesmo caminho sem grande motivação. Minha mãe, que aparentemente não havia previsto que a volta pudesse ser tão longa quanto a ida, parecia prestes a nos pedir para buscá-la de helicóptero. Françoise poupou-a ao decretar uma pequena pausa para "retocar a maquiagem". Esperamos na trilha enquanto ela entrou na floresta assobiando. Voltou três minutos depois, gritando e correndo a toda velocidade, os braços para cima, o rosto deformado pelo terror. Ela tropeçou, se levantou de novo, se agarrou às árvores para acelerar, saltou raízes. Quando chegou onde estávamos, nós o vimos. Estava alguns metros atrás dela, imenso, majestoso, seguido por dois filhotes. Um alce furioso.

– Socorro! – foi o que ela conseguiu articular.

Julien pegou sua mão e puxou-a até o grupo. Louise e Louis a abraçaram chorando. François focou o zoom no animal.

Julien murmurou:

– Que estranho. Alces não costumam ser agressivos, a mãe deve ter se sentido ameaçada porque está com os filhotes. Vamos embora, isso vai acalmá-la.

Recuamos alguns passos, suavemente, mas não foi suficiente para acalmar aquela mãe de família. Ela se aproximou de nós, a cabeça baixa, pronta para atacar. Minha mãe nos apertou contra ela. Foi então que a dignidade de Julien foi para o espaço.

Ele deu um passo na direção do animal, os braços em guarda na frente do rosto, e gritou:

– Cuidado, sou faixa azul de jiu-jitsu!

O alce olhou para ele de baixo para cima e avançou um pouco. Julien deu um berro gutural, na tentativa de assustá-lo.

Acho que assustou apenas suas cordas vocais. Atrás de mim, ouvi um riso sufocado. Mordi as bochechas para me segurar.

Vendo que a intimidação não funcionava, nosso herói tentou se comunicar com o animal:

– Não se preocupe, não queremos incomodá-la.

O alce, que aparentemente não falava francês, deu mais um passo para a frente. Estava agora a três ou quatro metros de Julien, que concluiu que era hora de usar sua arma secreta.

Como em câmera lenta, nós o vimos esticar a perna direita para cima e girar sobre a perna esquerda – depois fui saber que aquilo se chamava chute circular. Um grito, que não vinha do alce, ecoou. Julien pousou a perna no chão como se nada tivesse acontecido, como se não tivéssemos visto que acabara de distender um músculo.

O alce, sem dúvida tomado de piedade, ficou mais alguns segundos ali e depois voltou para junto de seus filhotes. Julien ergueu o queixo e disse para o animal, mas não muito alto:

– Isso mesmo, tem razão de ficar com medo!

Depois, ele se virou, com um sorriso entre heroico e cheio de dor, mancou até onde todos estavam e nos incentivou a seguir em frente. Foi o que fizemos. Ninguém desobedece a uma ordem de Chuck Norris.

LILY

19 de maio
Querido Marcel,

Sou eu (Lily). Espero que tudo bem, apesar do mau tempo. Chegamos em Alta, é bem bonito aqui, mas tenho certeza de que seria melhor sem essa neblina, que lembra alguém tomando uma ducha quente. Estacionamos o motorhome na beira do Altafjord, que é um fiorde, como o nome já diz, e um fiorde é um vale inundado, como seu nome não diz (pensei que fosse algum tipo de iogurte).

Como havia água e isso é tudo de que eles precisam, Françoise e François pegaram as varas de pescar. Estavam contentes com a ideia de matar peixes, principalmente a filha deles, que não parava de cacarejar, parecia que tinha encontrado a solução para a paz mundial. Sabe, Marcel, ela é realmente bem idiota. Se encostarmos a orelha na sua cabeça, tenho certeza de que ouviremos o barulho no mar.

Enfim, eles se instalaram, mas não me preocupei muito, eles têm mais é cara de quem come peixe empanado do supermercado. Dez minutos depois, no entanto, Louis deu um grito de alegria. Sua mãe havia pescado um peixe. O coitadinho se debateu todo, e a família Teletubbies achou aquilo o máximo. Quando eles quiseram recomeçar, decidi comigo mesma que não deixaria aquilo se repetir.

Juntei umas pedras, sentei ao lado deles e atirei uma dentro d'água, bem perto da boia. François riu, pensou que eu estivesse brincando, então atirei a segunda pedra. Ele me

pediu para parar, respondi que estava tentando fazer rico-
chetes. A gênia da filha dele disse que eu precisava de pedras
chatas para isso, então atirei uma terceira. Depois de um
tempo, eles acabaram cansando (François franziu tanto as
sobrancelhas que parecia estar com cãibra na testa) e foram
para outro lugar. Esperei que estivessem bem instalados,
sentei ao lado deles e comecei tudo de novo. Eles não ficaram
muito contentes, mas não estou nem aí. Prefiro ser amada
pelos peixes do que por eles.

Depois de cinco minutos, Louise começou a gritar comigo,
seu sorriso meloso sumiu. Eu sabia que ela era duas caras, não
se deve julgar o livro pela capa.

Atrás de mim, ouvi a voz da minha irmã, que não parecia
no clima de fazer amigos. Ela aconselhou Louise a parar de
falar comigo daquele jeito, Louise perguntou "senão o quê?",
e Chloé respondeu "senão vai sentir o gosto da minha mão na
sua cara". Ela ia responder, mas sua mãe pediu que se acalmasse,
que não devia entrar no jogo das mal-educadas.

Juro que não fiz de propósito, Marcel. Juro que meus
braços me desobedeceram, que não pude fazer nada para im-
pedi-los de empurrar a miss Gênia na água. Ela gritou (devia
estar fria) e, enquanto seus pais a puxavam para terra firme,
eu e minha irmã corremos para o motorhome.

Anna não ficou muito feliz, principalmente quando
Françoise acrescentou um monte de mentiras. Então, para
eles nos perdoarem, ela foi comprar alguns peixes e nos obri-
gou a prepará-los para o jantar, em substituição aos que eles
não puderam pescar. Minha irmã começou a tirar as escamas e
limpar as tripas, mas pedi que ela ficasse com o arroz e limpei
aqueles pobres peixinhos pedindo perdão a eles. Espero que
Chloé tenha entendido que fiz isso para agradecer por seu gesto,
porque foi bem difícil.

Tenho que ir, não quero deixar você com cheiro de peixe.

Beijinhos,
Lily
P.S.: sabe como se diz McDonald's em norueguês? McDonald's! Doido, não?

ANNA

Chloé senta ao meu lado, o celular na mão.

– Era o papai – ela me informa. – Ele queria falar com você, mas eu disse que estava ocupada.

Balanço a cabeça. Sei que ela sabe, mas não voltamos a falar sobre o assunto. Em seu olhar, adivinho que chegou a hora de abordá-lo:

– O que acha?

– O que ela acha do quê? – Lily se interessa, entrando no motorhome.

Questiono Chloé com os olhos, ela assente. Faço um sinal para que Lily venha se sentar conosco e revelo o pedido de seu pai.

– Não quero morar com ele! – ela protesta. – Não o conheço, não tenho nada para falar com ele!

– Não entendo porque você é tão dura com ele – intervém Chloé.

– Não preciso ter uma razão – responde Lily.

– Mesmo assim, ele é seu pai, não fez nada para você! Ele está triste, pensa que não o ama.

– Ele está certo, não o amo.

– Você é realmente...

Interrompo Chloé antes que ela vá longe demais..

– Ei, calma! Lily, sua irmã tem razão: ele é seu pai, você precisa ser mais gentil com ele. Não adianta fazer cara feia, não vou deixar que fale assim.

– Então por que não volta com ele, se é tão bom assim! – ela explode.

Lily tinha apenas 5 anos quando nos separamos. Ela viveu mais tempo sem pai do que com, deve ter lembranças vagas dele. E não seriam as raras visitas à casa da avó que a fariam mudar de ideia. Mas me recuso a que ela construa para si a imagem de um pai que não se preocupa com ela. Distante geograficamente, ocupado, não muito presente, não muito simpático, tudo bem. Mas não sem sentimentos pelas filhas. Ninguém cresce direito com falta de amor.

– Lily, ouça bem. O pai de vocês ama as duas, tenho certeza de que, se o conhecesse melhor, você também o amaria.

– Então vai deixar que ele fique com a gente? – ela se rebela.

– Nunca. Não se preocupe. Vocês vão ficar comigo, não...

– Eu gostaria de vê-lo com mais frequência – murmura Chloé, os olhos marejados.

– Eu sei, minha flor, vamos ver como fazer isso.

As lágrimas escorrem por suas bochechas.

– Faz dois anos que ele tem uma casa! – ela soluça. – Não entendo por que escondeu isso da gente. Ele podia nos receber, não precisávamos ficar na casa da vovó. Mas ele não fez isso!

– Viu só, eu tinha razão! – Lily triunfa. – Ele não quer nos ver.

– Tenho certeza de que é mais complicado – funga Chloé. – Lembro quando éramos pequenas, ele cuidava bastante da gente. Mesmo agora, por telefone, ele sempre me pergunta como estou. Sei que nos ama. Ele deve ter suas razões.

Lily dá de ombros. Chloé assoa o nariz.

– Sinto falta dele – ela suspira.

Eu suspiro, dividida entre a mais velha que quer ver o pai com mais frequência, a mais nova que quer vê-lo ainda menos, e eu mesma.

– O pai de vocês e eu vamos encontrar uma solução – digo, para concluir. – Não se preocupem, somos adultos responsáveis, vamos dar um jeito.

Espero que as meninas se afastem para abrir as mensagens do celular e, como a adulta responsável que sou, escrevo uma mensagem para o pai delas.

"Você nunca vai ter a guarda delas, não vou deixar."

ANNA

As meninas logo pegaram no sono. A visita a Tromsø deixou-as exaustas. Eu sigo firme, me revirando na cama. Tento esvaziar a mente, me concentrar na respiração, mas os pensamentos criaram raízes e decidiram passar a noite comigo.

Levanto sem fazer barulho, visto o casaco e as botas por cima do pijama e saio para tomar um pouco de ar. É quase meia-noite e uma luz dourada inunda a paisagem. Vários motorhomes passam a noite aqui, dou alguns passos admirando as montanhas ao longe cheias de neve. Tinham me dito que a Escandinávia era desconcertante, mas eu não imaginava a que ponto. A arquitetura, a vegetação, o relevo, o alfabeto, o clima, as estradas, a comida, a cultura, tudo é diferente. O mais surpreendente é o sol que brilha 24 horas no verão e que se apaga completamente no inverno para dar lugar à penumbra. É um lugar bruto, inteiro, sem meias-palavras.

Passamos da metade da viagem. Em um mês, estaremos de volta à França. Cada nova etapa nos reaproxima da nossa vida anterior, e eu só quero uma coisa: dar meia-volta. Voltar para o norte, o mais longe possível da minha caixa de correio, que deve estar cheia, da minha gerente do banco, dos oficiais de justiça, da papelada, dos problemas. O mais longe possível do cotidiano em que cada centavo é contado, em que a geladeira está sempre vazia e em que o lazer custa caro demais. O mais longe possível de Mathias. Eu gostaria de poder viver nesse parêntese.

Um latido me tira dos meus pensamentos. Jean-Léon corre na minha direção, o pelo eriçado. Eu me abaixo para tranquilizá-lo, ele me faz festa.

– Não consegue dormir? – pergunta Greg, que vem ao meu encontro.

– Não. Você também não?

– Jean-Léon precisava sair. Venha para nosso motorhome, estamos jogando baralho com Julien!

Não hesito muito, incapaz de resistir a uma noite entre adultos, sem adolescentes por perto.

Marine fica feliz quando me vê, "o jogo fica melhor a quatro", ela explica, preparando um chá de ervas.

– Eu ofereceria uma taça de vinho, mas ficaria tentada demais. Já tive que parar de fumar de repente, melhor não brincar com meus nervos... Espero que o bebê se lembre disso e saia sem fazer estragos. Seus partos foram muito difíceis?

Relembro as cenas, meus gritos de dor, minha vontade de dizer às parteiras: "Quero morrer, não aguento mais", me preparo para responder, matizando um pouco minhas palavras, mas sem mentir, quando cruzo com o olhar suplicante de Greg.

– Não senti nada. Absolutamente nada, nos dois partos. Quando ouvi o grito das minhas filhas, fiquei surpresa que já tivessem saído.

Constato pela expressão de Marine que ela fica aliviada, e pela de Greg que fui um pouco longe demais. Julien dá uma gargalhada.

– Por que está rindo? – se preocupa Marine. – O nascimento de Noah foi um massacre, é isso?

Ele se recompõe e assume um ar de extrema seriedade.

– Pelo contrário. Foi muito rápido.

– Ah, vocês me tranquilizam! – suspira Marine.

– Ele foi ejetado como uma bala de canhão – continua Julien –, quase atingiu o obstetra e aterrissou no colo de uma parteira.

Marine o encara sem entender. Greg, vermelho, contém o riso.

– Estão rindo da minha cara? – ela acabou dizendo.

Negamos em coro, ela decidiu acreditar. Tudo menos a verdade.

Entre duas partidas, Julien vai checar se Noah segue dormindo profundamente e eu vou dar uma olhada nas meninas. Lily ronca, vou ter que gravá-la.

– Coisa boa uma noite sem filhos! – cochicha Julien nas minhas costas.

Levo um susto, não o ouvi se aproximar. Fecho delicadamente a porta do motorhome e me viro.

– Ah, sim, fazia tanto tempo!

– Vamos jogar mais uma partida? Ou está indo dormir?

– Acha mesmo que vou abandonar o jogo, depois de uma derrota?

Ele sorri.

Voltamos para o motorhome dos futuros pais. Julien me ajuda a subir. Era aquilo de que Marine precisava:

– Vocês combinam, sabiam?

Momento de extremo constrangimento. Olho para o teto, Julien tosse.

– Marine, pare, está constrangendo as pessoas – Greg a repreende. – Bom, jogamos ou não?

– O que foi? – ela se surpreende. – Acho que eles combinam, não tem nada de errado nisso! Quando vejo um sapato que combina com um cinto e faço um elogio, ninguém fica chocado, que eu saiba!

– Não foi nada – admite Julien, com um amplo sorriso. – Na verdade, sabia que a episiotomia dói para cachorro?

Dou uma risadinha, torcendo para que a atenção de Marine se volte para esse assunto muito mais importante.

– Você tem alguém? – ela me pergunta, inocente.

Não funcionou.

– Tenho duas filhas e estou bem satisfeita.

– Marine, vamos jogar! – corta Greg.

Ela levanta as mãos em sinal de rendição.

– Ok, ok! Sinto muito, meus hormônios me deixam um pouco sentimental, vejo casais em toda parte.

Organizo minhas cartas, aliviada de termos mudado de assunto. Começo com sorte, cartas muito boas. Hesito em piscar, olho para os meus adversários. Marine está ocupada arrumando seu jogo, Greg parece fazer contas. Julien, o olhar brilhante, me encara. E me perturba.

AS CRÔNICAS DE

CHLOÉ

Recebi uma mensagem anônima. Uma folha dobrada em dois, colocada na maçaneta do motorhome. Mamãe a encontrou, mas estava dirigida a mim.

> *Chloé,*
> *Teu sorriso mudo,*
> *Tua voz cristalina,*
> *Teus olhos de gato,*
> *Tua boca divina,*
> *Tudo em ti me comove,*
> *Tudo em ti me convém,*
> *Te quero a meu lado,*
> *Te amar me faz bem.*

Eu ri e perguntei a Lily por que o motivo da brincadeira. Ela jurou de pé junto que não tinha feito nada – não devia ter jurado assim, perdeu o equilíbrio por causa do vento e caiu.

Falei com todos do grupo, todos negaram ou simplesmente não faziam ideia do que eu estava falando. A única com quem não falei foi Louise, porque está fora de questão lhe dirigir a palavra. Mas é dela que suspeito. Só ela, que eu saiba, seria capaz de algo assim, só para me encher o saco. Sem falar da simplicidade do poema, que combina com seu nível mental. A garota é tão vazia que, quando olho para ela, sinto vertigem.

Botei o papel no lixo.

Confesso que, por alguns instantes, cogitei a possibilidade de ser uma declaração verdadeira. A ideia de que alguém pudesse me amar secretamente me deu um frio na barriga, mas logo voltei à razão. Estou cercada de homens casados ou decrépitos, só pode ser uma brincadeira.

Pena.

Desde que perdi completamente a esperança com Kevin, falta algo em minha vida. Alguém que ocupe meus pensamentos. Coloco o batom sem me perguntar se ele vai gostar, escolho minha roupa sem esperar que ele poderia me elogiar se me visse, durmo sem ter sonhos a dois. Me sinto só. Me sinto inútil.

Acho que também foi por isso que comecei esse blog. Eu poderia registrar meus pensamentos num caderno, mas compartilhá-los, saber que divertem, comovem, fazem pensar, saber que não sou a única a sentir o que sinto e a pensar o que penso, é precioso. Mesmo sendo apenas virtual, me sinto menos sozinha.

Até mesmo os comentários negativos me fazem bem. No início, eles me machucavam, me faziam questionar tudo, eu não conseguia olhar para eles com distanciamento, mas, com o tempo, eles me ensinaram a entender que não posso agradar a todos, e que tudo bem. Sempre haverá críticas, e isso não é ruim.

Estou longe de ser a pessoa que eu gostaria de ser. Invejo aqueles que não se preocupam com a própria imagem, com o que os outros pensam. Aqueles que têm tanta confiança em si mesmos que nunca se desestabilizam. Eu me questiono tanto que sou capaz de me sentir culpada mesmo sendo vítima. Alguns, para não ofender os outros, não ousam confessar que pensam o contrário. Eu não ouso nem pensar o contrário. Invejo aqueles que não precisam da aprovação dos outros para amar a si próprios.

Eu queria que a única aprovação importante fosse a minha.

LILY

23 de maio
Querido Marcel,

Ainda bem que não é possível ter uma overdose de emoções. Caso contrário, eu estaria morta hoje. Você ficaria triste, espero.

Primeiro, não havia cereal no café da manhã, todo o estoque que trouxemos acabou, então tive que comer uns biscoitos marrons bem fininhos, com geleia. O dia começou mal. Anna disse que aqui tudo é mais caro, então precisamos cuidar para não comer rápido demais algumas coisas, mas estou em fase de crescimento, não vou me privar de nada, nem empurrar a fome para baixo do motorhome!

Mais tarde, passamos na lavanderia, demorou muito. Não vejo por que lavar roupas se depois vamos usá-las, elas vão sujar de novo. A lógica está em vias de extinção, anote isso.

Então fizemos um pequeno desvio para ver a cachoeira de Målselvfossen. Noah (e o pai) foram conosco, então foi bem legal. É uma cachoeira baixa, mas muito larga, que faz um barulhão. A água passa hiper-rápido, fugindo como se alguém estivesse correndo atrás dela – na minha opinião, fez alguma coisa de errado. Acho que, se alguém tomar banho nela, vai ficar tão remexido que sairá como um quadro de Picasso. Julien nos mostrou uma escada, que ajuda os salmões a subir o rio. Tentamos vê-los, mas não estava na época certa.

Uma hora, quando minha mãe estava conversando com Julien e Chloé, eu me virei e vi Noah se afastando em direção às árvores, debruçado para a frente, logo entendi que estava procurando o pião. Fui até ele e comecei a procurar, mas havia muitas pedras e plantas, não era fácil encontrar qualquer coisa. E você sabe o que dizem: quem não procura, acha. Tentei explicar isso uma vez ao senhor Houques, meu professor de matemática, ele não entendia por que eu não estava fazendo os cálculos para encontrar a solução. Fui para a diretoria por duas horas, por insolência.

Enfim, eu estava tão concentrada que não vi que estávamos nos afastando, mas depois de um tempo Noah percebeu e ficou com medo. Tentei encontrar o caminho de volta, mas com todas aquelas árvores acho que me perdi ainda mais. Noah olhava em volta, eu via que estava preocupado, ele se balançava com força para a frente e para trás, então comecei a me apavorar também. Principalmente porque dizem que há ursos por aqui. Noah começou a gritar, batendo na própria cabeça com o punho, eu não sabia o que fazer, tentei falar com ele bem devagar, mas não adiantou nada. Ele berrava, e eu me senti mal de vê-lo naquele estado.

De repente, me lembrei de como o pai dele fazia para acalmá-lo. Ele é muito maior do que eu, não é a mesma coisa, mas azar, quem não tem cão caça com gato, então coloquei meus braços em torno dele e apertei com toda força. Ele tentou se debater, mas segurei firme. Foi difícil, mas não larguei e, pouco a pouco, senti o corpo de Noah relaxar, ele gritou cada vez menos e depois parou. Foi nesse momento que seu pai chegou correndo, devia ter ouvido os gritos. Na verdade nem estávamos longe, mas tenho o senso de orientação de um GPS quebrado.

Levei um puxão de orelha da minha mãe, mas Julien disse que não foi nada. Fiquei triste por não ter sido mais cuidadosa. Mesmo assim, foi legal ter conseguido acalmar Noah, significa que ele me aceita. Eu gostaria muito de vê-lo depois de voltarmos para casa, mas achei que seria difícil. De todo modo, perguntei ao seu pai onde eles moravam. Você não vai acreditar, Marcel! Quase dei uma cambalhota de tanta felicidade! Eles moram em Muret, ao lado de Toulouse, ou seja, a vinte minutos da nossa casa! Vamos poder nos encontrar, isso merece muitos pontos de exclamação!!!!!!!!!!!!!!!!!!!!!!!!!

Enfim, foram muitas emoções, mas imagine que, depois, na estrada, cruzamos com renas. Eu já tinha visto algumas na aldeia do Papai Noel, mas em liberdade elas são ainda mais lindas. E, para concluir, encontramos o pião de Noah, que estava preso atrás do assento do passageiro no motorhome deles.

Viu, Marcel, meu coração deve ser muito forte para aguentar tudo isso. Acho que agora estou pronta para descobrir que ganhei na loteria.

Beijão,
Lily
P.S.: pensei bastante, o sobrenome do meu futuro marido precisa ser Flash.

ANNA

As aulas das meninas são um dos aspectos mais restritivos da viagem. Todas as manhãs, Lily resiste em fazer os exercícios e Chloé tenta me convencer a desistir de fazê-la se preparar para o exame final do ensino médio. Não é raro as sessões terminarem em briga. É o que acontece hoje, com mais violência que nunca.

– Está ocupando espaço demais – reclama Chloé à irmã, que está quase deitada em cima da mesa.

Lily não reage. Chloé ataca.

– Ei, está me ouvindo? – ela exclama, dando batidinhas na cabeça de Lily. – Você não está sozinha, sabe!

– Silêncio, estou estudando – resmunga Lily.

– Mãe, fale alguma coisa!

– Lily, deixe um pouco de espaço para sua irmã.

Nenhuma resposta, Lily parece mergulhada na leitura. Tento encontrar uma solução:

– Chloé, você pode ficar na cama, se não tiver que escrever nada, não?

– Ah, está bem! – ela reclama. – Sempre sou eu que preciso ceder! Sério, cansei de sempre perder para a preferida...

– Nada a ver – fala Lily, se endireitando. – Não sou a preferida!

– Meninas, se acalmem!

– Claro que é, você sabe disso e aproveita! – continua Chloé, vermelha de raiva. – Desde que você nasceu é assim, a princesa Lily em primeiro lugar!

– Chloé, chega, não tenho nenhuma preferida, parem de brigar, isso cansa.

– Aceito parar de brigar – responde Lily –, mas ela precisa parar de ser idiota.

Chloé se levanta e se aproxima da irmã.

– Eu que sou a idiota? Que piada! O seu QI é igual ao de uma ameba, queridinha, não consegue juntar duas palavras sem errar! Essa é boa!

Ela gesticula, para causar mais impacto. Lily a encara em silêncio.

– Chloé, isso...

– Cansei! Você não serve para nada, só sabe criticar nosso pai e receber toda a atenção: "Oh, Lilly é tão fofinha, tão engraçada!". Quer saber de uma coisa?

Ela encara a irmã, cheia de ódio. Eu me aproximo e agarro seu braço.

– Chloé, acalme-se agora mesmo, está dizendo coisas desagradáveis das quais vai se arrepender depois. Pare com isso.

Ela não me ouve e abre a boca. Sinto sua hesitação, mas a fúria é mais forte.

– Eu queria ser filha única. Queria que você não existisse.

– Chloé! Está proibida de...

Ela não está nem aí para mim. Já saiu do motorhome, deixando-nos como duas árvores depois da tempestade.

– Eu também queria ser filha única – repete Lily, antes de voltar ao estudo.

Desabo no sofá-cama, contrariada.

Eu queria tanto não ser filha única.

Depois da morte de minha mãe, inúmeras vezes lamentei não ter um irmão ou uma irmã com quem compartilhar minhas lembranças. Teria sido tão bom não ser a única a me lembrar dos beijos que estalavam em meu pescoço quando ela me desejava boa-noite, das diferentes vozes que ela fazia para contar histórias, dos sapatos de salto que ecoavam no corredor da escola, das pequenas mensagens que ela escondia na minha mochila, de sua mão macia no meu rosto. Meu pai chorava a mulher, vovó chorava a filha. Eu queria muito ter tido alguém com quem chorar "mamãe".

Mais tarde, muito mais tarde, fiquei sabendo que ela estava grávida de um menino. A gravidez é que formou o coágulo.

Nunca quis um filho único. Menina, menino, moreno, ruivo, olhos azuis ou castanhos, pouco importava. Eu só queria duas coisas: ter no mínimo dois filhos, para que eles nunca precisassem guardar suas memórias sozinhos, e não morrer antes que eles chegassem à idade de se curarem sem a ajuda de uma mãe.

Elas brigam, se insultam, se rejeitam, mas elas se amam, e não estão sozinhas.

Pego o celular e saio do motorhome. O sol acaricia as montanhas. Hoje à noite chegaremos às ilhas Lofoten, um arquipélago famoso pelas paisagens mágicas. O tempo bom parece querer nos acompanhar.

Faço a ligação, a voz da minha avó me acalma na mesma hora. Ela parece feliz de me ouvir.

— Como vai, Naná?

— Tudo bem, vó. Desculpe não ter ligado essa semana, os dias andam tão cheios por aqui!

Como a cada vez que telefono, conto as últimas etapas da viagem, descrevo as paisagens que ela conheceu. Ela me ouve com atenção, quase posso ver o sorriso de seus lábios finos.

— Como vão as meninas? — ela quer saber.

— Acho que estão bem. Chloé fala comigo cada vez mais, está à flor da pele, mas acho que é o jeito dela, ela vive tudo intensamente.

— Eu me pergunto de quem terá puxado isso! — provoca minha avó.

— Ela sem dúvida se parece muito comigo, mais do que eu pensava. Mas, ao contrário da adolescência dela, a minha foi tranquila.

– Isso é verdade!

Eu gostaria de ter vivido uma adolescência explosiva, revoltada, do contra, para me exibir, me testar, errar, mas não me permiti. Sem fazer barulho, sem chamar a atenção, eu ficava quieta para ser esquecida. Para não piorar as coisas. Caminhava na ponta dos pés. Eles já tinham sofrido o suficiente. Nós tínhamos sofrido o suficiente.

– E a pequena Lily? – ela pergunta.

– Aproximou-se de um menino, Noah. Parece ter se apegado a ele, tenho a impressão de que está gostando da viagem. Enfim, estou dizendo que parecem bem, mas as duas acabaram de brigar e trocar insultos horríveis. Sei que vai passar, que é normal entre irmãs. Mas sempre fico com o coração na mão.

– Naná, elas estão sendo obrigadas a conviver 24 horas por dia. Se não brigassem é que seria preocupante!

– A senhora tem razão. Ao menos estão interagindo, o que nunca acontecia em casa. E tudo bem por aí, vó?

Ela suspira.

– Ah, sabe como é. Para mim, cada dia é um bônus, não posso me queixar! Mas fale de você. Encontrou o que estava procurando?

Faço uma pausa, eu não tinha pensado nesses termos. Se encontrei o que estava procurando?

– Está ficando quente, vó, quente.

AS CRÔNICAS DE
CHLOÉ

Mamãe me perguntou se eu realmente pensava aquilo. Respondi que não, para ela não se sentir culpada, mas na verdade acho mesmo que prefere minha irmã. Ela disfarça bem, mesmo procurando é difícil encontrar algum sinal dessa preferência. Mas sei que é verdade, no fundo de mim mesma. Porque só pode ser. Lily é mais querida do que eu. Ela é uma pessoa boa, está sempre de bom humor, é engraçada. Ela é tudo que não sou. Ela é a filha que toda mãe sonha em ter.

Sejam honestos: vocês têm dois pares de sapatos, um confortável, bonito e na moda, o outro desconfortável, feio e fora de moda. Qual vocês preferem?

– Você sabe que eu não tenho uma preferida, não sabe? – ela insistiu.

– Sei, mãe, sei.

Passei por Lily e disse "desculpe", mas ela fingiu não ouvir.

Não consigo não a amar. Não sei se é porque ela é minha irmã, talvez estejamos programados para gostar das pessoas do mesmo sangue, embora eu tenha vários exemplos ao meu redor que provem o contrário. Então talvez seja porque ela é ela.

Tínhamos acabado de chegar a Lødingen, na ilha de Hinnøya, depois de seguir por estradas sinuosas entre montanhas e cascatas. É verdade o que dizem: na Escandinávia, o caminho é tão bonito quanto o ponto de chegada. O vento empurrava as nuvens, a paisagem era tricolor: azul, verde e branca. Mamãe estava cansada de dirigir, descansava um pouco antes de visitar os arredores, Lily escrevia em seu caderno vermelho, eu saí para esticar as pernas. Julien e Noah tinham ido admirar as manobras dos *ferryboats*, Françoise e François e Marine e Greg ainda não haviam chegado. Diego estava sentado numa cadeira de praia, ao sol.

– Edgar está cochilando – ele disse, oferecendo o lugar do amigo.

Recusei e sentei no chão, de pernas cruzadas.

É estranho, mas às vezes nos sentimos próximos de pessoas com quem só trocamos algumas palavras. É assim com Diego. Ele tem alguma coisa no olhar, uma doce melancolia, que desperta a vontade de amá-lo. Ele encheu o cachimbo, acendeu o tabaco, aspirando várias vezes, e soltou uma espessa fumaça branca.

– Tenho recebido poemas anônimos – eu disse, para puxar papo.

Ele me observou, suas pálpebras tremiam.

– Já foram três. Alguém os escreve e coloca na maçaneta do motorhome, mas não sei quem é. No início, pensei que fosse uma piada, mas agora não sei mais.

– O que dizem os poemas?

– Eles são bem curtos e um pouco ingênuos, foram enviados por alguém que me confessa seu amor. Só pode ser um de nós. Alguma ideia?

Ele franziu o cenho, suas rugas se aprofundaram um pouco mais.

– Tenho uma ideia, sim, mas vou guardá-la para mim mesmo. Nunca tive alma de delator. Mas não acho que seja uma brincadeira, é alguém que está ousando colocar um sonho em palavras.

Concordei. Ele continuou:

– Você tem sonhos?

– Como assim?

– Você tem sonhos na vida?

– Tenho vários – respondi sem pensar.

– Quais?

– Gostaria de encontrar minha alma gêmea, ter filhos e ser feliz com eles.

Ele sorriu, aspirou o cachimbo bem devagar e soltou a fumaça. O cheiro um pouco caramelizado tinha algo de reconfortante.

– Não tem nenhum sonho pessoal? Só seu?

Não precisei pensar muito para dar a resposta óbvia.

– Eu gostaria de morar na Austrália.

– Então vá.

– Não posso. Minha mãe precisa de mim aqui, preciso ganhar dinheiro para ajudá-la. Se um dia as coisas melhorarem, verei.

Ele suspirou.

– Não conheço muito bem a sua mãe, mas conheci mães o suficiente para saber uma coisa: uma mãe não consegue ser feliz quando um de seus filhos não está.

Ele olhava para o vazio, sorrindo discretamente.

– Sabe, queríamos três filhos, Madeleine e eu, mas só tivemos um, o que já é uma sorte. Nós o mimamos muito, nosso mundo girava em torno dele. Por vinte anos, fomos pais e nada além de pais. Isso não nos tornou infelizes, pelo contrário, nosso filho nos devolvia cem vezes mais o amor que lhe dedicávamos, ele era feliz, carinhoso, engraçado, generoso... Aos 20 anos, disse que queria se mudar para o Canadá. Nosso mundo caiu. Madeleine teve depressão, eu tentei encontrar maneiras de segui-lo: bastaria encontrar um trabalho, um apartamento, não era tão complicado. Foi a psicóloga de Madeleine que nos fez mudar de ideia. Nossos filhos não nos pertencem, somos como jardineiros ajudando uma planta a crescer. Um filho que alça voo é uma recompensa. Claro que isso não acontece do dia para a noite. Foi difícil não poder vê-lo todos os dias, tivemos que encontrar outros objetivos, outras ocupações, mas foi uma grande alegria vê-lo tornar-se um homem realizado.

Ele emudeceu e ficou perdido em seus pensamentos.

– Ele continua no Canadá? – perguntei.

– Sim. Ele me convidou para morar com ele, mas recusei.

– Por quê?

Ele colocou os óculos de sol por cima dos óculos de leitura.

– Porque os filhos não foram feitos para se tornar nossos pais.

ANNA

Comprei cinco pequenos trolls numa loja de Svolvær. A clássica lembrancinha, encontrada por toda a Noruega. Vou colocar um na sala, perto da televisão, dar dois para meu pai e Jeannette, e os outros dois para as meninas. O engraçado e descabelado para Lily, o guerreiro para Chloé. Meu primeiro reflexo tinha sido escolher dois iguais, para não demonstrar nenhum tipo de preferência no meu gesto. Mudei de ideia a tempo.

Sempre prestei atenção para dar o mesmo às duas. Tomei o cuidado de escolher presentes de mesmo valor nos aniversários, de não passar mais tempo com uma do que com a outra. Calculei meus carinhos como o tempo de debate de um candidato à presidência. Sofri tanto na minha própria vida com o sentimento de abandono que fiz de tudo para que minhas filhas não o sentissem. Fracassei. Li em algum lugar que os filhos mais velhos sempre se sentem em competição com os mais novos, que é inevitável, não importa o que a gente faça. Talvez eu tenha minha cota de responsabilidade, pois ao tentar tratá-las com igualdade, não preservei suas individualidades.

Chloé e Lily são diferentes. Elas vão ganhar trolls diferentes.

Meu celular começa a tocar assim que saio da loja. Tiro as luvas e coloco a mão no bolso do casaco. Hesito em atender quando vejo o nome na tela, mas, como diria Lily, não se pode adiar o inevitável.

— Bom dia, Mathias.

— Oi, Anna — ele sussurra. — Tudo bem?

– O que você quer?

– Quero uma solução, não uma guerra. Só estou pensando no bem-estar das minhas filhas.

Faço uma pausa para me acalmar.

– Mathias, nem tenho o que dizer, parece que você está delirando.

– Delirando nada, sou apenas um pai preocupado.

Sinto vontade de gritar. Inspiro profundamente.

– Sabe – ele continua –, se você me deixasse voltar, não precisaríamos chegar a esse ponto.

– Você me cansa. Não está nem aí para as meninas, só pensa em si mesmo. Faz sete anos, caramba! Não consegue seguir em frente?

Ele fica um bom tempo em silêncio. Paro de caminhar e mudo o telefone de mão. Ela está tremendo. Ele continua, com a voz mais dura.

– Como quiser. Vou ligar para minha advogada e dizer para dar início ao processo. Você vai perder, não tenha dúvida disso. Tenho os meios e os argumentos para provar que sou o melhor de nós dois. Depois, vou ligar para as meninas e dizer que faz sete anos que você me obriga a mentir. Como acha que elas vão lidar com isso, hein? Como acha que vão reagir quando souberem que, se não fosse por você, poderiam ter visto o pai muito mais vezes?

Engulo em seco, minha garganta se fecha. Sinto náuseas ao imaginar seus lábios crispados. Ouço minha respiração entrecortada, ele espreita minha reação. Está à espera do meu medo.

– Como quiser, Mathias – consigo dizer, tentando controlar minha voz trêmula. – Mas, se disser a verdade, serei obrigada a fazer o mesmo.

LILY

27 de maio

Caramba, Marcel, você nem imagina! Nunca vai adivinhar o que vi hoje, cheguei a me beliscar com tanta força para ter certeza de não estar sonhando que estourei uma veia. Mas não faz mal, posso morrer feliz porque HOJE VI UMA BALEIA!!!!!

Puxa vida, achei que você fosse pular de alegria!

Bom, me deixe contar tudo. Ontem à noite, eu estava lendo uma história para Noah (era em norueguês, não entendi direito) e ouvi seu pai explicar a Françoise e François como fazer para ver baleias. Meu coração parou de bater, fiquei ouvindo com atenção e, depois, repeti tudo para minha mãe, só que ela me atirou um balde de água fria. Resumindo: parece que é muito caro e nós somos muito pobres, então não rola. Mas estava fora de questão não tentar. Talvez fosse a única vez na vida que eu pudesse me aproximar de uma baleia, não seria nas ruas de Toulouse que eu veria uma (ou ela não estaria em sua melhor forma).

Supliquei, fiz a dança da sedução como os pássaros, até ofereci vender meus dedinhos da mão para juntar dinheiro, nunca entendi para que eles servem. Então ela viu que era realmente importante e disse que sim. Depois, me perguntou se eu queria anestesia antes do corte, pensei que estivesse falando sério, não foi legal.

Atravessamos as ilhas Lofoten numa van até Andenes, a estrada era bonita, mas eu só pensava nas baleias. Tivemos que vestir uns macacões horrorosos, mas eles nos protegeram do frio, da água e do vento. Garanto que, com um desses, Jack não teria morrido no *Titanic*, mas também não tenho certeza de que teria conquistado Rose. Entramos num barquinho, minha mãe disse que era um Zodiac, lembro bem porque me perguntei o porquê desse nome, talvez a pessoa que o inventou gostasse de horóscopos. Estávamos em oito, havia um casal inglês com três adolescentes, acho que foi por isso que Chloé reclamou para colocar o macacão.

Eu estava preocupada porque tinha ficado enjoada e quase vomitado devido ao jeito que minha mãe dirige, mas ali foi mais do que quase. Havia um monte de ondinhas: elas são como notas ruins no colégio, melhor uma só bem grande do que um monte bem pequenas. O vento estava muito frio, ao longe víamos a neve no topo das montanhas, alguém precisa avisar os noruegueses que o verão está chegando. Depois de um tempo, Magnus parou o barco, havia várias barbatanas pretas nadando juntas, aparentemente metade golfinhos, metade baleias, foi engraçado, me senti num documentário. Ficamos olhando para eles por um bom tempo, só víamos o dorso, eles não quiseram mostrar o resto. Depois, Magnus recebeu uma mensagem e fomos para mais longe, vomitei de novo, minha mãe acariciou minhas costas e insistiu para que eu mastigasse um chiclete.

Marcel, está pronto? Vou contar como foi O encontro. Vi a baleia antes que o barco parasse. Ela soltou um jato, alguns pensam que é um jato de água, mas já vi tantos filmes sobre elas que sei que, na verdade, é ar e vapor de água. Foi mágico, maravilhoso, fantástico. Na verdade, não tenho palavras para descrever como foi. Foi e pronto.

Só víamos seu dorso, ela estava quase parada. Estávamos a poucos metros dela, fiquei com vontade de mergulhar para nadar com ela, mas minha mãe deve ter desconfiado e me disse que a água estava ainda mais gelada que o ar. A baleia deslizava lentamente e mergulhou de repente, seu rabo se ergueu para fora da água por alguns segundos. Foram os segundos mais lindos da minha vida, Marcel, quase chorei, acredita?

Depois, vimos outra, e uma terceira na volta. Juro que elas ainda estão na minha cabeça e espero que fiquem por um bom tempo. De qualquer jeito, elas são grandes demais para sair pelas orelhas.

Avisei minha mãe que, quando crescer, quero trabalhar com baleias. Ela riu. Não sei com que idade as pessoas perdem os sonhos, mas espero nunca chegar lá.

Bom, tenho que ir, tenho que contar tudo para Noah.

Atenciosamente,
Lily
P.S.: aparentemente, na Inglaterra e na Noruega as pessoas fazem a mesma cara que nós quando surpresas.

ANNA

Marine e Greg me convidaram para uma segunda noite de baralho, Chloé e Lily mal esconderam a alegria de se livrar de mim. Fingi que não me importava.

O casal está em plena chamada de vídeo quando entro no motorhome. Na tela, uma mulher com uma criança de pijama do Buzz Lightyear no colo.

– É a prima Pauline – murmura Greg, fazendo um sinal para eu me sentar.

A conversa não dura muito, o suficiente para eu ouvir Pauline parabenizar Marine pela gravidez

– Estou tão feliz por vocês! Vocês vão ver, é só alegria. Vocês serão excelentes pais!

– Eu vou ter um primo? – pergunta o garotinho, com voz aguda.

– Sim, Jules, um primo ou uma prima! – exclama Marine.

– Prefiro um primo!

Todos riem e Pauline conta as novidades rapidamente: as aulas de dança africana que a fazem se sentir maravilhosa, o filho que sempre encontra uma desculpa para passar para a cama dela à noite, a viagem de seus pais às Bahamas. A conversa chega ao fim com a promessa das primas de voltarem a se ligar sem demora e com um beijo sonoro do garotinho.

– Aceita um chá? – oferece Marine, as mãos acariciando a barriga.

Começo a sorrir e Marine toma consciência do próprio gesto. Ela levanta para esquentar a água. Greg pisca para mim.

– Ela não quer admitir, mas já está amando o bebê.

Marine dá de ombros, tentando impedir o canto dos lábios de subir.

– Nada a ver! Pesquisei no Google, ele não tem nem cinco milímetros, como quer que eu ame uma coisa do tamanho de uma formiga?

– Só sei que pesquisou no Google – responde Greg. – Pesquisou ideias de nomes, também?

Ela fica vermelha. Greg cai na gargalhada.

– Está bem – ela admite. – Talvez eu esteja me acostumando à ideia de ser mãe. Não é nada de mais! Anna, um pouco de açúcar?

– Sim, obrigada! Sabe, sua prima está certa, nunca senti tanta felicidade quanto com minhas filhas. Às vezes, só de olhar para elas, sinto meu coração inchar de alegria, é inexplicável.

– Sim, sim – me interrompe Marine, colocando a xícara fumegante na minha frente. – Não tente mudar de assunto para evitar aquele sobre você. Então, como vão as coisas com Julien?

Greg me dirige um sorriso constrangido. Pergunto inocentemente:

– Como assim, com Julien?

– Não banque a inocente! Não tenho muitos talentos, mas sei dizer quando há algo entre duas pessoas. E, nesse caso, posso sentir a atração a quilômetros de distância!

Tomo um gole pelando. Três batidinhas na porta acabam com meu sofrimento. Greg abre a porta para Julien, que entra seguido de uma lufada de ar frio.

– Esperei que Noah dormisse profundamente – ele diz, colocando a babá eletrônica em cima da mesa. – Então, prontos para perder?

Jogamos uma partida atrás da outra, com gargalhadas e confidências até o sono chegar. Quando Marine começa a dormir sentada, as cartas na mão, chega a hora de ir embora.

Estou colocando o gorro quando ela acorda, sem perceber que havia dormido.

– Ganhei? – ela pergunta.

– Claro! – mente Julien, fechando o casaco.

Satisfeita, ela se levanta e coloca os braços em torno do meu pescoço para me dar um beijo.

– Vocês ficariam tão bem juntos – ela cochicha.

Dou-lhe um beijo na bochecha e saio para o nevoeiro gelado.

– Espere, vou acompanhá-la – oferece Julien, enganchando o braço no meu.

Meu motorhome está na outra ponta do estacionamento. Caminhamos devagar.

– Então – ele pergunta –, não se arrepende de ter aceitado viajar com o grupo?

– Sim, é difícil conviver com pessoas tão insuportáveis.

– Tem razão. Marine e Greg são particularmente desagradáveis.

– Não aguento esse casal. Mas o pior é o guia, como é o nome dele, mesmo?

Ele balança a cabeça com convicção.

– Ah, sim, o cara com o filho, Julien! Concordo totalmente, também não suporto o sujeito...

– Ele é um saco, sempre tentando prestar algum serviço. Que tipo de gente é essa que quer ajudar os outros a todo custo? Assustador.

– Sim. Deviam restabelecer a pena de morte.

Começo a rir. Chegamos à minha porta. O nevoeiro nos envolve como algodão. Julien se vira para mim sem soltar meu braço.

– Eu ouvi o que Marine disse – ele murmura.

Pega de surpresa, gaguejo:

– Ela está com essa ideia fixa. Não sei o que...

– Talvez enxergue coisas que os outros não conseguem ver – ele sugere, me encarando.

Meu coração dispara. Solto o braço delicadamente.

– Boa noite, Julien.

– Boa noite, Anna. Tenha bons sonhos.

Enquanto minha mão busca a maçaneta, sinto a de Julien acariciar minha bochecha com carinho. Abro a porta e me fecho no motorhome, o corpo tremendo da cabeça aos pés.

AS CRÔNICAS DE

CHLOÉ

François me pediu para ajudar Louis a fazer uns exercícios de redação. Sua irmã não é boa em escrita, mas minha mãe se vangloriou das minhas boas notas. Eu não estava com a menor vontade de passar um turno inteiro com uma criança de 9 anos, até que seu pai me ofereceu uma bela quantia. Minha vontade se vende por pouco.

Sentamos no motorhome deles, Louis pegou o caderno e abriu na última página. Um poema de Prévert, para o qual devia imaginar uma continuação.

– O que você quer contar? – perguntei.

Ele me olhava com seus grandes olhos negros, como se não entendesse minha pergunta. Os pensamentos se atravancavam na minha cabeça, fiquei tentada a pegar a caneta e escrever por ele, continuar a poesia, escrever uma nova.

– Não sei – ele respondeu.

– Você entendeu o poema?

O menino balançou a cabeça, corando. Na idade dele, eu enchia cadernos inteiros com meus pensamentos. Quando os professores me perguntavam o que eu gostaria de fazer quando crescesse, eu respondia "escrever histórias".

Expliquei a Louis o que ele precisava fazer e ele começou a trabalhar, escondendo o que escrevia com o braço.

Olhei em volta. Louise, deitada de barriga para baixo na cama, via uma série no celular do pai. Françoise descascava cenouras, enquanto François as cortava em rodelas.

Meus pais cozinhavam juntos. Quando meu pai voltava do trabalho, ele ia para a cozinha com a minha mãe, tirava o terno e a gravata e preparava o jantar com ela. Eu sentava perto deles e ouvia um contando seu dia para o outro. Eles riam bastante. Meu pai a abraçava bastante, eles se beijavam, faziam o outro provar os pratos. Várias vezes revisitei essas imagens, fechando os olhos à noite antes de dormir. Eu tentava encontrar um motivo. Uma garotinha de 10 anos não consegue entender a separação dos pais quando, na véspera, eles ainda se beijavam.

Fiz perguntas, as respostas eram vagas. Por meses a fio, sempre que ouvia a chave na fechadura, esperava que fosse meu pai voltando. Eu queria ouvir sua voz na sala, ver seu casaco pendurado na cadeira, queria sentir o cheiro do seu desodorante no banheiro. Eu queria que nossa família voltasse a ser completa.

Lily tinha 5 anos, ela não se dava conta de nada. Nunca a ouvi chamar por papai. Nunca a vi chorar. Me lembro de alguns ataques de raiva, de ela acordar no meio da noite berrando, bater nas colegas da escola, contradizer minha mãe em tudo, mas não durou muito.

Nunca entendi o que os separou, mas desisti da ideia de voltar a ver meu pai e minha mãe dando de comer um para o outro e rindo.

– Acabei.

Louis girou o caderno na minha direção, satisfeito. Ele parecia ter entendido o enunciado, a continuação do poema era coerente, as rimas estavam no lugar, a letra era...

A letra.

A caneta azul.

O sangue me subiu ao rosto. Eu não tinha a menor dúvida. Na minha frente, com um grande sorriso nos lábios, meu pequeno poeta anônimo esperava minha opinião sobre suas linhas.

ANNA

Quando pegamos a estrada, há quase dois meses, coloquei "andar de caiaque nos fiordes" na minha lista mental de atividades. Era o tipo de sonho que nunca pensei em realizar, seria uma loucura.

É uma loucura.

Aqui estamos.

Antes de entrar nos caiaques, perguntei às meninas quem gostaria de andar comigo. Uma apontou para a outra. Então escolhemos embarcações individuais e agora estou há dez minutos tentando me virar sozinha com o remo.

Lily segue na frente, avança num ritmo regular para não se afastar do instrutor e do resto do grupo. Seu caiaque é seguido por um rasto ondulante que corta a água transparente do mar da Noruega.

Chloé está perto de mim. Deve ter sentido pena ao me ver recuar em vez de avançar. O sol brilha em seus cachos ruivos, ela não para de se maravilhar.

— Espere, quero fazer umas fotos — ela pede, pousando o remo em cima do caiaque.

Ela tira a máquina fotográfica da bolsa à prova d'água.

— Cuidado para não cair.

— Não se preocupe, estou no comando.

Nossos caiaques estão parados, o barulho dos remos mergulhando na água é substituído pelo silêncio. Um silêncio absoluto. Um silêncio angustiante. Meu coração martela meus ouvidos, minhas bochechas começam a formigar. Ao redor, as montanhas escuras nos envolvem, encimadas por seus gorros brancos. A paisagem se reflete na água, impecavelmente lisa. Somos minúsculas. Minha respiração acelera.

– *E se eu começasse uma pequena crise de angústia, aqui e agora? – propõe meu cérebro emocional.*

– *Não, obrigada, faça-me o favor – responde meu cérebro racional.*

– *Mas olhe, ela está no mar, entre montanhas ameaçadoras, longe de tudo. É o momento ideal!*

– *Gentileza sua, mas ela está tentando parar.*

– *Tarde demais! Já enviei o formigamento e a taquicardia.*

– *Então chame-os de volta, porque ela não vai aceitar.*

– *É o que vamos ver! Você sabe muito bem que sempre ganho. Vou acrescentar umas ondas de calor.*

– *Ouça bem, parceiro. Você vai deixar que ela aproveite o momento e chamar seus amiguinhos agora mesmo, senão vai ver quem é que vai se dar mal.*

Chloé olha para mim.

– Tudo bem, mãe?

– Tudo bem, minha flor. É magnífico.

Observo-a enquanto ela captura a paisagem. Pouco a pouco, meu coração volta ao ritmo normal.

– Sorria!

Obedeço com naturalidade. Se não corresse o risco de cair na água, dançaria de alegria por ter vencido minha angústia. Mesmo sabendo que ela não foi para longe e que, escondida em algum canto, espera o momento oportuno de contra-atacar.

– Você ficou linda na foto! – exclama Chloé. – Tira uma minha?

Aproximo meu caiaque, pego a máquina e imortalizo minha filha e seu sorriso, do qual senti tanta falta.

– Bom, precisamos ir, eles devem estar à nossa espera!

Chloé guarda a máquina e remamos na direção do grupo, o mais rápido que minhas habilidades permitem. Ao longe, vejo vultos imóveis, menos o de Lily, que acena para nós com os braços. Tento acelerar, mas isso acaba me desviando para a esquerda. Alinho o caiaque e decido ser paciente. À minha esquerda, sinto o olhar de Chloé sobre mim.

– O que foi? – pergunto, virando a cabeça para ela.

– Mãe, posso fazer uma pergunta?

– Claro!

Ela faz uma pausa, que meu deixa apreensiva, e lança:

– Agora que cresci, você pode me dizer por que deixou meu pai?

ANNA

Na primeira vez, ele quebrou meu nariz.

Dois meses antes do nosso casamento. Ele voltou irritado do trabalho, não parava de xingar o chefe, que o havia repreendido sem razão. Tentei reconfortá-lo, mas ele repeliu minhas tentativas com vigor. Vivíamos juntos há seis meses e eu descobria uma nova faceta de sua personalidade, pois estava acostumada a seu carinho e a seu bom humor. Nas primeiras semanas, eu até mesmo me perguntava se ele não seria querido demais, se um homem com mais firmeza não seria melhor.

Ele não gostou que eu tentasse desculpar seu chefe. Seu punho surgiu de repente, não tive tempo de me proteger. Não tive tempo de entender o que estava acontecendo.

Um nariz quebrado sangra bastante. A água corria no banheiro, meu sangue se misturava a ela, eu olhava para aquele balé aquático sem conseguir reagir.

Ele pediu desculpas. Era culpa dele, ele não devia ter feito aquilo, nunca tinha feito aquilo antes. Ele me amava, me amava tanto que queria morrer.

Dissemos aos outros que bati numa porta. Todo mundo ria – só você mesmo, Anna, agora não enxerga mais as portas?

Ele fez de tudo para ser perdoado. Declarava-se para mim, era atencioso, carinhoso, preenchia minha necessidade de ser amada mais do que eu poderia esperar. O soco ficou no passado. Um pequeno acidente de percurso, sem importância suficiente para nos impedir de seguir em frente.

Na segunda vez, ele evitou o rosto.

Chloé tinha 3 meses. Ela precisava sentir minha presença constantemente e eu a satisfazia com alegria. Ele me perguntou se eu ainda o amava. Ele, o pai atencioso, o marido carinhoso, o homem que eu tinha a sorte de ter encontrado. Tudo isso me parecia tão óbvio que respondi, com um grande sorriso, "é claro que não". Não tive tempo de completar a frase, senti um soco na barriga ainda não totalmente recuperada do parto.

Ele passou um mês na casa da mãe. Fui categórica: nunca voltaria a viver com ele. Ele me ligava várias vezes por dia, eu não atendia, ele deixava mensagens. Ele não entendia o que estava acontecendo, tinha medo, medo de si mesmo, não queria ser violento, aquilo era mais forte que ele, a culpa o consumia. Ele começou a fazer terapia, voltou aos esportes. Ele me amava demais, temia que eu descobrisse que não era tão bom, que eu não o amasse mais. Aquilo era demais para ele, ele se sentia terrivelmente aflito.

Perdoei-o e, por muito tempo, me felicitei por isso. Ele tinha conseguido vencer o monstro que tentava assumir seu lugar. Ele não era perfeito, quem era? Eu também nem sempre era fácil. Desde que havia começado a trabalhar meio turno num restaurante, sempre estava cansada à noite. Às vezes, eu o repelia, me esquecia de demonstrar que o amava.

Eu havia encontrado minha alma gêmea, um homem que sabia tudo de mim, um homem que me fazia rir, vibrar, sonhar.

Num domingo de manhã, Chloé havia passado a noite com Ayna, a vizinha, Lily ainda dormia. Ela tinha 5 anos. Levantei para me arrumar, pois trabalhava ao meio-dia. Ele ainda estava deitado. Me segurou pelo braço.

– O dele é maior que o meu?

Não entendi do que estava falando, pensei que estivesse fazendo uma piada, comecei a rir. Ele me puxou com força, caí em cima da cama, ele sentou em cima de mim, uma perna de cada lado, e apertou as mãos em torno do meu pescoço. Seus olhos estavam dentro dos meus, eu não o reconhecia mais. Eu me debatia, mas ele era mais forte que eu. Ele apertava. Apertava. Eu não conseguia respirar. Via o homem que eu amava me matar. Ele soltou antes que eu perdesse os sentidos.

– Sua puta, você vai pagar.

Eu batia em seus braços e peito, arranhava seu rosto, suas coxas. Ele saiu de cima de mim, rolei para o chão e me arrastei até a porta. Um grande chute nas costelas me tirou o ar. Do outro lado, eu ouvia Brownie, nossa cadelinha, arranhar a porta.

Ele me levantou pelos cabelos e bateu minha cabeça contra o guarda-roupa. Fiquei tonta, mas ainda consegui pensar que ele estava me matando. Fiquei apavorada. Pensei em Lily e em Chloé, que ficariam sozinhas com ele. Quem encontraria meu corpo? Lily? Chloé? Como eu havia encontrado o de minha mãe?

Ele bateu mais uma vez, com mais força. Eu estava dobrada em dois quando a porta se abriu. Brownie entrou abanando o rabo, Lily permaneceu no marco da porta, os cabelos desgrenhados. Assustada.

Tentei me erguer para pegá-la nos braços, ele foi mais rápido. Recebi mais um chute nas pernas e vi que ele apertava o rosto da nossa filha entre os dedos.

– Se falar, sua mãe vai pagar.

Ficamos na casa do meu pai e de Jeannette por uma semana. Contei-lhes tudo. Eles ficaram apavorados. Quem diria que aquele homem encantador, que se erguia contra as injustiças, era violento?

Ele me suplicou uma última chance. Disse que faria um tratamento, que se hospitalizaria, que encontraria uma solução para que aquilo nunca mais acontecesse.

Fui eu que encontrei a solução para que aquilo nunca mais acontecesse. Ele precisava ir embora.

Foi difícil, ele recorreu à chantagem, à compaixão, às ameaças a si mesmo, a mim, às meninas. Ele foi morar com a mãe, em Marselha. Quando voltamos para o apartamento, Brownie estava morta. O veterinário disse que tinha o fígado e o baço estourados.

Sorrio para Chloé, que rema olhando para mim. Ela está à espera da minha resposta.

– Nos separamos porque não nos entendíamos mais, minha flor.

AS CRÔNICAS DE

CHLOÉ

Recebi um novo poema. Estava no lugar de sempre quando voltamos para o estacionamento depois de passar a tarde em Nusfjord. Pequena novidade: agora havia corações nos pingos dos is. Se eu ainda tivesse uma dúvida, ela teria desaparecido.

Eu lhe daria uma linda joia,
Flores para seu apartamento,
Perfumes com sentimento,
E bem ao lado de Troia.

Eu construiria uma casinha
Onde o amor seria rei
Onde o amor seria a lei
Onde você seria a rainha.

Aparentemente, o pequeno Louis seguia exigindo da imaginação.

Entrei no motorhome sozinha, encantada com as fotografias da aldeia de pescadores. As casinhas vermelhas e amarelas se refletiam nas águas plácidas do pequeno fiorde, pareciam um cartão-postal.

Meu primeiro reflexo foi checar se Kevin havia respondido à mensagem que eu havia enviado pela manhã.

"Estou voltando, espero que a gente possa se ver. Penso bastante em você. Beijo."

Ele tinha respondido, e era bem claro:

"Me deixe em paz."

Atirei o telefone em cima do sofá-cama e saí sem abrir a boca. Eu precisava me isolar, pensar. Atravessei o estacionamento e caminhei ao longo da estrada, sem saber para onde ia. A vista do fiorde e da aldeia era incrível.

Como o azar se tornara meu companheiro, encontrei Louise sentada na grama, a cabeça entre os braços. Segui em frente tentando fazer o menor barulho possível, para que ela não me ouvisse, mas a peste tinha o ouvido bom. Ela levou um susto e olhou para mim.

– O que está fazendo aqui? – perguntei.

– Nada.

– Por que está com a mão na boca?

– Nada, já disse.

Ela estava vermelha. O azar talvez estivesse com outra pessoa. Sentei ao seu lado:

– Perdeu um dente?

Ela balançou a cabeça, as sobrancelhas franzidas. Insisti.

– O que foi, então? Mostre, você não pode ficar o resto da vida com a mão na boca.

Ela deu de ombros, seus olhos se encheram de lágrimas. Bem devagar, ela abaixou a mão e a carnificina apareceu.

O rosto de Louise estava com um lindo bigode marrom.

– O que é isso?

– Tentei me depilar, mas a cera estava quente demais. Então formou uma casquinha.

Tentei não rir. Juro que tentei. Mas só vendo aquela cara assustada e aquele bigode de casquinha! Vocês também não teriam aguentado.

Foi um riso mudo, contido, que poderia ter ficado nisso se Louise não tivesse começado a rir também. O problema é que a risada esticava a casquinha e doía, então ela ria e gemia de dor ao mesmo tempo, apertando os cantos da boca com os dedos. Não consegui me conter. Uma gargalhada espalhafatosa subiu das profundezas, derrubou as comportas da compaixão e explodiu, forte, me deixando com dor de barriga e lágrimas nos olhos. Louise gritava de tanto rir.

Quando nos acalmamos, vários minutos depois, estávamos deitadas na grama e tínhamos as bochechas molhadas.

Endireitei-me e sequei o rosto:

— Sorte a sua, está na moda.

— Seios pequenos também estão — ela respondeu.

Talvez ela não fosse tão desinteressante assim.

Quando voltamos para o estacionamento, fingimos não ter passado uma hora conversando. Diego estava na rua, fumando, então fui até ele. As palavras que ele tinha me dito sobre pais e filhos ainda giravam na minha cabeça.

— Desanimada? — ele perguntou.

— Um pouco. E o senhor?

— Tudo bem, melhor que Edgar, que passa dormindo. Espero que não nos deixe antes da volta.

Ele deve ter ficado com pena do meu olhar assustado, e sorriu.

— Então, o que a aflige? Coisas do coração?

— Digamos que sim...

Ele aspirou o cachimbo longamente e soltou a fumaça, contemplando o fiorde.

— Sabe, pequena, se eu pudesse viver toda minha vida de novo, sabendo tudo o que aprendi, seria muito mais feliz. Muitas vezes, nos preocupamos com pouco. O que pensamos ser negativo não necessariamente é, e vice-versa.

— Como assim?

— Aos 22 anos, sofri um grave acidente de bicicleta. Tive várias fraturas, mas o que mais me entristeceu foi não poder ir, naquela noite, a um baile em que vinha pensando há dias. Eu tinha um encontro com uma mulher de quem gostava muito,

Lucie. Passei o dia tentando convencer os médicos a me deixar sair, em vão. Amaldiçoei tudo e todos. Lucie conheceu um jovem da cidade vizinha e parou de responder às minhas cartas. Fiquei desesperado, achei que minha vida estava perdida. Um mês depois, conheci Madeleine. No mesmo ano, meu irmão, de quem eu era bem próximo, foi nomeado chefe da fábrica de vidros onde trabalhava. Foi uma grande alegria, ninguém da nossa família jamais tinha alcançado uma posição tão elevada. Ele chegava mais cedo no trabalho e saía mais tarde, mas nada diminuía seu entusiasmo. Uma noite, voltando para casa, ele não conseguiu vencer uma curva. Morreu na hora. Tenho dezenas de exemplos como esse. Se eu não tivesse me machucado, não teria conhecido minha esposa. Se meu irmão não tivesse sido promovido, talvez tivesse vivido mais tempo. Ao longo da vida, sempre julgamos aquilo que acontece conosco, nos alegramos ou nos entristecemos. Mas só no fim saberemos se havia motivo para alegria ou tristeza. Nada está fixo, tudo muda. Não fique triste hoje, porque o que aconteceu com você talvez resulte em grande alegria.

Ouvi com atenção as palavras de Diego, sua sabedoria era comunicativa. Voltei para o motorhome me perguntando se o que ele havia dito era bom ou ruim.

ANNA

É meia-noite. É a última vez que vemos o sol a essa hora. Amanhã, deixaremos Bodø e sairemos do círculo polar ártico.

Os motorhomes estão num estacionamento no topo de uma colina acima da cidade e do mar. As meninas e eu decidimos aproveitar ao máximo aquele momento. Sentadas na rocha, protegidas do frio embaixo de um cobertor macio, admiramos o espetáculo mágico do sol que se recusa a dormir. Não falamos. A emoção não precisa de palavras.

— Posso me sentar com vocês? — pergunta a voz de Julien às nossas costas.

— Fique no meu lugar, estou morta de cansaço! — responde Lily, se levantando. — Boa noite!

— Eu também, e ainda preciso escrever no blog — acrescenta Chloé antes de estalar um beijo na minha bochecha e seguir a irmã.

Hesito em imitá-las, mas não quero constranger Julien. Ele fica parado, parece hesitar, então levanto o cobertor e ele se instala ao meu lado.

— É a ilha de Landegode ali na frente — ele me informa, apontando para as montanhas que parcialmente encobrem o sol.

— Ela está na nossa frente, tire-a dali!

— Vou ver o que posso fazer — ele responde com seriedade.

Julien cola a boca na babá eletrônica.

— Alô, Landegode, aqui é o diretor-geral do Centro de Preservação da Beleza do Mundo. Recebemos uma reclamação, pois você parou bem na frente do sol. Por favor, encontre outro lugar para isso, ou serei obrigado a enviar minha melhor agente, a senhora Anna, para lidar com a situação. E posso dizer que ela não brinca em serviço. Conhece a Atlântida? Pois então, foi ela. Tenha uma boa noite!

Ele guarda o aparelho no bolso do casaco e se vira para mim.

— Pronto, ela está fazendo as malas e já vai sair.

— Muito bem, diretor Julien. Em último caso, se ela não obedecer, você sempre pode recorrer ao jiu-jitsu.

Ele sorri. A luz dourada faz seus olhos faiscarem. Seu olhar mergulha no meu, não consigo desviar os olhos. Pouco a pouco, seu sorriso se desfaz, seus olhos percorrem minhas bochechas, descem para minha boca, acariciam meus lábios. Por muito tempo. Muito tempo. Uma onda de calor invade meu corpo, Julien lentamente aproxima o rosto do meu, o desejo me empurra em sua direção, mas subitamente tomo consciência de que podemos estar sendo observados. Recuo o rosto e voltamos a mergulhar na contemplação do sol da meia-noite.

LILY

30 de maio
Querido Marcel,

Espero que tudo bem com você!

Veja bem, acho que minha mãe falou com Françoise sobre mim, é muito estranho, porque ela veio falar comigo e disse que eu não devia deixar os outros me incomodarem, que bullying é uma coisa muito grave, que ela também, quando estava na escola, tinha sido o bode expiatório. Ela falou da vida dela, no início ouvi para ser educada, mas depois ouvi porque era interessante. Expliquei que não estava sofrendo bullying, que não estava nem aí para as gêmeas. Ela respondeu que também dizia isso, mas que na verdade sofria. Como eu. Nunca pensei isso dela. Então perguntei como ela tinha resolvido aquilo e ela me deu duas dicas. Vou escrevê-las para você, nunca se sabe, talvez um dia você precise.

Primeira: se outro caderno for mau com você e você ficar com medo, imagine-o com diarreia.

Segunda: em vez de responder na mesma moeda (ou nem responder), dê-lhe um grande sorriso e faça-lhe um elogio. Não vejo como isso pode ajudar, mas Françoise me garantiu que funcionava.

Depois que ela foi embora, minha irmã veio ficar comigo, acho que ouviu tudo, mas não disse nada. Ela não parava de falar do tempo, da estrada que era linda demais, dava para ver que queria me dizer alguma coisa, mas não conseguia. Até que conseguiu. Ela me confessou que aquilo que disse no outro dia não era verdade, que ela gostava de ter uma irmã e que gostava ainda mais que a irmã fosse eu. Tentei não sorrir demais, ela não pode achar que sou uma irmã fácil, mas respondi que eu também gostava de que sua irmã fosse eu.

Ah, na volta vamos precisar encontrar uma loja que venda brunøst. É um queijo marrom que tem um gosto parecido com caramelo. É tão bom que eu poderia comê-lo pelo resto da vida. Tome, vou colocar um pouco em cima da página para você provar, diga o que achou.

Bom, tenho que ir, acabamos de estacionar para ver uma cachoeira, espero que dessa vez com salmões saltadores (e quem sabe ursos).

Beijinhos, Marcel!
Lily
P.S.: não sei quem inventou todas essas palavras estranhas em norueguês, com øs e æs, mas acho que estava bebendo água que passarinho não bebe.

AS CRÔNICAS DE

CHLOÉ

– Você gosta do Julien?

Minha mãe não esperava pela pergunta, pediu para repeti-la.

Estamos a bordo do ferryboat que nos leva para Vevelstad, sentadas ao ar livre com tigelas de sopa nas mãos para nos aquecer. Ziguezagueamos entre pequenas ilhas, a paisagem é magnífica, enormes nuvens brancas pairam no céu.

Minha mãe toma um gole de sopa.

– Por que me pergunta isso?

– Não sei, tenho a impressão de que você gosta dele. Não?

Ela dá de ombros, mas seu constrangimento não me engana.

Desde que ela deixou meu pai, nunca lhe fiz uma pergunta do tipo. Nunca fiz porque não queria saber a resposta.

Claro que quero vê-la feliz. Mas meu pai não aguentaria. Ele me disse isso várias vezes.

Sete anos depois, recuperar o amor da minha mãe continua sendo seu único objetivo. Sempre que falamos ao telefone, ele menciona as cartas que manda para ela, as orações que dirige a alguém que nem sabe se o ouve, ele compartilha lembranças comigo, fica com a voz trêmula, sinto seu sofrimento, fico com um nó na garganta. Ele se sente sozinho, longe da mulher de sua vida, longe das filhas. Fico para morrer.

Sei que um dia ela encontrará alguém. Sei que não será meu pai. É horrível saber que a felicidade de um acabará com a do outro.

Minha mãe atrai os homens. Vejo como eles olham para ela. Vi o número de telefone colocado no limpador de para-brisa. Ouvi o guarda do supermercado dizer-lhe que ela era charmosa. Imagino que tenha tido casos nos últimos sete anos. Paixonites, aventuras. Ela nunca deixou nada transparecer. É a primeira vez que desconfio.

Vi como ela olhava para Julien. Ela pode dizer o que quiser, mas não é a mesma coisa quando ela olha para Edgar ou Diego.

Depois de vários segundos de reflexão, ela acaba respondendo:

— Gosto, sim, ele me faz rir. Ele não faz você rir?

— Mãe, pare de responder minhas perguntas com outras perguntas, é um saco.

— Pena. Porque tenho outra. Você se incomodaria se eu namorasse?

— Com Julien?

— Com qualquer um, vamos parar de falar em Julien.

Pensei um pouco.

Faz dois meses que minhas certezas vêm sendo abaladas. Passei mais tempo com minha mãe do que nos últimos anos. Meu pai merece ser feliz, ela também. Sozinha ou com outra pessoa.

— Talvez seja um pouco difícil no início – admiti. – Mas sei que vou me acostumar.

Ela sorriu, e eu acrescentei, para deixar bem claro:

— Mas por favor, não o encantador de motorhomes e suas camisas de lenhador!

ANNA

Eu tinha 11 anos quando meu pai me apresentou Jeannette. Minha mãe estava morta há três anos.

Ele foi me buscar na escola e anunciou que comeríamos num restaurante. Nunca comíamos fora.

Ele trabalhava bastante na época, eu dormia muito na casa da minha avó. Tínhamos criado uma rotina protegida, na casa dela eu tinha a impressão de que nada poderia me machucar. Todas as noites eram iguais. Eu chegava, colocava as pantufas, adorava as bem gastas, que escorregavam melhor no assoalho. Minha avó me esperava com o lanche, um copo de leite quente, um crepe ou um waffle, e açúcar de confeiteiro que ela mesma fazia. Quando eu sujava a toalha engomada da mesa, dava umas batidinhas com a ponta dos dedos e chupava aquele açúcar com gosto. Depois, fazíamos os deveres de casa e, se tivéssemos tempo antes de preparar o jantar, palavras cruzadas. Ela às vezes me deixava preencher os quadradinhos, mas minha função costumava ser procurar as definições no dicionário. Então passávamos para a cozinha. Eu tinha meu próprio avental, vermelho com flores roxas. Pegava os ingredientes que ela pedia, ela me deixava bater os ovos, esticar a massa, untar as formas com manteiga. Eu sempre tinha medo na hora de ligar o forno, riscava o fósforo e o aproximava do buraquinho enquanto vovó apertava o botão do gás. Enquanto esperávamos a comida ficar pronta, eu vestia o pijama e ela fechava as venezianas, depois nos instalávamos no sofá para ver televisão. A casa se enchia de aromas divinos, minha barriga roncava. Conversávamos durante o jantar. Eu gostava quando minha avó falava de seu passado, eu adorava saber que tipo de garotinha ela tinha sido, adorava que falasse dos seus pais, do meu avô, que havia morrido cinco anos antes. Acima de tudo, adorava quando ela falava da minha mãe, da sua infância, da sua risada, e da noite de dezembro em que ela anunciou que estava grávida. Eu lia antes de dormir. Minha avó havia redecorado todo o quarto de minha mãe para mim. Escolhemos o papel de parede e os móveis juntas. Ela me beijava três vezes na bochecha e dizia "Boa noite, minha Naná", e a noite era boa porque minha avó estava comigo.

Naquela noite, estava previsto que eu dormiria na casa dela, mas meu pai foi me buscar na escola. Passamos em casa, ele colocou bastante perfume, e seguimos para o restaurante. A mesa era para três, mas não desconfiei de nada até a chegada dela.

Ela usava uma blusa vermelha e tinha um sorriso acanhado. Ela me ofereceu um pacote, meu pai me encorajou a abri-lo ali mesmo. Era um caderno.

– Seu pai me disse que você escreve poemas.

Comi um bife com fritas e um sorvete de chocolate, não estava muito bom. Jeannette era querida. Ela falava bastante, como se não quisesse que algum silêncio constrangedor se criasse. Era divorciada e não tinha filhos, seu sorriso murchou quando disse isso. Trabalhava numa escola maternal, meu pai e ela tinham se conhecido na sala de espera do médico. Ela havia machucado o tornozelo direito, ele o punho esquerdo, eles viram nisso um sinal.

Durante a sobremesa, ela colocou a mão sobre a de meu pai. Ele a retirou delicadamente.

Nós nos despedimos na calçada, ela me disse que estava feliz por ter me conhecido, respondi que eu também. No carro, meu pai me perguntou o que eu achava dela e fui sincera: ela parecia legal e tinha olhos bonitos.

Fazia muito tempo que ele não assobiava enquanto tomava banho, fiquei feliz por ele. Ele me abraçou com força antes de ir para a cama.

– Boa noite, meu amor – ele disse.

– Boa noite, papai – respondi, sorrindo.

Ele fechou a porta do quarto, eu fui para a cama e chorei a noite inteira.

ANNA

— Alô, Jeannette?

— Querida, como vai? Jojô, venha, é Anna no telefone!

Ouço a voz do meu pai aproximando-se do telefone.

— Pergunte se ela recebeu minha mensagem — ele pede a Jeannette.

— Espere, vou colocar no viva-voz — ela responde.

— Anna, você recebeu a minha mensagem? — ele repete, com a boca obviamente colada no microfone.

— Recebi sim, desculpe, não tive tempo de ligar antes...

— Ótimo, sinal que tudo vai bem — aprova minha madrasta. — Da última vez que falamos, vocês estavam nas Lofoten. Continuam no mesmo lugar?

Relato as últimas etapas da viagem, o sol da meia-noite, o caiaque, eles querem milhares de detalhes.

— Pensamos na Itália para nossa primeira viagem de motorhome, mas estamos em dúvida agora... — diz meu pai.

— Nada nos impede de fazer as duas...

— Ah, isso mesmo, Jajá querida! — ele aplaude.

— Alô, continuo aqui! — intervenho antes que a coisa desmorone. — Recomendo muito a Escandinávia, as paisagens mudam a cada quilômetro, são de encher os olhos. Conheço alguém que pode guiá-los.

Os minutos seguintes são dedicados a planejar a próxima viagem dos dois, eles ficam excitadíssimos. Meu pai acaba voltando para seus afazeres, não sem antes reiterar suas recomendações a respeito do motorhome.

— E as meninas? — pergunta Jeannette.

– Estão bem, tenho a impressão de que estamos nos redescobrindo, é um verdadeiro prazer conviver com elas.

– Você fez muito bem em se ouvir, Anna. Conversou com elas sobre isso?

– Não. Ainda não. Bom, preciso ir, tenho que usar a lavanderia, não temos mais nada limpo.

– Está bem, mande um grande beijo para as meninas de minha parte. E um grande beijo para você. Estou com saudades.

– Eu também. Um grande beijo, Jeannette.

LILY

1º de junho
Querido Marcel,

De boa na lagoa? Não precisa responder, estou sem tempo, preciso contar uma coisa tão maluca que até mesmo eu estou achando uma maluquice.

Estávamos sossegadas em Trondheim, passeando por Old Town, Chloé fotografava as fachadas históricas e a ponte Gamle Bybro quando, de repente, ela teve uma ideia que não deveria ter tido. Decidiu passar numa loja da Ikea, porque seria uma pena visitar a Escandinávia sem visitar a marca. Quase a empurrei na água. Já é um saco ter que ir a lojas na França. Eu queria me matar.

Minha mãe concordou com ela, por mais que eu tentasse fazê-las mudar de ideia, repetindo que era uma marca sueca e que então deveríamos ter visitado uma loja na Suécia, mas vi que minha opinião não teve peso nenhum. E não digo isso só porque minha mãe engordou dois quilos.

Ikea na Noruega é a mesma coisa que Ikea na França, só que, para as pessoas daqui, os nomes dos produtos realmente significam alguma coisa.

Demos uma volta pela loja, tentei deitar numa cama para esperar que elas acabassem, mas vi nos olhos de um vendedor que era melhor sair dali. Seu olhar não precisou de tradução.

Acho que elas olharam TODOS os produtos de TODOS os setores. Eu estava quase pulando do alto de um guarda-roupa

Sniglar quando avistei algo que me devolveu a vontade de viver. Não acreditei em meus olhos, embora eles nunca mintam, então pedi que Chloé olhasse também e seus olhos disseram a mesma coisa que os meus.

Bom, chega de mistério, estou vendo que você não aguenta mais esse suspense, parece até o fim de um episódio de "Desventuras em Série". Estávamos no corredor das molduras e porta-retratos, expostos em grande quantidade, em todos os tamanhos e formatos, até mesmo numa espécie de biombo onde era possível afixar vinte fotos ao mesmo tempo, eu ri porque eles tinham colocado vinte vezes a mesma imagem. A maluquice estava nessa foto. Fiquei abismada porque já tinha visto aquela imagem em algum lugar, mas levei vários minutos para lembrar onde.

Está pronto, Marcel? Atenção, aguente firme, não vá ter um piripaque!

Ok, vou dizer o que era.

A foto das mulheres de Edgar e Diego. Duas mulheres não muito jovens rindo na frente de um lago. São elas, não tenho a menor dúvida.

Sinceramente, essa história não está cheirando bem, não consigo entender por quê, mas decidi, junto com Chloé, fazer uma investigação. Somos boas nisso, adoramos jogar Detetive.

Aliás, começamos a juntar os pontos, e as possibilidades se afunilaram.

Hipótese um: a Ikea roubou a foto de Madeleine e Rosa, e isso é muito muito muito grave, principalmente por ser uma propaganda enganosa, já que elas estão mortas.

Hipótese dois: Edgar e Diego não conhecem as mulheres da foto, e isso é muito muito muito grave porque não faz sentido algum.

Mas não se preocupe, Marcel, vamos encontrar a solução. Devagar se vai a Londres.

Beijinhos,
Lily
P.S.: hoje de manhã, peguei a mão de Noah enquanto brincávamos com seu pião e ele deixou.

AS CRÔNICAS DE
CHLOÉ

Decidimos agir com discrição para descobrir o segredo da fotografia. Infelizmente, parece que nossos talentos de detetives não são grande coisa. Os vovôs entenderam tudo assim que pedimos para ver de novo a foto de suas esposas.

– Por quê? – perguntou Edgar.

– Só para me lembrar do rosto delas – respondi.

Ele me olhou com desconfiança. Lily se precipitou:

– Vimos a mesma foto na Ikea.

Edgar franziu o cenho:

– E? O que isso quer dizer?

– Quer dizer que estamos fritos – Diego completou.

– Ah.

Eles nos convidaram para entrar, sentamos no sofá. Lily estava de óculos escuros, achava que causava mais impressão.

– O que vocês sabem?

Contei das várias cópias da fotografia no biombo, os dois me ouviram com o rosto baixo. De repente, Diego se levantou, pegou o porta-retratos e o colocou em cima da mesa.

– É verdade. Elas não são Madeleine e Rosa – ele admitiu com voz trêmula.

– Pare, não diga mais nada! – exclamou Edgar.

Seu amigo o tranquilizou, colocando a mão em seu ombro, e continuou:

– Era difícil demais ver o rosto delas o tempo todo, então optamos por uma imagem neutra, caso alguém quisesse conhecê-las.

Lily abaixou os óculos e franziu as sobrancelhas:

– Cortem essa! Estão nos tirando de bobas?

Edgar suspirou:

– É verdade, essa história não tem pé nem cabeça. Conte a verdade, acho que podemos confiar nelas.

– Podem, sim! – prometi.

Enquanto nos servia suco de laranja, Diego contou a história deles.

Depois da morte de sua mulher, seu filho ficou preocupado em deixá-lo sozinho e insistiu para que ele se mudasse para o Canadá. Ele recusou a oferta: não queria ser um peso. Ele também não queria ser fonte de preocupação, por isso, há três meses, se mudou para um lar de idosos.

– Abandonar a casa que abrigava todas as minhas recordações foi de partir o coração – ele suspirou. – Mas foi o preço pela tranquilidade do meu filho.

Foi lá que ele conheceu Edgar, que morava no quarto vizinho desde a morte da esposa, há cerca de um ano. Edgar não tivera escolha: sua filha e seu genro haviam decretado que ele não poderia morar sozinho depois de ter incendiado o micro-ondas ao esquentar uma massa.

As duas solidões se uniram. O tempo passava lentamente, os dias se arrastavam, as conversas se repetiam. Eles estavam à espera de uma única coisa: o fim daquilo tudo.

Este não se manifestou da maneira que eles tinham imaginado, mas na forma de um motorhome.

– O diretor do lar de idosos exibia sua nova compra para os funcionários e residentes – Edgar contou. – Observávamos o espetáculo do pátio, era o evento do dia. Em dado momento, o diretor desapareceu dentro do prédio. Aproveitamos para dar uma olhada de perto. Foi então que tudo se precipitou.

A chave estava na ignição e os documentos no painel do carro. Diego pegou o volante, Edgar sentou no banco do passageiro. No retrovisor, viram o diretor correr por um bom tempo atrás deles – eles ainda riam da cena.

Eles não tinham planejado nada. Também não sabiam para onde ir. Apenas um motorhome tinindo de novo e o coração a mil por hora.

– Dirigimos por horas a fio – Diego continuou. – Parecíamos duas crianças com um brinquedo novo. Felizmente, eu estava com a pochete, os óculos, os remédios e o cartão do banco. Paramos quando o medidor de gasolina começou a piscar, mas era impossível abrir o maldito tanque. Ainda bem que um homem veio nos ajudar. Um homem de camisa xadrez.

Julien tinha acabado de iniciar seu novo périplo. Ele logo percebeu que havia algo de errado. Os vovôs contaram tudo a ele. Enternecido com a história, explicou-lhes que, no dia seguinte, se encontraria com outros viajantes para uma *road trip* na Escandinávia. Ele os convidou para se unirem ao grupo, com a condição de que avisassem suas famílias.

Edgar prosseguiu:

– Pensamos a noite inteira. Ao amanhecer, compramos algumas roupas e ligamos para nossos filhos do celular de Julien. Eles tinham sido avisados pelo diretor do asilo. O filho de Diego estava preocupadíssimo conosco; minha filha estava furiosa por causa do motorhome. Eles imploraram para que voltássemos, prometemos fazê-lo. Mas não dissemos quando.

Lily havia tirado os óculos e bebia cada palavra.

– Então não havia nenhuma viagem que vocês deviam fazer com suas mulheres? – ela perguntou.

– Não exatamente – Edgar respondeu. – Minha Rosa detestava o frio e Madeleine não gostava de viajar. Quando Julien nos convidou, pensamos que seria a melhor maneira de concluir nossa temporada nesse planeta. No fundo, não mentimos totalmente: quando voltarmos a vê-las, tenho certeza de que vamos dar boas risadas juntos.

Ficamos em silêncio por um bom tempo. Eles, perdidos em recordações; nós, digerindo a surpresa.

– Mas isso não explica o porta-retratos! – exclamei.

Edgar balançou a cabeça:

– Na manhã que você veio tomar café comigo, eu tinha acabado de comprá-lo, na Ikea de Estocolmo. Era o álibi perfeito para que todos acreditassem na nossa história. Não queríamos levantar suspeitas.

Diego interveio:

– Que fique bem claro que nunca roubei nada na vida, nem mesmo um selo! Me sinto um foragido, espero a chegada da polícia a cada instante, quase tive um ataque do coração quando o controle alfandegário vasculhou nosso motorhome. Precisávamos de uma história sólida, não podíamos mencionar o lar de idosos, apenas modificamos alguns fatores. Dois viúvos fazendo a viagem planejada com as esposas, isso evitaria perguntas em excesso. No fim, não temos notícia de nada, não sabemos se nossos filhos conseguiram arrumar as coisas ou se a Interpol está no nosso encalço. Confesso que a sensação não é desagradável, fazia muito tempo que não nos sentíamos tão vivos. Mesmo assim, temos medo de ser descobertos.

Ele inspirou profundamente, depois nos olhou com apreensão:

– Vocês vão nos denunciar?

Lily franziu o cenho:

– Não sou dedo-duro.

Diego começou a rir, logo imitado por seu cúmplice. Minha irmã se juntou a eles, chegou a ter que segurar a barriga. Sem que eu percebesse, estava rindo com eles, e gargalhamos juntos por alguns minutos.

Mais tarde, quando nos despedimos, me ocorreu que nós, humanos, estaríamos em maus lençóis se não tivéssemos a capacidade de rir. Seríamos obrigados a sempre demonstrar nossas verdadeiras emoções.

ANNA

As crianças estão na cama, inclusive as grandes. O tema da noite é "Verdade ou Consequência". Quase todos tentaram ficar de fora, inventando atividades urgentes para fazer, mas o entusiasmo de Julien transformou-as em atividades secundárias.

A temperatura está mais amena, então nos instalamos na rua, longe dos veículos. A noite só vai cair bem tarde. Os joelhos dos mais friorentos estão protegidos por cobertores, velas iluminam o local e todos os copos, com exceção do de Marine, estão cheios de aquavit, a aguardente local. Estremeço só de sentir seu cheiro.

Julien gira a roda que conseguiu construir, para determinar o destino de Françoise. Ela para em "consequência". Ele pega um dos papeizinhos em que escrevemos penalidades e perguntas.

– Conte uma piada com sotaque quebequense.

Françoise pensa um pouco, diz que não conhece nenhuma piada, mas acaba arriscando uma.

– O cachorro entra na farmácia e diz: "preciso de um cãoprimido".

Ela ergue o queixo, claramente orgulhosa. Espero a continuação, mas percebo que não há nenhuma. Levo alguns segundos para entender. Olho ao redor, minha incredulidade é compartilhada por todos.

– Não ouvi o sotaque quebequense – diz François à mulher.

– Eu sei, mas só sei imitar o sotaque marselhês! Não gostaram da piada?

– Sim, sim! – garantimos em coro.

Satisfeita, ela bebe um gole e gira a roda para Greg.

– Verdade!

Ela pega um papelzinho, Greg espera a pergunta, apreensivo.

– Conte-nos seu último sonho.

– Ah! – ele exclama, visivelmente satisfeito. – Foi na noite passada, sonhei que estava caminhando por uma ruela escura, sozinho, as lojas estavam fechadas, não havia nenhum carro, nenhum avião, nenhum pássaro. Eu não sabia para onde estava indo e, de repente, uma loira lindíssima apareceu, estava envolta em luz, pegou minha mão suavemente e eu a segui, parei de me sentir perdido. Era você, Marine, meu amor.

Marine solta uma gargalhada.

– Tudo bem, amor, pode contar a verdade! Não me importo.

– Está bem. Sonhei que estava comendo um hambúrguer num tobogá e que um coelho previa uma tempestade.

Ele pega um papelzinho, sem esperar por nossas reações.

– Edgar, verdade! Conte sua mais bela lembrança.

Edgar inspira profundamente. Mergulhar no passado parece dolorido para ele.

– O mais belo momento de minha vida foi ter conhecido Rosa. Eu tinha 25 anos. Na ida para o trabalho, todas as manhãs eu passava na frente da escola onde ela dava aulas. Ela estava sempre sorrindo, aquele tipo de sorriso que nos aquece em dias de frio. Levei três meses para ousar cumprimentá-la de longe, mais três para ousar puxar conversa. Esperei por ela uma noite, na saída, com um buquê de rosas e ofereci-me para acompanhá-la até sua casa. Ela não morava longe, fizemos o caminho a pé. Quando chegamos, ela sabia tudo sobre mim e eu nada sobre ela, então propus acompanhá-la no dia seguinte também. Nunca vou me esquecer da maneira como olhou para mim quando me aproximei com as flores na mão. Nunca.

A tristeza se instala à mesa. Diego coloca a mão no ombro do amigo. Engulo o nó que me fecha a garganta com um pouco de aguardente.

— Edgar, sua vez de girar a roda! — diz Julien.

O idoso obedece, Marine precisa fazer algo.

— Cite dez títulos de canções, substituindo uma palavra por outra, sempre a mesma.

Ela nem precisa pensar, desconfio que tenha sido ela quem escreveu a penalidade. Uma por uma, contando nos dedos, enumera dez canções:

— Like a Rolling Cock, I Can't Get no Cock, Johnny B. Cock, Hey Cock, Smells Like Teen Cock, Blowin' in the Cock, I Want to Hold Your Cock, Purple Cock, Hound Cock, A Day in the Cock.

Ela para de falar, tem um sorriso nos lábios. Diego fuma o cachimbo em silêncio, Edgar olha para outra coisa, Françoise tem as sobrancelhas na altura dos cabelos e seu marido está escarlate. Greg ri, e eu não consigo deixar de imitá-lo.

Chega minha vez.

— Verdade! — diz Marine, abrindo o papel. — Na sua opinião, quem é a pessoa mais atraente à mesa?

Dou uma risada, certa de que ela está fazendo uma piada. Mas não.

— Julien — respondo, antes de perder a coragem.

— Ah! Eu sabia! — exclama Marine.

— Digamos que as opções são limitadas. Edgar e Diego são muito queridos, mas a pergunta é sobre atração. François e Greg são casados, só sobrou Julien.

Julien faz uma careta. Percebo minha falta de tato:

— Ah, mas eu não queria dizer que você não me atrai, Julien! Só estava explicando por que tinha escolhido você, não quer dizer que...

Paro de falar, minhas justificativas pioram ainda mais as coisas. Um gole de aquavit silencia minha vergonha. Marine chora de tanto rir. Giro a roda.

Uma hora depois, Edgar imitou Jacques Chirac, Greg colocou a cueca por cima da calça, Diego contou sobre sua primeira vez, Françoise imitou uma propaganda de desodorante, François cortou o queixo num salto perigoso, Marine descascou uma maçã com os dentes, confessei minha maior mentira, Julien correu pelo estacionamento imitando um urso esfomeado e sorteamos várias outras verdades e consequências.

A garrafa está vazia, estamos cheios. É a vez de Marine contar sua maior vergonha.

– Bom, serei breve. Eu estava na rua, todo mundo olhava para mim, pensei comigo mesma que tinha acertado em colocar a minissaia florida, estava me sentindo bonita, caminhava como se fosse uma top model. Até que, depois de um momento, a top model percebeu que estava com a saia presa na calcinha e que sua bunda estava de fora.

Todos caem na gargalhada imaginando a cena, tento consolá-la:

– É comum ficar com a saia presa na calcinha...

– Sim – ela responde –, mas será que é comum um pedaço de papel higiênico ficar preso junto? Voando ao vento como uma cauda?

As risadas se tornam ainda mais fortes, a minha explode, fico com dor de barriga. A cara falsamente envergonhada de Marine, que resiste ao riso, não ajuda.

– Bom, sua vez! – ela me diz, sem esperar que todos se acalmem. – Consequência!

Ela pega um papel e lê:

– Beije o vizinho da direita na boca.

Viro a cabeça para confirmar que meu vizinho da direita continua sendo a mesma pessoa do minuto anterior. É claro que é Julien. Ficamos sérios na mesma hora.

Aproximo meu rosto do dele sem pensar e dou-lhe um beijo na bochecha.

– Na boca! – Françoise consegue articular.

Sorrio. Minha cabeça está girando, mas ainda me resta um pouco de sobriedade.

– Mostre o papel, Marine!

Ela finge que não ouviu.

– Marine!

– O quê?

– Mostre o papel, por favor.

– Que papel?

– Pare com isso. Você inventou a consequência.

– Absurdo.

– Sabia que, quando se mente na gravidez, o bebê nasce com seis quilos?

– Absurdo.

– É verdade – intervém Julien, muito sério. – E com um nariz de madeira também.

Não consigo conter o riso, ele também não. Edgar se levanta ainda mais lento que de costume.

– Vou me retirar para os meus aposentos! – ele declara, entre dois soluços.

– Mas Anna não cumpriu sua consequência! – reclama Marine.

Levanto também, com um grande suspiro.

– Também vou me deitar, boa noite a todos!

Julien me imita, depois Françoise e François. Marine fica sentada, os braços cruzados. Vou até ela e lhe dou um abraço.

– Boa tentativa.

– Vou conseguir, tenho até o fim da viagem – ela murmura.

– Você é um amor.

– Aham. Sorte sua eu gostar de você.

Cochicho algo em seu ouvido, seu rosto se ilumina e ela solta um gritinho de alegria. Dou-lhe um beijo e me dirijo para o meu motorhome. O chão oscila. Um braço se acomoda embaixo do meu. Julien.

– Vou acompanhar você... Dizem que os ursos famintos estão à solta – ele murmura.

– Verdade. Os quebequenses com sotaque marselhês também.

Atravessamos o estacionamento tentando caminhar em linha reta, braço com braço. Ele retira o seu quando chegamos à frente da minha porta.

– Bom, então boa noite – ele murmura.

– Boa noite, Julien.

Procuro a chave no bolso do casaco, ele não sai do lugar. Levanto os olhos, ele me encara com ar grave. Sua mão toca delicadamente minha bochecha e, com o polegar, ele me faz uma carícia. Fecho os olhos. Quando volto a abri-los, ele sorri para mim, se vira e volta para seu motorhome. Deixando-nos ali – eu, minha embriaguez e meu desejo.

AS CRÔNICAS DE
CHLOÉ

Quando minha mãe anunciou que seguiríamos pela estrada do Atlântico, não entendi por que ela parecia tão animada. Agora sei.

É uma estrada de oito quilômetros que atravessa o oceano, às vezes passando por pequenas ilhas. Pontes e recifes se alternam, portanto, com vistas para ondas, fiordes e montanhas. Dirigíamos sobre o mar. A água dançava ao nosso redor, as ondas molhavam o para-brisa, minha mãe dirigia devagar para que aproveitássemos ao máximo, mas o máximo não era suficiente. Quando chegamos ao fim da estrada, demos meia-volta para ver tudo de novo.

Estávamos na terceira passagem quando o celular tocou. Era meu pai. Atendi.

– Oi, pai! Você nunca vai adivinhar onde estamos!

– Oi, minha flor, conte tudo, parece legal!

Descrevi a paisagem ao vivo, com minúcia de detalhes, queria que ele estivesse com a gente. Ele suspirava de inveja. Prometi que mandaria um monte de fotos.

– Obrigada, minha flor. Bom, talvez não seja uma boa hora, liguei para contar uma coisa.

Tapei a orelha livre com o dedo para ouvir melhor.

– Aconteceu alguma coisa?

– Não, não, não se preocupe. É só que...

Ele inspirou profundamente. Fiquei nervosa.

– É só que, no fim, não vou pedir a guarda de vocês.

– Está bem – respondi. – Acho melhor assim, principalmente porque vamos poder visitá-lo mais vezes, agora que tem uma casa!

– É um pouco complicado...

– Como assim? O que é complicado? Antes, não podia ficar com a gente porque morava num apartamento pequeno demais, agora pode. Qual o problema?

Ouvi-o fungar.

– Sinto muito, minha flor, queria muito receber as duas várias vezes por mês, na verdade sempre quis...

– Então por que não fazemos isso?

Minha voz ficou aguda.

– Porque sua mãe não deixa.

Ele cochichou essa última frase, quase não consegui ouvir, mas ela me cortou o coração. Olhei para minha mãe, suas mãos estavam crispadas ao volante.

– Por quê? – perguntei.

– Não faço a menor ideia. Luto há anos para vê-las, ela não deixa. Prometa que não vai falar nada com ela, minha querida, pode piorar tudo. Tenho medo de que ela me impeça de ligar também.

– Tenho que ir pai, beijo.

– Prometa!

Não prometi. Desliguei o celular cerrando os dentes. Olhei para as ondas, desejei que elas se enfurecessem, que batessem nas rochas, que estivessem em sintonia com o que eu sentia. Minha mãe estava muda. Tentei ficar também, não trair papai, mas não consegui. Minha voz a agrediu.

– Por que fez isso?

– Por que fiz o quê?

– Por que impede meu pai de nos ver? Por que não quer que o visitemos?

Ela colocou a mão na minha coxa.

– Querida, eu...

– Puxa vida, então é verdade? Ele disse a verdade?

Eu estava berrando. Minha visão se embaralhava. Eu esperava que ela me dissesse que era um mal-entendido, que ele estava enganado, que ela não havia deliberadamente me privado do meu pai durante todos esses anos, mas não foi o que ela disse.

– Vamos parar ali na frente e falar sobre tudo isso. Nunca quis que você sofresse...

– Não quero saber das suas desculpas! Nunca vou perdoá-la por isso!

Minhas lágrimas escorriam pelo rosto, pelo pescoço, mas não levavam embora minha dor. Lily virou para mim e fixou os olhos nos meus:

– Chloé, você esqueceu? Você realmente esqueceu que o pai batia na mãe?

ANNA

A música está no volume máximo dentro do motorhome. Eu e as meninas cantamos a plenos pulmões o repertório de Francis Cabrel. De tanto me ouvirem cantar suas músicas quando eram pequenas, elas conhecem as letras de cor.

Estamos prestes a pegar o mítico Caminho dos Trolls. Fizemos um pequeno desvio, mas era impensável perdê-lo. A primeira curva nos deixou sem música, voz e fôlego.

A estrada é extremamente estreita e colada à montanha, é atordoante. À direita, uma correnteza furiosa nos acompanha.

– Ah, olhem! – exclama Chloé.

Perco um tímpano, mas não faz mal. Diante de nós, parecendo sair da rocha escura, uma imensa cachoeira cai no vazio. É majestoso.

Chloé pousa a cabeça no meu ombro. Desde a nossa briga de ontem, ela está mais querida que nunca. Não entrei em detalhes, mas respondi a todas as suas perguntas. Ela nunca havia desconfiado de nada, ficou arrasada. A imagem que tinha da nossa família se desfez em mil pedaços. Foi um erro manter tudo em segredo. Lily também quis me mostrar que estava do meu lado, me ofereceu um punhado de pedrinhas "supermacias", como quando era pequena. Nunca pensei que ela pudesse se lembrar. Mas ela não se esqueceu de nada.

As curvas em cotovelo se sucedem, não sabemos para onde olhar tamanha a magnificência de tudo. À nossa direita, o orgulho da rocha afiada, à esquerda, o vazio e, bem embaixo, o vale verdejante.

Passamos por duas imponentes cachoeiras que brotam da montanha a poucos metros de nós. A terceira nos deixa embasbacadas. A água jorra, ricocheteia de rocha em rocha, cai e se perde no vazio, cuspindo nuvens de espuma num estrondo ensurdecedor. É tão bonito que sinto vontade de chorar.

– Amo vocês – desabafa Chloé.

– Eu também amo vocês – respondo.

– Igual – diz Lily.

E então, nesse exato momento, uma lufada de felicidade me invade. Estamos diante de um espetáculo excepcional, num lugar mágico, estamos bem, estamos juntas. Fiz muito bem em sair da minha bolha.

LILY

5 de junho
Querido Marcel,

Tudo bem com você? Comigo sim, a não ser pelo fato de eu ter comido uma linguiça de rena sem querer, pensei que fosse uma linguiça de rainha. Propaganda enganosa! Quando descobri, quase vomitei.

Visitamos a Stavkirke de Urnes, uma igreja de madeira em pé. Vejo que você também não entende o que isso quer dizer, me sinto melhor. Todo mundo riu quando perguntei se a madeira sentava quando ficava cansada. Então, para sua informação, saiba que elas são chamadas assim porque pilares foram utilizados para subir as paredes, a nave e o teto. Viu, você aprende coisas comigo, hein? Enfim, nós a visitamos, é a mais velha da Noruega, ela é ainda mais velha que a bisa, então a chamei de senhora. Ela era muito bonita para a sua idade, embora por dentro fosse pequena, mas logo saí porque Noah preferiu ficar na rua.

Sentamos na grama, olhamos para o fiorde, não falamos nada, não havia necessidade de fala. Gosto muito do Noah, sabe. Com exceção da minha família, é a primeira vez que gosto tanto de alguém que não é um animal. Ele não mente, é querido, e o acho engraçado. Outro dia, ele estava fazendo uns barulhos estranhos, eu ri e ele continuou, tenho certeza de que estava fazendo de propósito para me fazer rir.

Anna não falava muito com Julien, estava com Chloé, que continuava triste. Ela não queria dizer por quê, mas no fim não conseguiu, porque a dor machuca mais dentro do que fora. Na verdade, ela descobriu pelo Facebook que seu namorado Kevin tinha uma nova namorada, então você pode imaginar. Ela tenta não pensar no assunto, mas vejo que não está funcionando, senão ela não passaria o tempo todo dizendo que ninguém nunca vai amá-la, que ela é um lixo, feia, idiota, e que acabará sozinha.

Além do mais, descobrir o que meu pai fazia com minha mãe não ajudou muito, ela está convencida de que todos os homens só existem para fazê-la sofrer. Talvez eu não devesse ter contado a ela, mas faz anos que a ouço repetir que tudo é culpa de nossa mãe, que pobre de nosso pai, blá-blá-blá, então decidi acabar com aquilo e restabelecer a verdade.

Anna achava que eu tinha me esquecido de tudo porque era pequena, mas, quando você vê sua mãe com sangue na cabeça inteira, posso garantir que não se esquece. Não vi meu pai muitas vezes depois daquele dia, mas ele sempre tentava descobrir se eu me lembrava de algo. Devia achar estranho eu não ser gentil como Chloé. As aparências talvez enganem, mas não sou nenhuma boba.

Quando saímos da igreja e pegamos o barco, Chloé começou a chorar. Não sei direito o que fazer quando isso acontece, então não fiz nada, mas, quando voltamos para o motorhome, tirei você de baixo do travesseiro e abri na página do dia 1º de maio e deixei que ela lesse.

Viu, Marcel? Talvez durante essa viagem eu não tenha melhorado muito em matemática, mas em irmandade sim.

Receba minhas mais distintas saudações.

Lily
P.S.: achei um fio de cabelo na minha axila esquerda.

AS CRÔNICAS DE

CHLOÉ

Lily me fez ler uma passagem de seu diário, mas não entendi tudo, ela se dirige a um tal de Marcel.

Ela escreveu o seguinte no dia 1º de maio.

Querido Marcel,

Preciso falar da minha irmã Chloé. Enfim, já falei sobre ela, mas agora ainda mais.

Minha irmã é a pessoa que conheço há mais tempo, logo depois de minha mãe e de meu pai, então faz séculos que nos suportamos. É por isso que brigamos bastante, e também porque ela é muito chata. Ela reclama, chora, grita, privatiza o banheiro por uma hora, me trata como uma idiota e nunca quer brincar de fingir que sabemos falar inglês fluentemente. Mesmo assim, eu poderia ter sido irmã de uma assassina em série ou de uma professora de matemática, então não posso me queixar.

Ela tem um monte de qualidades, e não apenas físicas.

Ela é ótima atriz: você devia ter visto ontem, quando anunciou que estava grávida, por pouco não lhe dei um Oscar.

Ela é querida: ela finge não ver as contas que Anna esconde no armário (como eu) e sempre me pergunta se estou bem antes de dormir.

Ela é inteligente: ela ganhou um concurso de redação no ano passado e sempre tira notas boas no colégio. Além disso, ela sabe recitar o alfabeto arrotando.

Ela é generosa: um dia, ela me deu uma batata frita.

Não sei como ela faz para não ver tudo isso, porque eu vejo muito mais que seus olhos ou seus cabelos. Sabe, quando eu cansar

de ser a estranha, como me chamam na escola, quero ser como ela.
Mas, se você contar para alguém, serei obrigada a atirá-lo no fogo.

Beijinhos, Marcel.
Lily
P.S.: Mathias manda um alô.

Tirei uma foto da página, com medo de não acreditar no que havia lido. Lily veio para a cama também.

– Não sabia que você pensava isso de mim – eu disse.

– Pedi que Marcel não contasse nada, ele é um dedo-duro.

Eu sorri. Ela não disse mais nada, mas a mensagem foi registrada. Essa página era o "eu te amo" que ela não conseguia dizer.

Me lembrei dos poemas de Louis, ingênuos, simples, plagiados, mas de enternecedora sinceridade. Cartas anônimas, que não esperavam nenhuma resposta.

Um menino de 9 anos e uma garota de 12 acabavam de me dar uma lição. É possível ser amada incondicionalmente.

ANNA

Quando Marine bateu à porta do motorhome esta manhã, entendi na hora. Ela tinha os olhos vermelhos e segurava a barriga.

– Estão indo embora?

Ela não conseguiu responder. Balançou a cabeça e começou a chorar. Convidei-a para entrar.

– Está bem, mas rapidinho – ela soluçou –, preciso ajudar Greg na arrumação. Não queremos pegar a estrada muito tarde. Voltamos a nos ver?

As meninas tinham saído da cama, Lily com as sobrancelhas de descontente.

– Claro que vamos nos ver! Toulouse e Biarritz não ficam tão longe assim!

– Por que não terminam a viagem com a gente? – quis saber Chloé.

– Demorei para me acostumar com a ideia de ter um filho, mas agora estou pronta. Quero voltar para casa, contar para todo mundo e tomar todas as providências necessárias.

Marine abraçou minhas filhas.

– Vou sentir falta de vocês!

Juntei-me a ela, fazendo um esforço para não chorar.

– Foi muito bom conhecer vocês – murmurei, e senti a mão de Marine apertar meu braço.

Logo antes da partida, nos reunimos para as despedidas finais. O grupo todo se encontrou na frente do motorhome deles. O céu estava feio, combinava com o momento.

Eles demoraram para sair. Os abraços se eternizavam, as promessas se sucediam, as lembranças brotavam. Algo acabava.

Eu tinha a impressão de estar me despedindo de velhos amigos. Sem eles, não seria a mesma coisa. Lily disse que os melhores partiam primeiro, Françoise fingiu ofender-se, todo mundo riu. O riso é o melhor substituto das lágrimas.

O motorhome finalmente se afastou. Deixando um vazio imenso. Voltei para o nosso motorhome e guardei meu desânimo para mim mesma. Assim que entrei, o celular anunciou uma nova mensagem. Era Marine.

"Me esqueci de dizer: boa sorte com Julien!"

Ela já fazia falta.

O dia continuou com a visita a Bergen. Lily adorou o bairro de Bryggen, de casas coloridas coladas umas às outras e ruelas com chão de madeira. Ela chegou a decretar que todas as ruas deveriam ser cobertas de madeira, doeria menos para cair de bicicleta. Chloé não parou de suspirar quando pegamos o bondinho até o topo da colina, que tinha uma vista magnífica sobre a cidade. Essa menina nasceu para viajar. Paramos no mercado de peixes, onde compramos nossos sanduíches para o almoço. Pensei que Lily fosse chorar quando descobriu que os sanduíches podiam ser de carne de baleia.

As meninas dormiram cedo, mas não consigo pegar no sono. Penso em Marine, em Greg, nas pessoas que conhecemos pelo caminho e que têm um impacto maior na nossa vida do que as que fazem parte dela. Penso nos caminhos que se cruzam, nos que se descruzam. Nas minhas filhas que um dia vão sair de casa. Em breve. Preciso de ar.

Pego o celular e digito a mensagem. A resposta chega na mesma hora. Ele também não conseguia dormir.

Visto o casaco e as botas, saio discretamente. Julien já está na rua, o pijama aparece embaixo do jeans.

— Qual a emergência? — ele pergunta.

— Uma melancolia.

Ele sorri:

— Caminhamos um pouco?

— Sim.

A estrada não está iluminada, mas a claridade do dia se prolonga.

— O que a aflige?

— Ver minhas filhas crescendo. Sei que é uma bobagem, não podemos fazer nada, mas sempre que me lembro delas pequenas sinto vontade de chorar. Passa tão rápido...

— É, o tempo voa. Tenho a impressão de que Noah nasceu ontem.

— Bem isso. Sinto que nem aproveitei e que amanhã elas já vão sair de casa. Não consigo me conformar.

Assim que as palavras saem da minha boca, tomo consciência do que acabo de dizer.

— Ah, desculpe, Julien, sinto muito mesmo! Que ridículo eu me queixar porque minhas filhas estão ficando independentes...

— A verdade é que tenho a preocupação inversa. Meu filho nunca vai ser independente, nunca vai sair de casa e isso também me impede de dormir. Mas entendo você! Sinto falta dos meses em que ele cabia no meu abraço sem pisar nos meus pés.

Sorrio.

— Quando Lily tinha 5 anos, sua professora nos disse que ela era autista. Ela não interagia com os colegas, quase não falava, brincava com pedras e detestava ser tocada. Tive muito medo, mas, depois de alguns meses, os especialistas negaram o diagnóstico. Olhando para trás, acho que eu tinha muito medo de que ela fosse rejeitada, mas também, e tenho vergonha de admitir, de que ela não fosse uma menina normal.

— Sabe, não é tão terrível. Pelo contrário. Quando recebemos o diagnóstico de Noah, meu mundo caiu. Demorei a aceitar que meu filho não seria como os outros. Temos medo da diferença, então a rejeitamos. No fim, foi ele que me mostrou o caminho. Ele não está nem aí para zombarias, é impermeável à maldade. Ele não sofre, acho até mesmo que é feliz. Sim, talvez eu nunca possa ensiná-lo a construir naves de Lego ou vê-lo com uma namorada, mas ele tem amor por aquele pião, adora acompanhar o percurso da lua no céu, é apaixonado por relâmpagos. Ele me ensinou muita coisa.

Caminhamos em silêncio. Rumino minha ignorância, assimilo meus preconceitos. Eu também poderia dizer que Noah me ensinou muita coisa. A felicidade das minhas filhas deve ser a única coisa que importa.

Sugiro dar meia-volta, pois nos afastamos bastante.

Julien não responde. Ele fica de frente para mim e me olha com intensidade. Seu rosto está a poucos centímetros do meu. Ele coloca a mão na minha bochecha, seu polegar acaricia meus lábios. Seus olhos brilham de desejo. Ele se aproxima, sinto sua respiração quente na minha pele. Sua mão desliza até minha nuca e entra nos meus cabelos. Estremeço. Ele me puxa para mais perto e eu fecho os olhos quando sua boca encontra a minha.

AS CRÔNICAS DE

CHLOÉ

Meu pai não parava de telefonar, eu não atendia. Ele enviou uma mensagem para dizer que estava preocupado, que precisava receber algum sinal de vida. Liguei para ele e mostrei que estava bem viva.

— Não quero falar com você agora. Preciso de tempo para digerir.

Ele negou tudo, no início. Era mentira, ele era incapaz de levantar a mão para qualquer coisa, não conseguia nem matar uma aranha, aquilo então... Minha mãe é que estava mentindo, ela havia encontrado uma nova maneira de nos separar. Ele começou a chorar, mas parou quando contei que Lily se lembrava perfeitamente de suas ameaças.

— Foram poucas vezes — ele murmurou.

— Poucas vezes já é muito. E ainda matou Brownie! Tenho nojo de você!

Ele jurou que tinha mudado, que não era mais o mesmo homem, que tinha entendido seus erros. Sua voz tremia. A minha não, mas meu coração sim. Eu tinha vontade de consolá-lo e de cuspir na cara dele. Sentia raiva e pena. Desliguei pedindo para não me ligar mais, eu ligaria quando estivesse pronta. Ele disse que me amava. Respondi que eu também, mas não em voz alta.

Minha mãe me deixou passear sozinha por Bergen. Decidi pegar o ônibus. O estacionamento dos motorhomes ficava a meia hora de caminhada e eu não estava a fim de caminhar. Na parada, encontrei Louise. Pensei que, no final das contas, meia hora nem era tanto assim. Depois das gargalhadas por causa do bigode dela, começamos a nos dar melhor, mas não a ponto de passarmos o dia juntas. O problema é que ela me viu e perguntou se podia ir junto. Então fizemos a caminhada juntas, e o resto do passeio também.

Descansamos no Byparken, um grande parque cheio de flores e bancos, pedimos cigarros a um grupo de jovens. Um deles não parava de me encarar, e eu gostei.

— Você tem namorado? — ela me perguntou quando sentamos.

— Tinha, mas acabou.

— Que merda. Acabou acabado?

— Sim. Ele apareceu no Facebook com uma garota.

— Ui.

— Pois é. E você, tem alguém?

— Sim. Faz três anos. Vamos nos casar no ano que vem.

— Parabéns! Não me espanta.

Ela levantou as sobrancelhas, soltando fumaça:

— Ah, é? E por quê?

— Sei lá, dá para ver que você é uma garota séria, que se dá bem em tudo.

Ela riu, depois arregaçou a manga do casaco.

— Tão bem que errei essa.

Uma cicatriz novinha marcava seu pulso por dentro. Soltei o cigarro.

— Por que fez isso?

— Porque estava me sentindo péssima, tinha a impressão de estar no fundo de um poço e de nunca mais conseguir sair. O pior é que me sentia culpada porque tudo ia bem ao meu redor: tinha um namorado legal, pais fantásticos, boas notas, mas não sei, me sentia vazia. Tipo, nada mais me interessava. Como se eu estivesse presa num lugar bem longe dos outros, sozinha. Acho que não queria morrer de verdade, mas não me dava conta. Só queria acabar com minha tristeza.

– Imagino que seus pais não saibam de nada, eles parecem trabalhar bastante...

– Está brincando? Eles trabalham bastante, mas são muito presentes! Quando fiz essa cagada, eles largaram tudo para planejar essa *road trip*, eles sabiam que meu sonho era ver a aurora boreal. Estão convencidos de que a natureza pode me ajudar, que o dinheiro que temos me ocultou o sentido da vida.

– Diga a eles que, no meu caso, é a falta de dinheiro que o oculta.

Ela riu, eu também. Nossas vidas são o oposto uma da outra, o dinheiro não é um problema para ela, que também se sente importante para o pai e para a mãe, ela tem alguém que a ama, mas suas palavras poderiam ser as minhas. Presa. Vazia. Sozinha.

Voltamos logo antes do jantar, de ônibus. Fiquei me questionando sobre a vida o trajeto todo. Quando abri a porta do motorhome, minha mãe sorriu para mim, Lily pulou em cima do meu pescoço para dizer que precisava me contar uma coisa.

Talvez eu não esteja realmente sozinha.

Talvez seja apenas uma impressão.

Talvez esteja na hora de eu dar um golpe de jiu-jitsu nessa impressão.

LILY

8 de junho
Morn, Marcel,

Hvordan har du det? (isso quer dizer "Oi, Marcel, como vai?", em norueguês) (agora sei dizer algumas palavras em alemão, dinamarquês, sueco e norueguês – sou polígama!).

Comigo tudo bem, mesmo estando um pouco triste. A viagem está acabando, em três dias deixaremos a Noruega. Você se lembra de como pensei que Anna estivesse com um parafuso a menos quando saímos? Agora, eu queria que tivéssemos mais tempo, passou rápido demais. Deveríamos poder reviver nossos momentos preferidos. Mas, enfim, não adianta chorar sobre o leite derramado.

Passamos a noite perto das quedas de Langfossen, que Anna queria muito conhecer porque é uma das cascatas mais lindas do mundo. É verdade que era linda, era muito muito muito muito muito alta e desembocava no fiorde. Toda aquela água caindo parecia minha irmã chorando.

Como o tempo estava bom e logo nos despediríamos, Julien sugeriu que dormíssemos todos juntos, ao ar livre, em sacos de dormir – ele tinha colchonetes de espuma. Todos disseram que sim, menos os vovôs, porque seus ossos são mais frágeis que o chão, então nos instalamos ao lado do motorhome deles, para que eles ficassem um pouco com a gente. Foi a primeira vez que dormi sob as estrelas, sabia?

Fiquei entre Noah e Anna, que estava ao lado de Louise, que estava ao lado de seu irmão. Noah e eu olhávamos para o céu, que não estava completamente escuro, as estrelas não estavam brilhando porque o sol não estava apagando. Julien, que estava deitado ao lado do filho, não parava de contar piadas e todos os adultos riam. Depois, eles começaram a contar histórias de terror, fingi que estava bem, mas fiquei um pouco assustada. Françoise contou que uma velha senhora a havia seguido na rua, até sua casa, chamando-a de Michele, e, quando ela fechou as venezianas, a senhora estava no jardim. Bem na hora em que ela falou isso, ouvimos um estalo não muito longe, meu sangue gelou nas veias, nem quero lembrar. Depois, parei de prestar atenção naquelas histórias, peguei a mão de Noah e murmurei canções em seu ouvido, acho que ele gostou.

Não dormimos muito e, de manhã, todos continuavam no mesmo lugar, menos Anna, que estava ao lado de Julien porque ele tinha um travesseiro.

Sabe, Marcel, não vou dizer que agora gosto das pessoas, mas com essas aqui eu dormiria todas as noites.

Beijinhos,
Lily
P.S.: fiz um concurso com Edgar, de tocar o nariz com a língua, e quase ganhei, mas ele tirou a dentadura.

ANNA

No papel, a ideia parecia boa. Uma pequena caminhada para chegar a uma vista sem igual. Aceitável, até mesmo tentador. Todo mundo me garantiu: se eu perdesse Preikestolen, a falésia que ficava seiscentos metros acima do Lysefjord, perderia a viagem.

Todo mundo também me garantiu: a subida era fácil, possível para qualquer um.

Claramente, não sou qualquer um. Depois de dez minutos, já quero pulmões novos.

As meninas caminham como se estivessem no plano, poderiam estar assobiando. Noah quase corre. Sem falar em Louis, que parece um galgo.

Sim, é verdade, os lagos, cascatas e florestas que passam parecem bonitos. Mas, como Julien decretou que era melhor subir à noite para evitar a multidão e admirar o nascer do sol lá do alto, só posso imaginá-los. Não está totalmente escuro e estamos equipados com lanternas de cabeça, mas a única coisa que enxergo são as pedras sob meus pés.

Depois de meia hora, Françoise pede uma pausa. Sinto vontade de beijá-la. François sugere esperar um pouco mais para pararmos.

Nunca fui do tipo esportista. Meu trabalho era físico, várias vezes eu voltava para casa com dores nas costas. Aos 25 anos não era um problema, mas não tenho mais 25. Durante os últimos meses no restaurante, senti minha resistência diminuir. Eu ficava sem ar, estava sempre torcendo o pé. Eu tinha esgotado minhas reservas físicas.

– Tudo bem? – se preocupa Julien.

– Tudo bem – respondo, sem fôlego. – Melhor que Preikestolen corresponda à sua fama, senão quebro a cara dele.

Ele me oferece um pouco de água, rindo.

– Você vai ver, vale muito a pena. Estamos quase chegando. Quase.

Julien é um mentiroso. Tive tempo de torcer o pé umas dezoito vezes, cair duas vezes, pensar em morrer um milhão de vezes e sentir vontade de empurrar Louis no vazio outras tantas vezes. Trilhas escarpadas sucedem aos montículos de pedras, subimos e não paramos de subir, não sinto mais as coxas, as panturrilhas, a bunda, só sinto meu arrependimento por ter acordado à uma da manhã para isso.

– Precisa de ajuda, mãe? – Chloé oferece.

– Não, por quê?

– Não sei, parece cansada.

– Nem um pouco, estou em plena forma.

Em plena forma para quem está quase morrendo.

Dez minutos depois, é a vez de Lily diminuir a velocidade para me acompanhar. Espero uma pergunta em torno de uma necessidade de massagem cardíaca, mas não.

– Mãe, pode levar minha mochila? Estou com dor no ombro.

Meu instinto materno me faz aceitar.

– Que pesada! O que tem aqui dentro?

– Encontrei algumas pedras bonitas no caminho – ela responde, afastando-se num passo rápido.

Três horas.

Depois de três horas de esforços que deveriam me garantir algum título olímpico (ou alguma amputação), avistamos a famosa falésia. Preikestolen significa "o púlpito", pois o topo do rochedo é plano, como um terraço. Mais alguns passos e o alcançamos.

O céu está mais claro do que quando saímos, de um azul profundo que lembra os olhos de Chloé. Dois homens passaram a noite ali, em barracas. Deixo as duas mochilas caírem no chão, depois eu mesma desabo, os braços abertos. No céu, algumas nuvens dançam lentamente. Chloé senta ao meu lado.

– Mãe, levante, veja que lindo!

Levanto bem na hora em que os primeiros raios de sol surgem no horizonte.

– Lily, venha para cá!

Ela sussurra algumas palavras no ouvido de Noah e vem ao nosso encontro.

Lentamente, o sol emerge de seu esconderijo atrás das montanhas distantes. O céu se incendeia, a paisagem se cobre de ouro. Lá embaixo, o fiorde desperta. Os barcos são minúsculos, as árvores microscópicas. O vento fustiga nosso rosto. É espetacular. Dizem que subir o Preikestolen muda a vida das pessoas. Que é uma experiência transformadora, inesquecível.

Fico parada por um momento, a cabeça de Chloé no ombro, a mão de Lily nas mãos, e sou vencida pela emoção.

Minhas filhas.

Minhas bebês.

Minhas Preikestolen.

ANNA

— Viram, meninas? Nossa *road trip* se tornou uma metáfora da vida.

— O que é uma metáfora? — pergunta Lily.

— É uma comparação, uma imagem — responde Chloé. — Por que uma metáfora, mãe?

— Porque passamos por um arrombamento, uma pane, ataques de pânico, brigas, revelações sobre o pai de vocês, frio, cansaço, medo, mas o que vai permanecer, no fim, será a aurora boreal, o banho no lago congelado, o sol da meia-noite, a falsa gravidez, as cachoeiras, as fachadas coloridas, as gargalhadas, o karaokê, o pião de Noah, as noites a três, as cantorias a plenos pulmões no motorhome.

As meninas ficam em silêncio. Chloé passa os braços em torno do meu pescoço e me dá um beijo na bochecha. Lily sorri:

— Verdade, mãe, é uma bela fotófora.

ANNA

É nossa última noite antes da travessia de ferryboat que nos levará à Dinamarca e à França. Deitamos tarde, depois de relembrar cenas da viagem. Lily e Chloé conversaram na cama por um bom tempo, pensei que nunca fossem pegar no sono. É que tenho um encontro.

Com todo cuidado, prestando atenção à respiração das meninas, saio da cama, visto um casaco e saio do motorhome. Julien ainda não chegou. Fico à espera dele sorrindo comigo mesma, me sinto com a idade de minhas filhas.

Quando ele chega, com uma bolsa enorme, na ponta dos pés, é como se eu estivesse pulando a janela para encontrar meu namorado.

Decidimos não nos afastar demais, para ouvir as crianças, caso seja necessário. Encontramos um lugar a alguns metros de nossos veículos e, poucos minutos depois, nossa barraca está pronta, provida de um imenso saco de dormir, uma garrafa de vinho e chocolates. Ele pensou até mesmo nos travesseiros, para poupar nossas cervicais, já não tão jovens.

Não sei o que mais me excita. Se o fato de estar agindo escondida, de estar longe do meu cotidiano ou Julien. Depois de um único chocolate, nos atiramos um em cima do outro com avidez, nossas roupas voam. Suas mãos percorrem meu corpo, sua língua me devora, nossas peles se tocam, me sinto desejada, pressiono meu corpo contra o dele e suspiro em seu pescoço quando ele entra em mim.

— Foi mágico — sussurra Julien, acariciando minhas costas.

– Sim – respondo, ofegante, extasiada, com o rosto esmagado contra o tecido da barraca e uma pedra nas costelas.

Passamos a noite conversando, rindo, fazendo amor. Aninho-me em seus braços, preencho-me com seu carinho e com sua voz doce, sacio-me dele antes de me despedir.

– Precisamos voltar – ele diz, abraçando-me com força. – Noah vai acordar em breve.

Mergulho meu rosto em seu pescoço por mais alguns segundos e lentamente espreguiço meu corpo dolorido.

– Fiquei muito feliz de fazer essa viagem com você – ele murmura, levantando.

Acaricio seu rosto em silêncio. Uma carícia que significa eu também, pois estou com um nó na garganta e não consigo falar. Uma carícia que significa foi muito bom. Uma carícia que significa até logo.

AS CRÔNICAS DE

CHLOÉ

A despedida em Kristiansand foi difícil. Deveríamos pegar o ferryboat todos juntos, para voltar à Dinamarca e depois para nossa casa, mas na última hora minha mãe decidiu que queria nos levar, Lily e eu, para Oslo, a quatro horas de viagem. Nossos caminhos se separaram. Eu não estava pronta para isso.

Gosto do início dos relacionamentos. Conhecer pessoas, aprender a descobri-las, mostrar quem sou.

Não gosto do fim dos relacionamentos. Dizer adeus, perder o contato depois de ter caminhado junto.

Dei um grande beijo em Diego e agradeci por seus conselhos. Ele não imagina a que ponto eles mexeram comigo. Se eu tivesse um bisavô, gostaria que fosse como ele. Nunca vou esquecê-lo. Edgar parecia cansado. Prometi aos dois que escreveria. Sei que não vou cumprir a promessa, então beijei-os de novo.

Françoise e François me disseram que eu tinha feito muito bem à filha deles, que eu era uma jovem surpreendente. Tentei não demonstrar, pois jovens surpreendentes não choram, mas fiquei comovida.

Louise esperava sua vez, um pouco afastada. Estava se segurando, mas seus olhos atestavam uma tristeza profunda. Ela me deu dois beijos e, com a voz trêmula, disse:

— Foi legal conhecer você, sua vaca!

Abracei-a e adicionei-a aos meus amigos no Facebook.

Louis me entregou um envelope. Não o abri na frente dele, mas imaginei seu conteúdo. Beijei-o na testa e murmurei:

"Obrigada, pequeno poeta". Ele ficou todo vermelho e se engasgou.

Fui até Julien e Noah, que se despediam da minha mãe e de Lily.

Lily cochichou algo no ouvido de Noah, depois deu-lhe um beijo na bochecha e se afastou bruscamente na direção do resto do grupo.

Minha mãe tentava sorrir. Eu não ouvia o que Julien dizia, mas vi as mãos deles se tocando. O encantador de motorhomes me prometeu que nos veríamos em breve, eles não moram longe da nossa casa e Lily quer muito brincar com Noah. Não ousei lhe dar um abraço, então disse apenas que seria legal, e deixei-os a sós pensando que sentiria falta de suas camisas de lenhador.

Todos acenaram para nós vigorosamente quando nosso motorhome pegou a estrada para Oslo. Minha mãe começou a chorar. Lily também. Eu também.

ANNA

Eu não queria voltar. Queria dar meia-volta, regressar ao Cabo Norte, pegar a estrada de novo, mas o envelope está quase vazio. Precisamos tirar a fantasia e vestir o uniforme.

Chloé tentava nos consolar, dizendo que não deveríamos ficar tristes, mas felizes por termos vivido aqueles momentos. Lily disse que a vida era uma grande avarenta por passar tão rápido. Não respondi. No fundo, Chloé tinha razão. Eu tentava ver as coisas com leveza, mas a nostalgia pesava sobre meus ombros. Teremos vários outros momentos felizes, as três, não tenho dúvida. Mas esses aqui, esses que acabo de compartilhar com a Chloé de 17 anos e com a Lily de 12 anos não voltarão. Eles são únicos, diferentes dos anteriores, diferentes dos próximos. Agora não passam de recordações. Tentei várias vezes apertar no botão do pause, mas não funcionou. Nunca vou me cansar delas.

A fim de proporcionar-nos um bônus de dois dias, me lembrei de um artigo que havia lido sobre um parque de Oslo.

Depois de dirigir quatro horas desfiando lembranças, chegamos a Oslo no início da tarde. Levamos mais uma hora para encontrar um lugar para estacionar.

– Era melhor quando Julien estava junto – Chloé suspirou.

Contive-me para não concordar com muita ênfase.

– É esse o Vigelandsparken? – pergunta Lily quando cruzamos o portão.

– É esse mesmo.

Seguimos a trilha, paramos para admirar as obras. O parque é pontuado por esculturas de Gustav Vigeland que representam mulheres, homens e crianças de tamanho gigantesco, sempre nus.

– Que loucura, parecem de verdade! – se espanta Chloé.

Ela tem razão. Os rostos são expressivos, os corpos são realistas. São cenas do cotidiano, ora engraçadas, ora pungentes, como o velho que segura a mulher debilitada nos braços, o casal que recebe o filho, a mulher que consola outra com a mão em sua cabeça, a criança furiosa, as duas senhorinhas, uma com a mão na boca, como se tivesse se esquecido de algo, as três pessoas que formam a roda da vida. Cada obra emana uma emoção, mas Lily, Chloé e eu somos tocadas pelas mesmas. Uma mãe que segura o bebê nos braços, a alegria iluminando seu rosto. Uma mãe que consola o filho que chora, as mãos na frente do rosto. E, principalmente, a mãe que caminha, os cabelos compridos esvoaçando atrás dela, e segura o torso do filho contra o rosto, o pequeno abraçando o pescoço da mãe e descansando a cabeça na dela. Ficamos paralisadas ao vê-la. As meninas não dizem nada, mas acho que sentimos a mesma coisa. A força dessa mulher, sua angústia, o amor pelo filho, o laço indissolúvel, maior do que tudo que possa acontecer. O laço entre uma mãe e seu filho, entre aquela que mais o amará e aquele que será seu maior amor.

Voltamos tarde, depois de comer arenque defumado no porto de Oslo e passear pelas ruas animadas em busca de uma alegria que não encontramos. O céu combina com nosso humor, cospe em nós, nos leva a apertar o passo. Chegamos ao motorhome encharcadas. Mal temos tempo de trocar de roupa quando uma violenta tempestade começa.

– Estou com medo – murmura Chloé, escondendo-se embaixo da coberta.

– Não precisa ficar, logo vai passar – digo, esperando soar verossímil.

Nós três nos aconchegamos na cama. Não ouço a tempestade rugindo e a chuva batendo no teto, não vejo os relâmpagos. Sinto o movimento dos pés de Lily, a respiração de Chloé no meu pescoço, o aroma de baunilha dos seus cabelos, sinto o calor das duas contra o meu corpo. Sinto meus braços formigarem sob o peso de minhas filhas e meu coração se encher de felicidade.

Pronto, acho que conseguimos fazer as estrelas voltarem a brilhar.

AS CRÔNICAS DE

CHLOÉ

Acordamos cedo, tínhamos combinado de continuar a visita a Oslo. Não dormimos muito, a tempestade demorou para passar.

— Mãe, espero que esteja orgulhosa de si mesma! — Lily disse de repente, no café da manhã.

— Por que diz isso?

— Ora, porque passamos por uma tempestade, estávamos sozinhas e você nem teve um ataque de pânico.

Minha mãe não respondeu, mas vimos que estava muito orgulhosa.

Estávamos saindo do motorhome quando o celular tocou. Minha mãe atendeu, mas não consegui adivinhar com quem estava falando, não era alguém que ela conhecesse bem, sua voz estava um pouco dura, mas também não era alguém de quem não gostasse.

— Era o diretor do seu colégio — ela disse ao desligar. — Precisamos conversar.

Então conversamos. O senhor Martin queria nos lembrar de que a primeira prova do exame final do ensino médio seria em três dias e ele queria saber se eu não havia mudado de ideia. Minha mãe me fez a mesma pergunta várias vezes durante a viagem, mas nunca mudei de ideia. Para quê? O único motivo pelo qual minha recusa não era categórica era porque queria agradar mamãe. Não era um motivo bom o suficiente.

— Tem razão, não é um motivo bom o suficiente — ela concordou. — Você precisa fazer as coisas por si mesma.

— Exato. E, por mim, não vejo por que fazer o exame.

258

Ela sorriu.

– Talvez ajude na busca de emprego na Austrália.

– Hein?

– Você passa no exame e depois viaja. Combinado?

– Mas como você...? Foi Diego que me dedurou?

Ela não disse que não, mas seu sorriso não negou.

– Não vou viajar – declarei.

– Chloé, está fora de questão você sacrificar seus sonhos por mim. Não preciso de você, só preciso saber que está feliz, mesmo que do outro lado do planeta. Além disso, sempre sonhei ver a Grande Barreira de Coral. E você, Lily?

– E cangurus! E coalas! Quando você viaja?

Mamãe continuou:

– Vamos dar um jeito. Mas, primeiro, você precisa fazer o exame final do ensino médio. Temos dois dias para percorrer o trajeto de volta, não podemos perder mais nenhum minuto.

Não tive tempo nem de digerir tudo aquilo e já estávamos a bordo do ferryboat que nos afastava da terra firme. Fixei os olhos na Noruega até perdê-la de vista. Queria dar o adeus que ela merecia.

Voltei para o motorhome e mergulhei no celular, para não precisar lidar com meus pensamentos. Kevin tinha acabado de me enviar uma mensagem.

"Eae, quando volta?"

Escondi a tela, para minha mãe não ver, digitei uma mensagem e enviei.

"Oi! Chego depois de amanhã. Pq?"

A resposta não demorou:

"Queria te ver. Posso passar na tua casa?"

Refleti por alguns minutos, pensei nas palavras da minha mãe, nas palavras de Diego, no olhar de Kevin, nas poesias de Louis, no diário de Lily, nas mãos de Kevin e respondi que sim.

LILY

13 de junho
Querido Marcel,

A viagem acabou. Estamos quase na Alemanha, Anna dirige o tempo todo, quase não paramos, precisamos chegar a tempo para o exame final do ensino médio.

Estou muito muito muito muito triste, sabe. Não que eu não gostasse da nossa vida de antes, mas não é a mesma coisa. Anna estava sempre trabalhando, minha irmã não falava comigo e ficava o tempo todo no quarto, e eu ainda precisava ir para a escola. Espero que as coisas mudem de verdade, Anna prometeu que não trabalharia mais à noite e Chloé mudou. Ainda bem, porque ela estava degringolando.

O mais difícil foi a despedida de Noah. Já estou com muita saudade. Ele não falava, mas eu entendia tudo o que ele me dizia. Eu sei que ele também me entendia. Eu disse que ele era a melhor pessoa que eu tinha conhecido em toda minha longa vida e dei um beijo nele, ele não recuou e tive a impressão de que estava sorrindo. Enfim, vou parar de falar, porque meus olhos estão embaçados.

Lembro quando o pai dele nos disse que ele era diferente, mas ele está enganado. Ele não é diferente, ele é melhor.

Anna perguntou se eu queria voltar para a escola, só tenho mais uma semana de aulas, porque depois começa a semana de provas. Pensei bem e disse que sim. Se eu ficar em casa, vou ter que matar tempo e não gosto de violência.

Tenho que ir, meu pequeno Marcel, quero olhar para a estrada.

Um beijão,
Lily
P.S.: você está quase no fim, mas nunca vou abandoná-lo.

ANNA

É estranho voltar para casa e não se sentir em casa. O apartamento está mergulhado na penumbra, e quente. Fecho a porta atrás de nós, o silêncio se impõe. Não há vento, não há pássaros, não há barulho de motor.

– Fazemos o quê, agora? – Lily pergunta.

– Abrimos as venezianas.

Deixamos o ar entrar por todas as janelas, fazemos várias idas e vindas entre a garagem e o apartamento, que aos poucos se enche de sacolas, lembranças, comida, vida. Os trolls comprados nas Lofoten vão imediatamente para o lugar acima da televisão. Lily alinha suas pedras no tapete da sala.

A caixa de correio está cheia, coloco seu conteúdo em cima da mesa sem abrir. Chloé vai se fechar no quarto para estudar. Ela sai três minutos depois e senta no sofá. Olho para as malas, que esperam ser esvaziadas, e sento ao seu lado.

– Precisa de ajuda?

– Não, tudo bem. Mas estou com um pouco de fome.

Dez minutos depois, a massa está pronta. O fogão fica completamente sujo, eu já tinha me acostumado com a pequena placa elétrica do motorhome. Abrimos uma lata de arenques e comemos em silêncio, sentadas no chão em torno da mesinha de centro.

Deitamos cedo, amanhã Chloé tem a prova de filosofia e Lily volta à escola.

Lily só tem o nariz e os olhos para fora da coberta.

– Não está com calor?

– Sim, mas é para me lembrar de lá.

Beijo sua testa e desejo boa noite.

– Mãe, pode deixar a porta aberta, por favor?

Chloé, deitada de barriga para baixo, está concentrada em suas fichas de revisão.

– Você precisa descansar.

– Repasso uma última vez a matéria e apago a luz, prometo.

– Boa noite, filhota.

– Boa noite, mãe.

Entro no meu quarto com um nó na garganta. Um corredor e uma sala nos separam, não vou ouvir a respiração delas essa noite. A cama me parece imensa, deito bem na beira.

Estou quase nos braços de Morfeu quando leves sons de passos chegam até mim. Minha porta se abre e o vulto de Lily aparece. Depois, o de Chloé. Rolo para o meio da cama e abro os braços. Lily à esquerda, Chloé à direita, bem juntinhas de mim. Agora podemos dormir.

AS CRÔNICAS DE

CHLOÉ

Fiquei com dor de barriga. Minha mãe foi buscar pão e frutas, e preparou um bom café da manhã, mas não consegui comer. Ela colocou uma banana na minha bolsa.

Peguei o ônibus com Lily, sentei com Karim e Inês, ela com Clélia. A escola de Lily fica antes do meu colégio, ela me envia um beijo antes de descer.

Era estranho meu corpo estar ali, como se minha mente ainda não estivesse totalmente presente. Observei todas as pessoas com quem fazia o mesmo trajeto há tantos anos e que eu não conhecia. O moreno alto, com a camiseta de Star Wars e o headphone, a menina de óculos e ar tímido, a que sorria o tempo todo e mexia no cabelo sem parar. Será que eu teria me dado bem com eles se tivéssemos feito uma *road trip* juntos? Será que teríamos descoberto um monte de coisas em comum? Frequentemente perdemos amizades?

Meu pai me enviou uma mensagem para dizer que pensava em mim e que estava cruzando os dedos. Agradeci e acrescentei "beijo".

— Olha quem voltou dos mortos!

Toda a turma estava no pátio. Um círculo se formou ao meu redor.

— Então, como foi?

— É verdade que foi para o Polo Norte?

— Viu ursos-polares?

— Por que foi viajar?

Dei respostas curtas, mostrei algumas fotos, embora ninguém parecesse entender. Todos falavam de seus planos, dos cursos que pretendiam fazer, das esperanças que tinham e, pela primeira vez, não tive a impressão de que éramos crianças agindo como adultos. Já tínhamos chegado lá. Era hora de abrirmos as asas.

"Pode-se pensar sem os outros?"

Foi o tema da redação. Minha mãe tinha certeza que não, Lily decretava que sim. Felizmente, consegui expor minhas ideias com mais argumentos.

Passei pela padaria antes de voltar para casa. Kevin estava colocando uns bolinhos no forno, sorrimos um para o outro. Ele mudou o corte de cabelo, ficou legal. Logo nos veremos de novo.

Minha mãe estava à minha espera com informações sobre a Austrália. Ela encontrou uma organização que se ocupa de pedir os vistos, de encontrar uma família anfitriã até a mudança para um local adequado, das escolas de inglês, e que oferecia pequenos empregos. Bastava esperar a maioridade, no mês que vem.

– É o *Working Holiday Visa* de que você tinha falado – ela disse. – Você faz aulas, trabalha para pagar as contas por lá e, no resto do tempo, passeia! Pode até mesmo mudar de cidade quantas vezes quiser.

– É por um ano, não?

Ela assentiu.

Lily fazia a lição de casa ao lado. Quando viu que eu tinha comido as duas pontas da baguete, ficou furiosa.

– Você roubou as pontinhas!

Não respondi, mas ela ainda não tinha acabado de reclamar.

– Só pensa em si, egoísta!

– Ei, não venha me encher o saco por causa de um pedaço de pão!

– Meninas, acalmem-se – minha mãe pediu.

– Não fiz nada – respondi –, é Lily que está à flor da pele.

– Não sou uma flor! Só disse que você estava sendo egoísta, e é verdade!

Ela foi para o quarto e bateu a porta, caso ninguém tivesse entendido. Minha mãe deu de ombros.

– Espero que não tenha acontecido nada na escola.

Fui falar com Lily em seu quarto, depois de alguns minutos. Ela estava dentro do guarda-roupa, sentada entre um casaco e um vestido.

– O que está fazendo aí dentro?

– Nada.

– Podemos conversar?

– Não.

– Quer que eu saia?

– Não.

– O que você quer?

– Não quero que você vá embora.

LILY

17 de junho
Querido Marcel,

Espero que tudo bem com você, comigo sim e não ao mesmo tempo.

Anna ainda não desfez as malas, elas estão por toda a casa. Ela diz que não tem tempo, mas acho que ela não quer desfazê-las porque depois disso teremos voltado de verdade.

Fomos devolver o motorhome de vovô, ele ficou feliz de nos ver, principalmente porque o motorhome não tinha nenhum arranhão.

Eles queriam saber tudo, contamos quase tudo, mas guardamos segredo sobre meu rato Mathias, nunca vou confessar, mesmo que tentem me arrancar a verdade pelo nariz. Eles gostaram dos trolls que trouxemos, mas detestaram os arenques fermentados. Mostramos um monte de fotos do celular da minha mãe, até mesmo vídeos das cascatas, mas francamente não vejo o interesse disso, porque não tem nada a ver com a realidade. É como ver alguém comendo, continuamos com fome.

Falando nisso, vovó Jeannette preparou waffles, comi quatro, um com açúcar, um com geleia, um com chocolate, outro com tudo ao mesmo tempo, minha barriga estava apenas cobrando os atrasados. Ainda bem que os waffles não estavam muito bons, porque senão nem quero pensar.

Chloé falou da Austrália, estou começando a me acostumar com a ideia, embora espere que ela seja atacada por um crocodilo e precise voltar. Mesmo com uma perna a menos, continuará sendo minha irmã.

Gosto de visitar meus avós, mas também gosto de ir embora, porque nunca me sinto muito bem na casa deles. Acho que é por causa dos móveis grandes e escuros, e dos quadros bordados à lã de Jeannette. No da sala, ela bordou um cachorro, ele parece ter batido o focinho na parede várias vezes. E sem falar do grande relógio que faz tic-tac, e das toalhinhas de crochê. Enfim, tenho a impressão de estar numa casa da Idade Média, e não da terceira idade. Espero que, quando eu for velha, não seja velha.

Viu como precisei escrever com letrinhas bem pequenas? Não quero que você acabe, mas sobraram poucas páginas. Quem sabe escrevo só as consoantes?

Beijinhos, Marcel, força aí!
Lily
P.S.: sem P.S. hoje, para poupar espaço.

ANNA

O senhor Raposo chega na hora marcada, de pasta na mão e sorriso forçado no rosto.

– Bom dia, senhora Moulineau – ele diz, estendendo a mão. – Sua filha não está?

Dou uma risada por dentro, me lembrando da acolhida de Lily.

– Não, não se preocupe.

– Não estou preocupado.

Sentamos na sala. Ele escolhe várias folhas de um dossiê e as coloca em cima da mesa.

– Como expliquei por telefone, o banco bloqueou seus saques, o montante da dívida aumentou. Encontrou alguma solução, senhora Moulineau?

Ontem, me candidatei para uma dúzia de empregos, em áreas variadas: faxineira, cuidadora, secretária. Uma firma de limpeza me telefonou. A moça disse que meu perfil interessava para faxinas em casas particulares. Os horários são flexíveis, é possível trabalhar em tempo parcial ou integral, e o pagamento é um salário mínimo. Vou lá amanhã para fazer um teste: limpar uma sala e passar algumas roupas, mas a moça disse que era apenas uma formalidade.

Fiz as contas. Com aquele emprego, eu ganharia menos que no restaurante. Mas ainda tinha uma carta na manga. Peguei o celular e disquei antes de mudar de ideia.

– Mathias, é a Anna.

– Oi, Anna! Como vai?

Sua voz soou alegre, como se fôssemos velhos amigos, como se nada tivesse acontecido.

– Tudo bem. Você sabe que sempre tentei entender o que aconteceu, que nunca quis ser dura ou fazer você pagar qualquer coisa, eu...

– Ai, ai, ai! Começou mal!

Sua voz ficou mais dura. Engoli em seco. Mesmo do outro lado da França, mesmo sete anos depois, ainda sinto medo dos seus punhos.

– Mathias, você sabe que trabalho um monte para conseguir pagar as contas, não aguento mais. Nunca pedi nada a você, eu sabia que não estava trabalhando e que também passava por dificuldades, não queria acrescentar mais essa obrigação, mas parece que agora você está ganhando bem a vida, então...

Ele soltou uma risadinha sem nenhum humor.

– A pequena viagem a deixou zerada e agora quer fazer a limpa no ex, é isso?

Não respondi. Onde eu estava com a cabeça?

– Mathias, você sabe que esse dinheiro não é para mim. Você é pai das meninas, mesmo não morando com elas, precisa suprir suas necessidades. Eu poderia ter pedido a um juiz que o obrigasse a fazer isso desde o início, mas...

– Quanto? – ele me interrompeu.

– Acho que...

– Chloé está grande, pode trabalhar, mas posso dar algo por Lily. Vou me informar e dou um retorno.

Uma hora depois, ele me enviou uma mensagem dizendo que me passaria 200 euros por mês, em troca de poder visitá-las de tempos em tempos. Aceitei, com a condição de estar junto durante os encontros.

O senhor Raposo tosse e me tira dos meus devaneios. Ele está à espera da minha resposta.

270

– Não posso pagar tudo de uma só vez, como o senhor gostaria, mas me comprometo a retomar as mensalidades e, pelo atraso, posso dar-lhe 100 euros por mês.

Ele soltou um longo suspiro.

– Senhora Moulineau, faz três meses que faço meu cliente esperar prometendo que a senhora saldaria a dívida.

– Eu sei, mas é o máximo que posso oferecer.

– Isso me deixa numa situação muito delicada...

– Sinto muitíssimo.

– Teremos que dar início a um procedimento legal para obter uma injunção de pagamento – ele anuncia, levantando-se. – Lamento ter confiado na senhora.

– Juro que não estou agindo de má-fé, pagarei todas as mensalidades em seu devido tempo. Tenho certeza de que o senhor pode convencer seu cliente de que um pagamento garantido, mesmo a longo prazo, é a melhor solução.

Ele se dirige à porta, me ignorando. É o momento de sacar a arma secreta que Françoise me passou.

– Senhor Raposo, aconselhei-me junto a uma advogada que me explicou que, com meus rendimentos e encargos, se eu apresentasse um pedido de insolvência pessoal junto ao Banco da França, ele seria aceito e uma moratória poderia ser concedida até que minha situação melhorasse. A dívida seria congelada, portanto. Não desejo chegar a esse ponto, contraí essa dívida e pretendo pagá-la, mas o senhor precisa confiar em mim.

Ele gira a maçaneta sem dizer nada, depois se vira.

– Posso lhe fazer uma pergunta?

– Claro.

– Há cerca de três meses, marcamos um encontro porque a senhora afirmou ter a quantia necessária para saldar a dívida integralmente, mas desistiu. Era mentira, não é mesmo?

– Não, eu tinha mesmo a quantia necessária.

– Mas então não entendo! Por que não aproveitou para se livrar dessa dívida?

Penso na melhor maneira de formular minha resposta, mas ela sai sozinha:

– Porque ela me permitiu fazer algo mais importante.

LILY

20 de junho
Querido Marcel,

Espero que consiga me ler. Não vou escrever só com consoantes, no fim das contas, porque seria difícil demais de entender, então escrevo com letras bem pequenas.

Eu só queria contar que estou muito feliz. Essa tarde, fui à casa de Clélia. Seu pai me perguntou se eu tinha conhecido algum viking e depois voltou para a televisão, então pudemos ficar sozinhas com os ratos. Rasura e Dentinho tiveram outros bebês enquanto eu estava fora, e Clélia guardou um para mim porque ela me conhece.

Nem vou contar como precisei lutar para fazer Anna aceitar, ainda bem que tenho bastante munição, consegui fazê-la entender que era muito muito muito importante para mim. Enfim, precisei prometer que não o tiraria do quarto quando ela estivesse no apartamento, mas tenho certeza de que ela vai se acostumar com ele. Eu queria que você adivinhasse o nome dele, mas não tenho espaço suficiente, então vou dizer: ele se chama Tralalá. Agora, aliás, está caminhando na página da esquerda, espero que vocês se entendam. Ah, Chloé telefonou para Diego e Edgar para saber como foi a volta. Guardamos o segredo até o fim, mas queríamos saber como estavam. Na verdade, por causa do cartão do banco e do GPS, todos sabiam onde eles estavam, nem precisaram procurar por eles. O diretor, no fim, nem prestou queixa, mas não os quer mais em seu lar de idosos. Eles vão precisar encontrar outro e, ao que parece, será difícil ficarem juntos. Eu, Marcel, estou adorando usar o creme antirrugas da minha mãe, assim não envelheço.

Bom, preciso dormir, amanhã tenho aula (vou tentar dormir na minha cama hoje). Estou contente, as coisas vão bem com Juliette e Manon, elas agem como se eu não existisse.

Beijinhos, Marcel.
Lily
P.S.: Tralalá pede desculpas, o xixi não foi de propósito.

ANNA

Minha avó está sentada junto à janela, na cadeira de rodas. Estava esperando por nós. Ela ficou feliz quando adiantei minha visita em um dia, para as meninas virem junto. Um dia a menos em sua agenda da solidão. Abraço-a com força, suas bochechas estão frias. Lily lhe dá um beijo e oferece uma pedra escura.

— Bisa, eu trouxe isso do Cabo Norte!

Minha avó fica emocionada, acaricia a pedra como se fosse um diamante. Chloé pega sua mão e cochicha alguma coisa.

— Não fiz nada de mais — ela responde baixinho.

— Ah, sim, vovó! — protesto. — A senhora fez muito.

Ela dispensa o crédito com um modesto gesto e volta nossa atenção para os biscoitos que estão em cima da mesinha auxiliar.

— Sirvam-se, foi a netinha da senhora Duport que fez!

— Não, obrigada — agradece Chloé —, estou me cuidando um pouco, engordei dois quilos.

— E ficou muito bem, está mais bonita que da última vez que nos vimos!

Lily concorda com a cabeça, mordendo um biscoito. Ela o larga na mesma hora, com uma careta.

— São biscoitos de cimento ou o quê? Quase perdi a dentadura!

— Semana passada eles estavam bons — espanta-se vovó. — Bom, agora me contem tudo! Guardo uma lembrança excelente da Noruega, vocês gostaram?

Deixo as meninas falarem, vovó já ouviu minhas impressões, eu ligava ao menos uma vez por semana. Elas comparam experiências, suas emoções são quase idênticas apesar dos 60 anos que as separam.

– O que vocês preferiram?

– Difícil – responde Chloé –, gostei muito de muitas coisas... Talvez a aurora boreal. Ou Prekestolen. Não, não, já sei! O que mais gostei foi estarmos as três juntas.

– Bom, eu, minhas preferidas foram as baleias! – declara Lily.

Minha avó dá uma gargalhada, as meninas a imitam. Observo-as e saboreio a sorte de estar cercada pelas três mulheres sem as quais eu não seria quem sou. Só falta uma, mas ela está em cada uma de nós.

Ficamos até a hora do jantar, servido no refeitório. Dou um beijo em minha avó.

– Volto semana que vem, vó.

– Eu também! – exclama Lily. – Mas jogue fora esses biscoitos, eles são perigosos.

– Eu também – acrescenta Chloé.

Minha avó fica no céu. Ela nos segue com o olhar até sairmos do quarto. As meninas saem primeiro. Puxo a porta quando a ouço chamar bem baixinho. Entro de novo e vejo que ela está com uma expressão conspiradora.

– Então, tem notícias dele? – ela murmura.

– Eu ia mesmo ligar para ele ao sair.

– Você vai contar para as meninas?

– Ainda não sei.

Ela esfrega as mãos, parece ter 10 anos embaixo de todas as suas rugas. Mostro a língua e fecho a porta.

Cinco toques. Estou quase desistindo quando ele atende.

– Oi, Anna!

– Oi, Julien! Tudo bem?

LILY

25 de junho
Meu queridissíssimo Marcel,

É a última vez que escrevo, estou muito triste. Tenho a impressão de que estamos juntos desde sempre, e agora preciso deixá-lo porque você não tem mais espaço. Eu não devia ter usado uma letra tão grande no início, devia ter falado menos. Aprendi a lição.

Bom, antes vou contar as novidades. Depois me despeço como convém.

Primeiro, estou feliz demais porque nesse final de semana vou visitar Noah. Anna ligou para o pai dele, que acha uma ótima ideia voltarmos a nos ver. Estou com um pouco de medo que ele não me reconheça, mas vou murmurar canções para ele, como quando dormimos ao ar livre, vai refrescar sua memória. Em todo caso, mal posso esperar para vê-lo, porque procurei bem na escola e não encontrei ninguém como Noah.

Falando em escola, foi incrível. As gêmeas não tinham se esquecido de mim. Só estavam esperando a hora certa. Foram atrás de mim no vestiário da educação física, eu estava mudando de roupa, estava com as calças nos tornozelos. Juliette disse que eu era uma dedo-duro, que por minha culpa sua irmã tinha sido suspensa por três dias. Manon acrescentou que preferia que eu nunca mais voltasse. Respondi que não tinha nada a dizer, que não ia comprar gato por bugalhos, mas elas começaram a rir e continuaram zombando da minha cara. Todo mundo olhava para nós, mas ninguém fazia nada. Elas me disseram que era para eu parar de bancar a engraçadinha, que eu tinha cara de bunda, principalmente com os cabelos curtos, que minha mãe deveria me jogar na privada. Então eu disse para não falarem da minha mãe, mas elas continuaram, disseram que ela era gorda, que era pobre, e meus olhos começaram a arder. Quase respondi que a mãe delas era tão pequena que tinha a cabeça com cheiro de chulé, mas, de repente, me lembrei do conselho de Françoise. Responder à maldade com um elogio.

Olhei para Manon, que estava me dizendo coisas horríveis, abri um grande sorriso e agradeci. Ela me perguntou por quê, expliquei que sua gentileza me comovia muito, que o mundo precisava de mais gente como ela. Todo mundo começou a rir, então ela ficou ainda mais irritada. Sua irmã gritou que eu era completamente louca, e eu, delicadamente, disse que ela era muito bonita, principalmente quando sorria. Ah, daí sim ela ficou possessa, você tinha que ver! Todo mundo estava morrendo de rir, elas resmungaram mais alguns insultos e depois foram fazer outra coisa. Bom, elas começaram tudo de novo na aula de matemática, elas não vão parar sem mais nem menos, não vamos sonhar, mas agora sei como responder. Sério, Marcel, se um dia alguém fizer uma tomografia na cabeça delas, vai levar um susto.

Enfim, espero que esteja orgulhoso de mim. Eu, em todo caso, estou orgulhosa de você e fiquei muito feliz de passar quatro meses da minha vida ao seu lado. Quatro meses importantes.

Vou sentir muito a sua falta, mas não vou abandoná-lo, só não poderei mais conversar com você. Vou guardá-lo para sempre, mesmo quando estiver morando num lar de idosos, como a bisa. Você é o melhor diário do mundo, nunca vou esquecê-lo. Obrigada por tudo, meu pequeno Marcel querido.

Lily
P.S.: eu te amo.

AS CRÔNICAS DE

CHLOÉ

Minha mãe trabalhou o dia inteiro, foi a primeira vez desde que começou a fazer faxinas. A empresa já lhe passou vários trabalhos, ela acha que logo estará trabalhando em tempo integral. Lily passou o dia na casa de Clélia.

Acordei tarde, fazia tempo que isso não acontecia, o estresse dos exames finais está diminuindo agora que as provas acabaram. Fui fazer umas fotocópias para dar entrada no meu pedido de visto, depois voltei para me arrumar.

Alisei os cabelos, sei que ele adora. Coloquei um pretinho básico, sapato de salto e batom vermelho. Ele chegou atrasado, mas com bolinhos.

– Oi, Chloé.

– Oi, Kevin, entre!

Ele olhou para a parede do corredor, que enchemos de fotos da viagem. Ele parecia desconfortável, eu também. Minhas pernas tremiam.

– Parece que foi legal!

– Foi incrível. Quer beber alguma coisa?

– O que você tem?

– Água.

– Então um copo d'água.

Sentamos no sofá, ele colocou a mão na minha perna.

– Estou feliz de ver você. Desculpe por minha mãe...

– Sim, ela pisou na bola.

– Eu sei. Está com raiva de mim?

– Um pouco. Mas você sabe o que fazer para ser perdoada...

Ele chegou bem perto de mim e me beijou. Sua mão subiu por dentro do meu vestido. Ele estava com cheiro de pão quente.

– Quer ficar aqui ou vamos para o quarto? – ele perguntou.

– Prefiro ir para o quarto.

Ele me seguiu. Assim que fechei a porta, ele me beijou com ardor. Arrancou meu vestido, eu tirei seu jeans. Suas mãos acariciaram minhas costas, meu sutiã abriu, tirei a camiseta dele, ele gemeu. Ele devorou meu pescoço e agarrou meus seios, tirei sua cueca. Empurrei-o para a cama, ele ficou à espera, com um olhar febril. Pegou minha mão e me puxou.

– Vem.

– Espere – respondi. – Tenho uma surpresinha.

Ele sorriu, excitado. Saí do quarto e me fechei no banheiro. Saí alguns minutos depois, correndo.

– Kevin, vem logo! – gritei. – Rápido! Alguma coisa está pegando fogo, as chamas estão imensas, precisamos correr!

Ele se ejetou da cama como um CD e tentou pegar algumas roupas, mas eu o puxei pelo braço.

– Rápidooooo! Vamos morrer! Esquece essas roupas!

Puxei-o para o corredor, gritando. Assim que abri a porta, ele correu para a escada do prédio. Levou um andar para entender. Voltou, tentando esconder as partes íntimas, e me lançou um olhar de quem não estava entendendo nada.

– Fique feliz que deixei as meias – eu disse, sorrindo.

Fechei a porta à chave e liguei para Louise para contar tudo.

ANNA

Lily insiste em bater na porta. Depois de doze batidas, esta se abre e revela Julien. Seu sorriso provoca o meu.

Lily o cumprimenta, procurando Noah com os olhos.

— Ele está na sala, entrem!

Minha filha entra, me vejo sozinha com Julien. Ele não me dá tempo de hesitar, me beija nos lábios e me leva para dentro do apartamento.

Lily está sentada ao lado de Noah. Ele se balança para a frente e para trás.

— Noah, é a Lily. Está me reconhecendo? Lembra que fomos para a Suécia, para a Finlândia e para a Noruega, eu ia até seu motorhome e brincávamos de pião?

O menino não reage, tem os olhos fixos na televisão, que mostra imagens de natureza. Lily se levanta e tira do bolso o ioiô luminoso que me pediu para comprar no caminho. Sem olhar para Noah, que acompanha seus gestos, ela começa a brincar.

— Vem, vamos deixá-los — murmura Julien, me puxando para fora da sala.

Nós nos instalamos no terraço da cozinha, em torno de uma mesinha verde.

— Estou feliz de vê-la.

— Eu também.

— É difícil sem você, me acostumei a certas coisas.

Sorrio. Ele coloca a mão sobre a minha.

— Amo você, Anna — ele murmura.

Meu coração acelera, como sempre quando ele me diz isso.

— Também amo você. Com todo meu coração.

Ele acaricia minha mão.

– Você acha que está na hora de contar para eles?

– Acho que sim. Minha avó não aguenta mais, quer logo saber a reação das meninas.

– Você acha que vão aceitar bem?

– Tenho certeza. Tenho a impressão de que gostam de você. Enfim, pode ser que Chloé peça para eu jogar fora suas camisas.

Ele ri.

– Sabe que dia é hoje? – ele pergunta.

– Claro que sei.

– Feliz aniversário, meu amor.

– Feliz aniversário, querido. Um ano, já...

DOIS MESES ANTES

ANNA

5 de abril

Quando chegamos ao estacionamento de Hamburgo, sabia que Julien estaria lá. Foi difícil conter o riso ao ver sua cara. Eu estava brigando com o reservatório do banheiro do motorhome.

– Anna? O que está fazendo aqui? – ele perguntou, com um imenso sorriso.

– Cuidado, minhas filhas estão olhando pela janela. Segui seus conselhos, precisávamos partir. Aproveitei para fazer uma surpresa.

– Você não imagina a que ponto quero abraçá-la.

Julien era o cozinheiro chefe do Auberge Blanche. Trabalhamos juntos por cinco anos. Eu gostava dele, sempre com uma história engraçada para contar em pleno turno de serviço movimentado, mas nunca tínhamos nos dedicado a conhecer um ao outro. Até a manhã de novembro em que ele chegou com o olhar vazio. Sua mulher tinha acabado de abandoná-los, Noah e ele, e ele estava devastado. Reconheci a mim mesma em seu desespero – minha família tinha acabado dois anos antes. Pouco a pouco, de confidências em silêncios, nos tornamos amigos. Nossas dores nos aproximaram, nossos machucados se atraíram como um ímã. Ele me ajudava a limpar o salão do restaurante, eu o ajudava a arrumar a cozinha, lavávamos a louça reconstruindo o mundo e não era raro prolongarmos nossas conversas até depois da hora de fechamento.

Quando Julien deixou o emprego para cuidar do filho em tempo integral, há três anos, senti um vazio que me fez pensar que ele era mais que um amigo. Mas eu já estava sempre correndo atrás da máquina, era impossível encontrar tempo para um relacionamento. Sem falar da couraça dentro da qual eu me fechava, e que não estava pronta para tirar. Eu nem sabia se meus sentimentos eram correspondidos.

Mantivemos o contato a distância. Ele viajava com o filho, eu me debatia com as minhas, de vez em quando trocávamos mensagens. No ano passado, ele foi jantar no restaurante. Deixei cair três pratos enquanto trabalhava. Fiquei nervosa. Ele ficou até depois de fechar. A cumplicidade logo voltou. Como antes, ele me acompanhou até o carro e me desejou boa noite antes de fechar a porta. Só que, dessa vez, não foi na bochecha que me beijou.

Nos meses seguintes, nos vimos algumas vezes, nos ligamos com frequência. Eu queria dedicar meu tempo livre às meninas, não nos sobrava muita coisa, mas aproveitávamos muito bem esses momentos. Não demorou muito para eu tirar a couraça. Julien não era Mathias. Ele me respeitava, não tentava impor suas ideias, me ouvia, ficava contente de me saber feliz. Ele deixava para mim o último pedaço de chocolate. Com ele, eu não calculava cada palavra, eu não recuava assim que ele erguia o braço. Com ele, eu me sentia bem.

Quando Julien anunciou que partiria para uma nova *road trip* com Noah, fiquei com inveja. Ele me convidou para ir junto, seria uma boa ocasião de nossos filhos se conhecerem, argumentou, mas era uma loucura. De repente, no entanto, os motivos para ir superaram os motivos para não ir. Eu não queria fazer parte do grupo. Segui-lo a distância, para não ficar sozinha num país desconhecido, saber que Julien não estava longe em caso de problema, tudo bem. Mas o objetivo era passar o máximo de tempo com as minhas filhas, e não fazer um passeio de férias. Elas não me deixaram escolha.

Então começamos a viagem que mudaria nossas vidas.

DOIS MESES DEPOIS

AS CRÔNICAS DE

CHLOÉ

Sei que faz tempo que não escrevo, mas eu tinha um bom motivo: estava preparando minha viagem.

O grande dia chegou. Em três horas, pegarei o avião para minha nova vida.

Minha mãe não sai do meu lado. Ela tenta não demonstrar tristeza, mas, de tanto repetir que está feliz, desperta minhas dúvidas. Acho que ela preferiria que eu não tivesse passado nos exames finais, para cancelar tudo.

Lily nem tenta fingir. Hoje de manhã, chorou o equivalente ao mar da Noruega.

Se eu tivesse viajado no ano passado, teria sido mais fácil deixá-las, sem dúvida. Agora, é como se nos separássemos depois de termos acabado de nos reencontrar. Nas últimas semanas, a vida andou muito tranquila aqui em casa. Durante o dia, Lily vai para o centro recreativo e mamãe para o trabalho. Aproveito o apartamento só para mim, escrevo, mando mensagens para Louise, arrumo minhas coisas, passeio com Inês e evito passar na frente da padaria. Todas as noites, mamãe, Lily e eu jantamos juntas e assistimos a um filme. Dizendo assim, parece uma propaganda de margarina, mas não se preocupem, ainda tenho meus momentos de falar coisas horríveis para minha mãe e de fazer Lily se sentir um lixo. A cada vez, basta eu pensar que vou ficar longe delas por um ano para a crise passar. Quando temos o fim em mente, vamos direto ao que realmente importa.

Meu pai me ligou hoje de manhã para desejar uma boa viagem. Prometi que o visitaria na volta. Um ano deve ser suficiente para eu me preparar.

Kevin me mandou mensagens cheias de insultos por vários dias, depois acabou cansando. Depois dele, tive Malô, que esperou duas semanas para ser convidado a entrar no meu quarto, e Sami, que não esperou. Avanço lentamente. Como minha irmã diria, de grão em grão a galinha enche a primeira minhoca.

– Está pronta, minha flor?

Minha mãe espera no marco da porta com um sorriso forçado nos lábios. Está na hora. Dou uma última olhada no meu quarto e fecho a porta para minha vida de adolescente.

– Um ano passa rápido – ela diz, como para convencer a si mesma.

– Faremos muitas chamadas de vídeo!

Lily concorda e diz:

– Se ficarmos ricas, iremos visitar! Espero ver coalas e cangurus!

Noah e Julien nos esperam no carro. Ainda bem que vão nos acompanhar até o aeroporto, nem ouso imaginar como seria se elas precisassem voltar sozinhas. Ainda bem que eles estão aqui. Eu não poderia deixar minha mãe e Lily em melhor companhia. Subestimei o poder das camisas de lenhador.

– Tenho uma boa notícia! – ele anuncia, abrindo o porta-malas. – Marine acabou de ligar, estava fazendo compras para a bebê. Ela conseguiu um lugar para Diego e Edgar na casa de repouso onde ela e Greg trabalham. Eles vão dividir os mesmos aposentos, estão muito felizes. Biarritz não fica longe, poderemos visitá-los!

O sorriso de mamãe se torna natural, pela primeira vez desde a manhã. Aliviada com o feliz desenlace para os vovôs, sento no banco de trás, perto da janela, e contemplo a paisagem que conheço de cor. Minha mãe desliza o braço para trás, pelo lado do banco da frente, e acaricia minha perna. Pego sua mão e aperto com força. Vou sentir saudade, mamãezinha.

Estou com medo, claro. Para alguém que sofre com a solidão, ir para o fim do mundo sem conhecer ninguém pode ser complicado. Mas me sinto pronta. Ainda sinto a necessidade de ser amada, acho que nunca vou perdê-la. Em contrapartida, não sinto mais a necessidade de aprovação dos outros. A minha basta.

Quero agradecer a todos vocês, do fundo do meu coração, pela companhia nos últimos meses. Suas palavras, seu apoio e suas observações fizeram muito por mim. Sem nos conhecermos, vocês me ajudaram a amadurecer. Vi que somos muitos sentindo coisas parecidas e, acima de tudo, que não faz mal quando isso não acontece.

Chegou a hora de nos despedirmos. Paro de escrever sobre minha vida, vou vivê-la.

Prometo deixar o blog no ar, talvez ele seja útil para alguém passando pela zona de turbulência que chamamos de adolescência.

E, quem sabe, talvez um dia a gente se cruze por aí, de verdade, sem querer. Em Sydney, Toulouse, ou qualquer outro lugar.

Um abraço a todos,
Chloé.

LILY

25 de agosto
Querida Josiane,

Meu nome é Lily e tenho 12 anos. Tive um diário que se chamava Marcel, mas ele acabou. No início, não quis substituí-lo, fiquei com medo que ele se ofendesse, mas encontrei você numa prateleira, sozinha, e ouvi seu chamado. Fiz as apresentações e ele pareceu gostar de você.

Ah, chamei você de Josiane porque você é quadrada, como o queixo de Josiane, a moça do refeitório.

Enfim, chega de papo, o momento é sério. Estamos a caminho do aeroporto. Minha irmã está indo para Sydney, na Austrália. Na internet, dizem que fica a dezessete mil quilômetros a voo de pássaro, me pergunto como eles sabem isso, talvez tenham emprestado uma régua a um pássaro para ele fazer a medida. Enfim, minha irmã vai para bem longe. Espero que, mesmo assim, a gente continue unha e carne. Bom, é verdade que brigamos bastante (é normal, minha irmã quase sempre está errada e eu certa, não tem como funcionar), mas gosto muito dela.

Pegamos o carro de Julien porque é maior, então cabíamos todos. Noah está ao meu lado, olhando para a estrada. Ele está com a pedra macia que eu dei na mão, não a solta mais. Fiquei feliz demais quando Anna me disse que estava namorando Julien! Nós os vemos quase todos os finais de semana, passeamos no bosque, vamos ao lago, às vezes não fazemos nada e é legal também. Eu gostaria muito que morássemos juntos, mas Anna diz que é preciso dar tempo ao tempo para fazer as coisas direito. Não entendo direito, porque podemos fazer as coisas errado mesmo dando tempo ao tempo, mas parece que ela está decidida. Então vou aproveitar bastante nossa pequena família, enquanto espero ela se tornar uma grande família. Noah se tornou um irmão, só não temos os rins compatíveis. Ele me ensina um monte de coisas, sabe. Antes, quando as pessoas diziam que eu era diferente, não gostava muito, tinha a impressão de estar num jogo dos sete erros. Mas agora quero continuar diferente para sempre. Não quero nunca me tornar como os outros. É burrice ser outra pessoa quando posso ser eu mesma.

Bom, Josiane, tenho que ir, quero ficar com minha irmã enquanto ela ainda está aqui.

Beijinhos,
Lily
P.S.: não aguento mais esse calor. Essa noite, deixei a geladeira aberta para refrescar, Anna não gostou muito da ideia, pode ter certeza.

ANNA

Está na hora do embarque. Julien e Noah se despediram de Chloé e se afastaram para nos deixar a sós. Sorrio, como se não estivesse sentindo o coração partido.

Há dezoito anos, colocavam sobre meu corpo um serzinho de quarenta e nove centímetros que imediatamente ocupou todo o lugar que havia. Assim que minha filha chorou pela primeira vez, temi o momento em que me deixaria. Um metro e quinze centímetros depois, aqui estamos. Espero conseguir seguir em frente sem cair no vazio que ela vai deixar.

Acaricio a bochecha da minha bebê, ela olha ao redor para ter certeza de que ninguém viu.

— Vai ser o máximo, minha flor.

— Eu sei — ela responde, enxugando uma lágrima. — Mas vou sentir falta de vocês.

Lily se atira nos braços da irmã, abraça-a com força e se afasta rapidamente.

— Tome, um amuleto da sorte — ela murmura, colocando uma pedra branca na mão da irmã. — Achei no estacionamento do condomínio, assim você terá um pedaço de casa com você.

Meu Pequeno Polegar do amor.

Chloé acaricia a pedra e a guarda no bolso, depois aponta para Julien e Noah com o queixo.

— Eles vão preencher minha ausência, vai dar tudo certo!

— Ninguém vai preencher sua ausência, Chloé.

— Sei! Depois de um ano, deve ter começado a gostar dele! — ela diz, rindo.

Ele me olha de longe, parece preocupado. Ele sabe como estou sofrendo.

Me lembro do momento em que oficializamos nossa relação para as crianças. As meninas me fizeram repetir três vezes. Pensaram que era uma brincadeira. Repassaram toda a viagem várias vezes e, sempre que encontravam um indício, soltavam um gritinho de espanto. Depois que a surpresa inicial passou, elas disseram que já tinham suspeitado, mas que não disseram nada para não estragar nossa emoção.

"Última chamada para os passageiros do voo Air France 1024 com destino a Singapura, embarque imediato portão 17."

Chloé pousa os olhos em mim, leio uma mistura de apreensão e determinação. Ela se atira em meus braços e me aperta com toda força. Os pequenos braços de Lily nos envolvem, ficamos vários segundos assim, recarregando-nos com esse amor.

— Estou tão orgulhosa da pessoa que você se tornou.

— Graças a você, mãe.

Lentamente, ela se solta do nosso abraço, seca as lágrimas e se afasta, depois de colocar uma foto na minha mão. Sigo-a com os olhos até que seu vulto desaparece, depois olho para a fotografia.

É uma selfie de nós três no Vigelandsparken de Estocolmo. Atrás de nós, a estátua de que tanto gostamos, representando uma mãe com o filho junto ao corpo. Lily mostra a língua, Chloé se faz de vesga e eu rio às gargalhadas.

A viagem não mudou nada. Voltamos e as dívidas continuavam as mesmas, os problemas também, eu estava sem emprego, Lily tinha inimigos, Chloé tinha demônios. As coisas não mudaram. Nós, sim.

Mesmo a dezessete mil quilômetros de distância, estaremos juntas.

Mesmo quando elas tiverem 50 anos, estaremos juntas.

Temos algo que nunca morrerá.

Somos uma família.

AGRADECIMENTOS

Recentemente, uma leitora me pediu para transmitir seus agradecimentos às pessoas ao meu redor, que me permitiam escrever. Fiquei profundamente comovida, pois, como ela, acredito que só posso contar essas histórias, sentir essas emoções e colocá-las em palavras porque estou cercada de pessoas que me permitem fazer isso.

Meus agradecimentos costumam se dirigir às contribuições a um livro. Dessa vez, eles se dirigem às contribuições à minha vida.

Porque estamos todos a bordo do mesmo ônibus, que avança de modo inexorável...

Obviamente, o primeiro agradecimento vai para você, minha querida mãe. Há quarenta anos, eu subia a bordo. Você estava à minha espera. Obrigada por me dar tanto. Obrigada por manter o rumo apesar dos desvios, acidentes e panes. Obrigada por me ensinar a olhar pela janela e ver a beleza. Obrigada por nos dar o maior lugar em seu assento. Obrigada por nos fazer viajar sem sair de casa. Obrigada por fazer de nós três uma família e por saber soltar nossa mão permanecendo atrás de nós, caso necessário. Eu não poderia sonhar com uma mãe melhor que você.

Obrigada, Marie. Parece que, alguns dias antes de você nascer, eu disse que nunca a amaria. Enganei-me redondamente... Obrigada por se juntar a nós nesse barco e por se tornar minha irmãzinha careca. Obrigada por ser tão sensível, engraçada, generosa, resmungona, presente. O fato de você ignorar que é uma linda pessoa a torna ainda mais linda. Obrigada por ser aquela com quem compartilho todas essas lembranças.

Obrigada, meu filho. Quando você aprender a ler, pode ser que ache essas linhas um pouco cafonas. Não posso fazer nada, quando penso em você, meu sangue se transforma em mel. No dia em que você subiu a bordo, tudo mudou. O céu se tornou mais azul, as paisagens mais bonitas, minhas emoções mais intensas. Tudo fez sentido. Acho que, mesmo que você não fosse meu filho, eu o amaria com todo meu coração. Você é engraçado, querido, atencioso, carinhoso, empático, sensível e, acima de tudo, adora dormir até tarde. Espero que faça uma longa viagem.

Obrigada, A. Você não ficou muito tempo a bordo, mas é como se ainda estivesse. Depois de você, tenho algo a menos, mas também algo a mais. Espero que esteja orgulhoso de mim. Sinto sua falta.

Obrigada, meu amor. Você é a pessoa mais bondosa que conheço, obrigada por ter me escolhido para fazer essa viagem ao seu lado. Não consigo lembrar como era antes de você. Obrigada por rir das minhas piadas nem sempre engraçadas, obrigada por me entender mesmo quando não consegue, obrigada por me ouvir falar das minhas personagens como se elas existissem de verdade e de não chamar uma ambulância, obrigada por suas ideias, seu apoio, obrigada por ser feliz simplesmente por me ver feliz, obrigada por ser o marido e o pai que é. Quando eu era pequena, via o Ken como o homem ideal. Você não precisa nem de um golpe de jiu-jitsu para deixá-lo no chão.

Obrigada, vovó e vovô, por estarem sempre perto, por deixarem a porta sempre aberta, e o coração também. Obrigada por fazerem comidinhas deliciosas quando estou em fase de escrita intensiva. Obrigada por viverem essa aventura com tanta alegria. Obrigada, pai, por ser tão orgulhoso de mim.

Obrigada, Mimi, por ser a tia mais divertida do universo. Obrigada, Yanis, Lily, Gil, Céline, Guy, Madeleine, Nicolas, François, Marwan, Laëtitia, Héloïse, Anna, Antoine, Arthur, Claudine, Marc, Gilbert, Simone, Carole e todos os demais, família que amo.

Obrigada, Marine Climent, pelas leituras comentadas, que me dão asas, agradeço por ser minha amiga há tanto tempo (minha velha). Obrigada, Gaëlle Bredeville, minha gata, pela amizade, pelas releituras, pelo entusiasmo, pela loucura, pelas tajines (quando será a próxima?). Obrigada, Serena Giuliano Laktaf, Sophie Henrionnet e Cynthia Bavarde, por terem se tornado tão importantes, agradeço pelo carinho, pelas risadas, pela presença nesse ônibus. Obrigada, Contance Trapenard, por me fazer acreditar que sou a pessoa mais engraçada e relevante do mundo. Obrigada, Baptiste Beaulieu, pelas lindas palavras e pela amizade, é bom saber que você está aqui, tão parecido comigo. Obrigada, Gavin's Clemente Ruiz, pelas fotografias de bundas e pelos *Guides du routard*, que me ajudaram muito. Obrigada Camille Anseaume, pela pessoa que você é e pela amizade que me concede (mesmo quando rouba meu creme Basquella). Obrigada, Marie Vareille, pela leitura precisa e no ponto, pelos preciosos conselhos e conversas.

Obrigada, equipe Fayard, pela oportunidade de escrever sobre o que gosto e por gostar do que escrevo, agradeço por ajudar meus livros com tanto entusiasmo. Obrigada, Alexandrine Duhin, com o passar dos anos você se tornou mais que minha editora. Obrigada, Sophie de Closets pelas mensagens, manuscritas ou não, que me tocam profundamente. Obrigada, Jérôme Iaissus, Éléonore Delair, Martine Thibet, Katy Fenech, Laurent Bertail, Pauline-Gertrude Faure, Valentine Baud, Carole Saudejaud, Ariane Foubert, Anna Lindlom, Lily Salter, Véronique Héron, Sandrine Paccher, Marie Lafitte e Marie-Félicia Mayonove.

Obrigada às equipes do Livre de Poche, pela energia e pela gentileza, em especial à querida Audrey Petit, à genial Véronique Cardi e às adoráveis Sylvie Navellou, Anne Bouissy, Florence Mas e Jean-Marie Saubesty.

Obrigada minha querida France Thibault, minha assessora de imprensa, por se dedicar tanto a divulgar meus livros.

Obrigada, queridos livreiros. Durante as sessões de autógrafos, fico comovida de constatar a paixão de vocês, a vontade de encontrar O livro certo para cada leitor. É precioso saber que nossas histórias estão em suas mãos.

Obrigada às equipes de representantes legais por serem os primeiros mensageiros, e por colocarem tanto entusiasmo e fervor na defesa dos meus livros.

Obrigada aos bloggers por compartilharem suas leituras com paixão. Costumo ficar comovida, impressionada, eletrizada pelas palavras de vocês quando se referem aos meus livros. Quando elas falam de outros livros, meu gerente as admira bem menos.

Um agradecimento especial a Fabien, aka Grand Corps Malade, por ter gentilmente cedido o título "Il nous restera ça". No fim, usamos outro, mas seu presente me comoveu. Como sempre acontece quando leio seus textos.

Por fim, excepcionalmente, termino por vocês, queridos leitores. Não dizem que devemos guardar o melhor para o fim?

Aqueles que me escrevem longas mensagens, que vêm me conhecer pessoalmente, que me leem discretamente, que emprestam meus livros aos amigos, que me colocam embaixo da árvore de Natal, que falam comigo na rua, que recomendam meus livros aos pacientes, que me enviam fotografias, que riem dos meus delírios no Instagram, que conhecem meus livros por acaso, que já me liam no blog, que esperam os próximos, que comentam nas redes sociais, que leem trechos aos companheiros, que sublinham frases, que dobram o canto das páginas, que releem várias vezes, que se identificam, que choram no metrô, que caem na gargalhada no trabalho, que leem minhas palavras em lares de idosos, que se reúnem em clubes de leitura, que têm meu livro roubado na praia, que me enviam especialidades de sua região, que contam minhas histórias aos alunos, que pretendem me ler em breve, que minhas palavras ajudam a passar por momentos difíceis, que querem conhecer Biarritz, que não temem mais a velhice, que leem em casal, que se enviam mensagens para trocar impressões, esses e todos os outros...

Quando meu primeiro romance foi publicado, pensei que venderia quarenta exemplares, todos comprados por minha mãe. Mas pouco importava: eu tinha realizado meu sonho de criança.

Alguns anos depois, quatro romances foram lançados e, todos os dias, recebo mensagens extraordinárias (minha mãe jurou que não eram suas). Nem em meu sonho de criança era tão bom.

Obrigada a todos por essa aventura maravilhosa, obrigado pela leitura, pelo encorajamento, obrigada pelas palavras, pelos sorrisos, pelas lágrimas, pelas confidências. Obrigada por se sentarem no ônibus ao lado da menininha sonhadora. A viagem com vocês é maravilhosa.

Este livro foi composto com tipografia Adobe Garamond Pro e impresso em papel Off-White 70 g/m² na Formato Artes Gráficas.